无岸之河

葛亮 著

化城 编

图书在版编目（CIP）数据

无岸之河 / 葛亮著；化城编. —南京：江苏凤凰文艺出版社，2021.8
ISBN 978-7-5594-5719-6

Ⅰ.①无… Ⅱ.①葛… ②化… Ⅲ.①中国文学—当代文学—作品综合集 Ⅳ.①I217.2

中国版本图书馆CIP数据核字(2021)第058127号

无岸之河

葛 亮著 化 城编

出 版 人 张在健
责任编辑 曹 波 李 黎
责任印制 刘 巍
出版发行 江苏凤凰文艺出版社
南京市中央路165号，邮编：210009
出版社网址 http://www.jswenyi.com
印 刷 苏州市越洋印刷有限公司
开 本 880毫米×1230毫米 1/32
印 张 9.375
字 数 235千字
版 次 2021年8月第1版
印 次 2021年8月第1次印刷
标准书号 ISBN 978-7-5594-5719-6
定 价 52.00元

新时代，新文学，新坐标

杨庆祥

编一套青年世代作家的书系，是这几年我的一个愿望。这里的青年世代，一方面是受到了阿甘本著名的“同时代性”概念的影响，但在另外一方面，却又是非常现实而具体的所指。总体来说，这套“新坐标”书系里的“青年世代”指的是那些在我们的时代创造出了独有的美学景观和艺术形式，并呈现出当下时代精神症候的作家。新坐标者，新时代、新文学、新经典之涵义也。

这些作家以出生于1970年代、1980年代为主。在最初的遴选中，几位出生于1960年代中后期的作家也曾被列入，后来为了保持整套书系的“一致性”，只好忍痛割爱。至于出生于1990年代的作家，虽然有个别的出色者，但我个人认为整体上的风貌还需要等待一段时间，那就只有等后来的有心人再续学缘。

这些入选的作家都是我们这个时代的新青年。鲁迅在1935年曾编定《新文学大系·小说二集》，并写有长篇导言，其目的是为了彰显“白话小说”的实力，以抵抗流行的通俗文学和守旧的文言文学。我主编这套“新坐标书系”当然不敢媲美前贤，但却又有相似的发愿。出生于1970年代以后的这些作家，年龄长者，已近50岁，而创作时间较长者，亦有近30年。他们不仅创作了大量风格各异，艺术水平极高的作品，同时，他们的写作行为和写作姿态，也曾成为种种文化现象，在精神美学和社会实践的层面均提供着足够重要的范本。遗憾的是，因为某种阅读和研究的惯性，以及话语模式的滞后，对这些作家的相关研究一直处于一种“初级阶段”。具体来说表现在以下几个方面。第一，单个作家作品的研究比较多，整体性的研究相对少见；第二，具体作品的印象式批评较多，深入的学理研究较少；第三，套用相关的理论模式比较多，具有原创性的理论模式较少；第四，作家作品与社会历史的机械性比对较多，历史的、审美的有机性研究较少；第五，为了展开上述有效深入研究的相关史料的搜集、整理和归纳阙失。这最后一点，是最基础的工作，而“新坐标书系”的编纂，正是从这最基础的部分做起，唯有如此一点一点的建设，才能逐渐呈现这“同代人”的面貌。

埃斯卡皮在《文学社会学》里特别强调研究和教学对于文学“经典化”的重要推动。在他看来，如果一部作品在出版 20 年后依然被阅读、研究和传播，这部作品就可以称得上是经典化了——这当然是现代语境中“短时段经典”的标准。但是毫无疑问，大学的教学、相关的硕博论文选题、学科化的知识处理，即使是在全（自）媒体时代依然发挥着不可替代的历史化功能。编纂这部书系的一个初衷，就是希望能够为大学和相关研究机构的从业者提供一个相对全面的选本，使得他们研究的注意力稍微下移，关注更年轻世代的写作并对之进行综合性的处理。当然，更迫切的需要，还是原创性理论的创造。“五四一代”借助启蒙和国民性理论，“十七年”文学借助“社会主义新人”理论，“新时期文学”借助“现代化”理论，比较自洽地完成了自我的经典化和历史化。那么，这一代人的写作需要放在何种理论框架里来解释和丰富呢？这是这套书系的一个提问，它召唤着回答——也许这是一个“世纪的问答”。

书系单人单卷，我担任总主编，各卷另设编者。需要特别说明的是，所有的编者都是出生于 1980 年代以后的青年评论家、文学博士。这是我有意为之，从文化的认领来说，我是一个“五四之子”，我更热爱和信任青年——即使终有一天他们会将我排斥在外。

书系的体例稍作说明。每卷由四部分组成：第一，代表作品选。所选作品由编者和作者商定，大概来说是展示该作者的写作史，故亦不回避少作。长篇作品一般节选或者存目。第二，评论选。优选同代评论家的评论，也不回避其他代际评论家的优秀之作。但由于篇幅所限，这一部分只能是挂一漏万。第三，访谈。以每一卷的编者与作者的对话为主体，有其它特别好的访谈对话亦收入。第四，创作年表。以详实为要旨。

编纂这样一套大型书系殊非易事。整个编纂过程得到了各位编者、作者和江苏文艺出版社的大力支持，尤其是青年编辑李黎老师的大力支持！在此向付出辛苦劳动的各位同代人深表谢意。其中的错讹难免，也恳请读者和相关研究者批评指正。记得当初定下选题后，在人民大学人文楼的二楼会议室召开了第一次编务会，参会的诸君皆英姿勃发，意气风扬。时维夜深，尽欢而散。那一刻，似乎历史就在脚下。接下来繁杂的编务、琐屑的日常、无法捕捉的千头万绪……当虚无的深渊向我们凝视，诸位，“为什么由手写出的这些字竟比这只手更长久，健壮?”生命的造物最后战胜了生命，这真是人类巨大的悖论（irony）呀。

不管如何，工作一直在进行。1949 年，作家路翎在日记中写道：“新的时代要浴着鲜血才能诞生，时间，在艰难地前进着”。而沈从文则自述心迹：“我不向南行，留下在这里，为孩子在新环境中成长”。70 年弹指挥间，在这套“新坐标书系”即将付梓之际，我又想起前苏联作家帕斯捷尔纳克的一首诗《哈姆雷特》：

喧嚷嘈杂之声已然沉寂，
此时此刻踏上生之舞台。
倚门倾听远方袅袅余音，
从中捕捉这一代的安排。

敢问，什么是我们这一代的安排？

是为序。

2019/2/16 于北京

2020/3/27 改定

目录

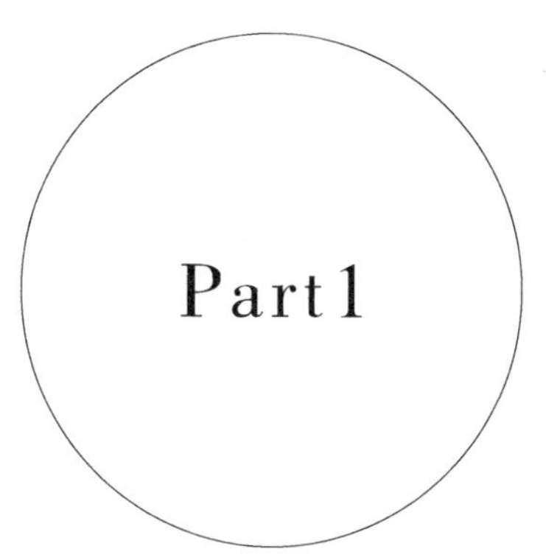

Part 1

作品选

无岸之河

Time is a river with no banks. ——Marc Chagall（1887～1985）

一

李重庆是叫李重庆，他不是个四川人。对于这一点，他已经懒得解释了。他生下来那天，恰好是他爷爷的六十大寿。祖孙俩的生日可以一锅烩，大伯说完，就给他起了个这样的名字。

他觉得，从起名字开始，这个世界对待他就欠严肃。

李重庆三十岁上认识了叶添添。他说他不喜欢她这个名字，无论从音韵还是意境，都好像个交际花。

叶添添就好脾气地一笑。那时候她真是个好姑娘，人好，生得也是有前有后，有头有脸。

李重庆收拾了一下，拎起叶添添为他准备好的东西，去看他的博士生导师。

去看导师要穿过整个大学教学区。导师住在医学院特护区的专家病房里，五年了。五年前导师中了一次风，后来大病小病接踵而至。开始他自己倒不在意，校方却慌了神，把他关在专家病房里不给出来了。

老先生何曾耐过这样的寂寞，对学校领导抱怨说这样的生活要淡出个鸟来，老头不怕文山会海，就怕整天关着门听不见人说话。校方有自己的道理，说："您老对自己不仔细。我们却不敢拿您的身体开玩笑。我们要对您负责，要对学校的声望负责。"这个帽子一戴，唬得老先生不言语了。

大学尽了人事，老先生自己却知了天命，在特级护理下一天天地垮了下来。就是近两年，竟然已经下了五次病危通知。李重庆推开门，看见师母倚着床在看《参考消息》，导师躺在床上打点滴，刚刚做过透析，还没缓过劲儿来。看见李重庆，眼睛转了一转，眉头舒展了一下，算是打了招呼。

师母接过他手里的东西，叹了口气，说人都快要去了，还买这些给谁吃。他们买，是他们形式主义，你还凑什么热闹。说着说着，就摘下老花镜来擦眼角。

导师是"国宝"兼"校宝"级的人物，李重庆就想这被人供起来的滋味也太难受。老先生前些年还可以在中国振臂一呼。这就是学术地位，大学看重的，也就是这个。就好比季羡林在北大，吴宓在清华。岁数不饶人，成果是出不了什么了。可只要他们在一天，就还是学校的血肉。他们一倒下去，这些大学的名牌就好像硬汉子脱了水，没有底气了。

师母边给李重庆削着谁送来的苹果，边和他聊些闲话，导师却是开不了口的。李重庆有些伤心，想前些年来看他，老头还发发少年狂，大声问他，绳子带来了没，绳子带来了没。李重庆就笑他老顽童，因为他说与其牺牲在高压氧仓里，不如一根绳子一了百了算了。师母就呵斥他，说“文革”都挺过来了，现在说这种丧气话，李重庆说就是就是。他虽是导师的学生，岁数却隔了辈，彼此言语上就有些爷孙间的放肆和不拘。还有一层，李重庆是老先生的关门弟子，这确实是他时时引以为豪又令旁人刮目相看的事情。当年李重庆在研究生期刊上发了篇论文，老先生偶然看见大为赞赏，就对系里说，我也快教不动了，最后一个，就是这孩子了。可是，李重庆那时候是不太情愿的，因为老先生能在学术界站稳脚跟，靠的是他起家的苏俄文学和形式主义文论研究，都是些过时的东西。还是系领导做了他的思想工作，他才勉强答应下来，算是配合了老先生钦点关门弟子的一段佳话。

后来，李重庆确是庆幸跟了这么一位导师。倒不光是留校后评职称什么的系里一直给他开绿灯，而是他的确从老先生身上学到了东西。先生是真正经历了风雨的人，从西南联大求学一路走下来，该参透的参透，该扬弃的扬弃。到了李重庆跟他的时候，真的已经历练得炉火纯青，无论是为人还是为学。他对李重庆又是对孙儿般宠爱的，所以言传身教，不遗余力。几年下来，李重庆自己都感到有些世事练达皆学问的意思，自觉少走了不少弯路。

导师最看重的大师兄去了南方一所高校做系主任。学生里坚持逢年过节去看导师的就是李重庆一人。同门兼同事大林常常笑他是孝子贤孙，他听是听着，去还是要去。学校自然还是照顾得极周到，但师母说那始终是官方立场，不贴心的。

李重庆安慰了一会儿师母，又把儿子的照片拿出来给她看，说了几个他在幼儿园闹的笑话。师母的脸色就有些好起来，说小宝都长这么大了，下次抱他来给太爷爷高兴高兴。李重庆就也在心里笑，想儿子百日时摆酒，导师来了自封是太爷爷，然后自说自话跑到上座去坐，叶添添还有些小不痛快，说他倚老卖老。正想着，突然师母话锋一转，说，谁知道下次来了人还在不在了，说完眼圈又红了。李重庆唬得赶紧岔开话题安抚她。终于要走了，师母把床头柜里大家送的进口奶粉一罐罐全收拾出来，硬是让李重庆带走给儿子喝去。

二

物质生活。

李重庆又坐在这里了，面前是一杯茶。茶叶在白陶的杯子里轻轻地旋转，时间也缓慢地流淌过去。

物质生活。

李重庆忘记什么时候这里有了一间茶社。大林第一次带他来的时候，他在门口怔了好几秒钟，使劲回忆这里以前是间什么铺子，卖油条还是租影碟的。他问大林，大林就有些不耐烦，说发什么思古之幽情，里面的世界很精彩。

里面的世界笼罩在浅紫色的灯光里，迎着门的，是杜拉斯巨大的黑白照。年迈的杜拉斯，饱受摧残的容颜，被千人万人爱戴着。她的左下方，却有另一双眼睛，巴索里尼。同样是一张著名的照片，对着一众浮生邪邪地、放任地笑。笑得太放任，有了喧宾夺主的意思。李重庆终于在杜拉斯的周围，找到了亨利·米勒、大岛渚，然后是三浦绫子。全都是黑白基调，刻意做旧了，全都像是纪录片上匆匆截取下来的一瞬。这一瞬间也都仿佛是庄严肃穆，充满历史感的。李重庆感到空气中有人对他狡黠地一笑，因为他意会了，他闻到了淡淡的学院派的色情味道。

他们坐定了，有女服务生过来，谦恭地问他们喝什么。她上着银灰色的蝶妆，却又是黑色的唇。这些始终是另类的，先前的谦恭露出了倨傲的实质。远处的背投电视阴阴地放着些声响，李重庆望过去，是《索多玛的一百二十天》，他在家里放过，没看完。因为脏，色情在其次，脏得叶添添吃不下饭去。可是，这些肮脏的影像，在这里忽而和谐了，透出了沉郁的，甚至精致的底色。

李重庆暗暗地吃惊着，这时感到大林用胳膊肘碰了碰他，说，看，老板娘。大林指着左边的台，他只看到些身形的片段，因为中间隔了镂花的博古架。但是传来些女人的笑声，絮絮的，有些微微狎昵的，带着些私情的口气。没待他看仔细，有个身影起来，朝他们这边来了。这回他看清了，是个穿着黑色唐装的女人，其实还是个女孩子，神情和风度却是女人的了。大林说，她叫余果。

李重庆是第三次来这里，独自来的。余果对他始终不算热烈，当然，是相较于对其他的男人。他从旁人那里知道她是怎么一回事。她的本职是本市音乐电台的主持人，用的是另外一个名字。这茶社是她的一个仰慕者投的资。还有，她算是李重庆的校友，也在他的大学里读过，没有读完。

李重庆性情是好，来了，坐下喝茶。不说一句话，他就看着外面的天色一点点地昏暗下去，心里也知着足。第一次以后，再来，不待他点，余果知道叫人送过来一壶冻顶乌龙，摆在他桌上。

偶尔地，余果也会朝他这边看过来，对他微微地笑一笑。在旁人看来，这笑到底是世故的，是为了应景和敷衍。可于李重庆，却有了贴心的意味。每每想到这里，李重庆有些自嘲，内里却是暖的。

这时的余果，靠着窗子站着，眼神散着。李重庆看她抽出一支烟来，按下打火机，却没有点着。再按下去，动作就带了一点狠，不复优雅了，却依旧没有点燃。她是有些烦躁了，李重庆也无端地跟着焦急起来。

他深深地呷下一口茶去，神也走了，却听见手机响了起来。

是叶添添的电话。

三

从茶社走出来，天有些擦黑了。李重庆就紧起脚步，叶添添在电话里说，今天晚上要去上课，让他去接儿子。

这是叶添添报的第四个培训班，都是为了专业认证的资格考试。前几个已经让李重庆感到眼花缭乱，什么 SOA、ACCA、LCCI。叶添添说这些都是下次竞争的筹码，多多益善。这话说得理智，但在旁人眼里，却好像考试考出了瘾。

李重庆也不记得自己的老婆什么时候变成了一个再接再厉的女人。这次公司升了三个部门经理，又没有她。她在这个主管的位上原地踏步三年了。说再不升就跳槽，说偏不信，女人头上有什么 transparent ceiling（透明天花板）。李重庆就息事宁人地笑，说好了好了，你去忙你的事业吧，我在家相妇教子。

李重庆到了幼儿园跟前，大门已经关上了。他从边门进去，心里有些不踏实。在他眼里，整个幼儿园是大而无当的。据说这里曾经是一个德国犹太人的产业，整个布局生硬而简练，恢宏却有些缺乏生气。

幼儿园有个同样缺乏生气的名字，叫作机关附幼。这却是它的过人之处，它的不平凡除了它号称拥有全市最好的师资以外，还在于它的入托原则，要求入园者为局级以上干部的子弟。李重庆当时觉得有些荒唐，想官本位的遗毒真是无孔不入。

对于孩子入托，李重庆本来就抱着随遇而安的原则。或者就近入托，再者现在市场开放了，有些私人办的国际或者是双语幼儿园，花些钱为孩子办个全托，也是个不错的选择。叶添添却没有这么乐观，那天她攥着机关附幼的入托申请表，脸上不知同谁较着劲。突然一句，我们的孩子要输在起跑线上了。李重庆你们家是工人阶级，我爸倒好只差了半级，为什么是个副局呢。

李重庆就说，太太，别那么忧心忡忡的，好歹我们的家庭结构是大学老师加白领，就算不去幼儿园，耳濡目染，料想孩子也差不到哪里去。叶添添早有话等着他，说那怎么行，还有什么双语幼儿园，那都是暴发户的小孩去的地方，不能对不起自个儿的儿子，我一定要想办法。

说到这里李重庆就有些烦了，他每到这种时候就不言语，让女人自己去折腾吧。

叶添添到底是有办法的，因为她找到了父亲的老战友，说叔叔你看着我长大的，你无论如何要帮这个忙。

李重庆走到中二班的门口，发现教室已经空了。有个年纪很轻的老师在弹钢琴。看到李重庆，就站起身来，说您是李子木的家长吧，李子木被他外公接走了。她讲到这里，竟有些歉意似的，说李子木今天和别的小朋友闹矛盾，闹得很厉害。我们想通知家长，家里没有人。

为什么不打我手机？

您的手机关机了。

李重庆想起来，去医院的时候，怕吵了导师，关了机。

那，我儿子现在在哪里？在外公家，被外公接走了。李重庆这才发现自己说话已经很不着调，有些难为情地看了一眼老师。老师口气温婉地接着对他说，孩子小，况且我看他没有什么错，别太为难他。我不多说了，你们是知识分子家庭，懂得怎么教育孩子。

儿子看到李重庆的时候，到底神色有些紧张。岳父在接电话，看出是有些赔笑脸的。那边搁下电话，岳母有些不屑地说，为了小孩子的事情，电话追到家里来，有什么意思。到底农民出身，没什么气量。见李重庆愣着，就说重庆你不要怪小宝，接着就说了遍事情的经过。原来有个孩子欺负一个在医院化疗过的小女孩子，小女孩子头发全掉了，他就有些侮辱性的话，还动手动脚。儿子气不过，就揍了那孩子一顿，却又没分寸，把人家打出血来了。偏偏这孩子是市里一个厅长的孙子，他爷爷和岳父是一个系统的，刚刚就是打电话讨说法来了，无非是些要对孩子严加管教之类的话。岳母临了加了一句，那孩子平日里就跋扈得很，也是仗势欺人。

李重庆正不知说什么，儿子却蹦了出来，说，他打黄小丽，骂她是秃子，还咬我。外婆说了，他这是仗势欺人。儿子迅速地引用了对他有用的舆论，让大人们都有些吃惊。

不听外公的话，还狡辩。李重庆忍不住，重重在儿子背后拍了一巴掌。儿子愣了一下，眼睛定定地看着他，一声不吭，有眼泪落下来。小家伙抬起胳膊，用袖口狠狠抹了一下，又扬起头，眼睛仍然定定地看着他。

外公倒是笑了，小伙子，有骨气，像你姥爷。

外婆叹了口气，把小伙子揽进怀里，又回转过头，对外公大起嗓子说，你还笑！

老两口就都开始有些反省。一个说，早知道孙子要上机关幼儿园，索性把官做大些，我参加革命不比他晚。另一个就说，谁叫你这么早退下来，说什么让贤让贤，让贤让得孙子重点幼儿园都差点上不了。当时也就是添添支持你，现在好了，还不是自己的孩子吃亏。

大家心里都有些事情，晚饭就吃得潦草。

临走时岳母跟着送出门来，想要说什么，终究也没说。

巴士车上空荡荡的，李重庆心里也发着空。儿子仍然不说话，眼睛望着窗外。过了一会儿，他突然问，爸爸，洪波和我还有黄小丽是不是不平等？

李重庆心里揪了一下。平等，儿子才五岁，怎么会想到这个词。

李重庆不知道该怎么回答，难道要自己背大段的《社会契约论》给儿子听么？也许他听不懂，也不想听。儿子早熟了。他记得自己小时候犯了错，父亲经常说的一句话是，让事实教育他。可是事实能教给自己儿子的，是什么呢。

李重庆没有说话，心疼地摸了一下儿子的脑袋，摸到儿子后脑勺上的一块突起。那是块反骨，和自己一样。

四

经过半个月的艰苦卓绝，这天叶添添总算又挨过了一门考试。李重庆觉得应该给老婆好好补一下，就亲自下了厨。炉子上正煲着一道佛跳墙，他一面看着火，一面偷着看几眼电视上正放着的卡通片《史努比》。

儿子正全神贯注，李重庆觉得自己还有很多可以和儿子分享的东西。他也喜欢史努比气定神闲的自信模样，他的主人查理·布朗就只会一唱三叹“Good grief”。他很细心地查找了史努比的品种，米格鲁猎兔犬。他也打听了价钱，想也许可以在儿子明年生日时候给他一个惊喜，独生子女，毕竟太寂寞了。不过听说这种狗其实非常吵闹，不知是不是真的。

这时候听到旋钥匙的声音，叶添添进来了。李重庆迎上去，笑着说欢迎太太凯旋。叶添添把自己摊在沙发里，李重庆拿来拖鞋给她换上。她却皱了眉头，说怎么也是个大学教授，别搞得跟个老妈子似的。又远远对儿子喊，李子木我跟你说过多少遍别整天盯着卡通片，给你买的学前 ABC 你看了多少？整天就想着玩，你知道现在社会竞争多激烈么？

李重庆就想，看来老婆出师未捷。

叶添添晚饭吃得很少，佛跳墙都没有动。李重庆收拾了碗筷，看到叶添添已经坐在电脑跟前，快速地敲动着键盘，手边上是厚厚一摞报表。李重庆就有些心疼，知道老婆又把公司的活带到家里做了。

李重庆把自己的东西拿到客厅里来，先是翻了翻大林赠来的一本书，书名有趣，叫《文坛十年目睹之怪现状》。仔细一看，也无非是文人互相叫板的大杂烩。他终于有些不耐烦，搁到一边去。这些年，大林编这类书有了心得，这样下去，著作等身该是指日可待的事情。在沙发上养了一会儿神，李重庆突然记起有个杂志的专栏向他约稿的事情，虽是人情，却也拖欠了好久的。老婆在用电脑，他就摊开稿纸来写，写着写着感觉出来了，竟有些汪洋恣肆的意思。也不管人家专栏的篇幅限制，洋洋洒洒了许多文字。

再抬起头来的时候，李重庆发现书房的灯熄灭了。卧室的床头灯亮着，但调到了最暗，是明暗之间隐晦的间歇，像一个似是而非的暗示。

李重庆轻轻走过去。叶添添卧着，给他一个完整的背影。她的头发在枕上铺张开来，浓黑地缠绕着。另一些落到了肩上，随着呼吸起伏，又悄悄地和睡衣的墨绿色融成了一片。这件丝质的睡衣，是最言简意赅的款式。叶添添是个有自知之明的女人，过了三十岁就舍弃了所有带蕾丝边的可有可无的修饰。

在这个年纪，叶添添还是很美的。可她的美是一种无关风情的东西，少了柔软的质地和温度。

李重庆有个不好启齿的念头，希望叶添添的性情能够稍稍放浪一些，就像她的名字，能够稍稍不规范些。是的，她太中规中矩了。

这时候夜风隔了窗帘吹进来，吹得墨绿色的睡衣起了许多涟漪，叶添添的身体也波动起来。李重庆的心也被一点点地吹皱了，他有些兴奋，又欣喜地压制了，朝浴室走过去。

擦着身上的水，他对着镜子欣赏和挑剔了自己。一边酝酿着，神往着。他上床，叶添添没有变换姿势，就这样背对着他。他俯下身去，抚摸了她的头发，然后沿着她身体的曲线，缓缓地温存地一路抚摸下去。他听到她的呼吸不那么均匀了，他开始拨弄着她肩上的搭带，要把手深入到她的睡衣里去。这时候他听到叶添添的声音，睡吧，明天董事局例会，老板要我列席记录。这声音是坚决的，几乎听不出睡意。

李重庆的手弹起来，在空中停住了，停了一会儿。他终于转过身，觉得自己的欲望好像突然从嘴里吐出的香口胶，在黏腻中冷却下来。

他有些不解地看了看叶添添，拧开台灯，从抽屉里摸出一根烟，点燃。随即又掐灭，把灯关上了。

五

物质生活。

今天余果穿了鼠灰色的短袄，“湘夫人”的设计。是真的有些短，腕子上的几只银镯子全都藏不住了，叮叮当当地往下落。袄子的颜色也太沉着，不过李重庆算是有些了解余果了。她的外表不张扬，是因为她的时尚有底气。

生意很清淡，余果自己送了茶来，在李重庆对面坐下。

今天没有课么？嗯。李重庆低低地回答了，看出她其实是有些心不在焉的。镯子被她的手指挑逗着，在腕上旋转着，好像有道光斑在缓缓地爬行。李重庆呷了口茶，觉出了彼此间的僵持，心存芥蒂似的。其实什么也没有。

他于是找些话来说，你的茶社不妨改个名字。余果笑了。

你看，可以叫戈登花园广场46号，你这里多的是文人雅士。李重庆本想开个形而上的玩笑，结果自己先发现了其中的乏味。余果倒是领情的，说也好啊，不过我做弗吉尼亚，谁来扮范奈莎？再者真叫了这么个饶舌的名字，像你这样闷声不吭的，早像韦利似的被赶出去了。

现在这个小资的名字，的确是流俗了。不如叫春来茶馆好些，到底还是国粹好。摆开八仙桌，铜壶煮三江，来的都是客，全凭嘴一张。她轻轻地唱，却做了个极其夸张的手势，把他逗笑了。

你知道么，阿庆嫂是我的偶像。《沙家浜》里的男人，好人坏人，没有阿庆嫂搞不定的。这时候的余果，真正是孩子气了。她握紧了拳头，有些昂扬地说，不过，比起阿庆嫂的时候，对敌斗争更加激烈了。我开这间茶社，就为了认识男人，看看男人究竟有多坏，对我而言，所有的男人都是敌人。

敌人。李重庆回忆着她和男人们周旋的场景，顾盼生姿间，硝烟四起。那我呢？李重庆脱口而出，待发现不妥，也晚了。余果的眼睛发出些青蓝色的光，忽而大笑了，恶狠狠地说，我准备统战你。

李重庆心里一惊，暗暗叹道这么年轻的女孩把这个词用得那么精辟又俏皮。

你不会是个女权主义者吧？李重庆眼前浮现出挥舞着拳头的斯皮瓦克。想要是这样的千娇百媚的女孩也是女权主义者，天下男人唯有以头抢地耳。

你错了，女权主义者不过是伪男人，而我是个实实在在的女人。她抬起头，目光灼灼地看着他。

李重庆躲过这个年轻女孩的眼睛。他心底软软的，有些不安在波动。他走到大街上，在凛冽的风中清醒了，想起自己的茶账还没有付。

尾声

接下来的冬天里发生了一些事情。系里评职称，从年轻的副教授里面评定一个做教授。候选人最后圈定两个，李重庆在最后一关落了马。听说另一个做了些手脚，是大林。叶添添怀孕了，怀了两个月才去做人流。没有告诉李重庆，自己偷偷除掉了。这件事情，李重庆有些生气，他忍了下去，因为他生起气来，只会引起叶添添生更大的气。儿子李子木很争气，在全省的幼儿英文演讲比赛里得了第一名，还得了一笔奖金。奖金被叶添添强行征收，说等儿子上学了买参考书用，因此引起母子不合。岳父岳母金婚，儿女们出钱给他们办了新马泰七日游。可岳父背着岳母在芭堤雅看了一场成人歌舞表演。这件事，引起老两口夫妻反目。不过这个冬天基本上算是小乱大治，李重庆是满意的。

春分那天的早晨六点半，叶添添接到重庆师母的电话。这时候李重庆正端着满手的豆浆油条，在家门口嚷着老婆开门。从老婆手里接过电话，李重庆没有听到师母的声音，那头很吵闹似的，然后是空洞的安静。很久了，李重庆听到远远的一声叹息，然后系总支书记对他说，重庆，到医院来一趟，你师父刚刚过世了。

导师还在特护病房里，没有推走。李重庆揭开床单，看见师父的头发有些乱了，他就用手指帮他撩上去。这时春天的阳光照过来，师父的脸色好起来了。

李重庆静默着，突然哭了，开始只是流泪，突然就哭出声音来，哭得那样凶猛，那样没有节制。他只是感到心里堵得慌，他好久没有好好地哭一哭了。大家看着平常老成持重的李副教授把自己哭得像个孩子。他们由着他去哭了，由着他哭了很久。

夏天的时候，添添的侄子高考分数下来了。第一志愿报的是李重庆的大学，可是差了很多分。全家就琢磨着送他出国去念书。重庆有个同学在一家有名的出国中介公司，他就去找那个同学了解些细节。

在中介公司门口，他遇到了余果。

余果告诉他，她要去澳洲留学了。李重庆还关心着茶社。她告诉他已经把店面盘出去了，也就他不知道了。他好久没来了。余果说她还留着钥匙，问他要不要一起过去看看。李重庆一言不发，脚步却跟上了她。

店里并没有颓败的气象，以前的都还在。只是有些原木墙纸被人为地剥落下来，在墙角里逻得整整齐齐，像一些优雅的蝉蜕。李重庆安静地站在那里，听到余果在四周猫一样地走动，听到“啪嗒”一声，灯亮起来。整个店子又氤氲在紫色的光线里了。李重庆听到余果走近了，这时有声音在他耳边轻轻响起：I am a virgin.

I'm a virgin. 这回李重庆听清楚了。是的，余果说，她还是个处女。她选择了英文来表达，抛却了母语所有令人羞答答的意义指涉，使她勇敢。I am a virgin. 重复得更加眉清目楚，尾音重浊了，是一个有些强硬的提醒，一切暗示变作了明示。

李重庆告诉自己他其实并不明白。人也就愣在那里，直到余果走到他面前，环住了他的腰。“别紧张，算是帮我完成一个仪式，成人仪式。反正就一次，总比出去后跟鬼佬胡乱将就了好。”李重庆忘记了紧张。李重庆感到一双手在解他的衬衫扣子了，这双手却是紧张的，带着些神经质的执着颤动着。

他这样站着，巴索里尼巨大的黑白照片在他眼前浮上来，给他一个巨大的玩世不恭的微笑，笑得不明所以。痛却从他嘴角的经纬间渗透出来，在空气中绽放了。他突然紧紧握住这双手，她笑着在挣扎，泪流满面。她的妆在脸上散了，唇线依稀，是一个翕动的绝色的伤口，诱惑着他，鼓舞着他。他的手游进了她的头发，深入着，纠缠着。她卷起眼帘，眼睛里闪着些迷乱而坚定的光。他终于俯下身去。他的唇快要触碰到她的舌的一刹那，倏地弹开了。

他对她抱歉地笑。

他走出去，外面下起凄冷的雨，路边有些烧尽的纸钱，好像灰色的蝴蝶，飘起来，落下去，飘起来，落下去。

李重庆突然想起，今天是鬼节。

阿 霞

阿霞小我一岁，属羊。

阿霞个子不高，敦敦实实的，来城里半年了，也没有消去腮上的两块红晕。其他人开玩笑，说那是红二团。

我穿着制服，跟着杨经理走进大厅。好多人围着桌子折纸巾，有的抬起头来看见我，就笑一下，有的头也没有抬。

大厅里四面装着大镜子，明晃晃的。我想姚伯伯到底是国外回来的，除了带回了经营理念，也懂得视觉空间的延展魔术。在寸土寸金的市中心，盘下这么大一个门面本就不易，现在因为有个镜里镜外的缘故，竟似乎又大了一倍。

每面镜子里都有一个我，还都是别别扭扭的样子。制服松松垮垮的，走动起来两袖清风，好像个前朝遗少。虽说是西式面馆，门口招牌上还画了个巨大的牛仔，可制服的确设计得一点不干练，硬要搞什么中西合璧似的。看着看着，镜子里多了一张面孔，对着镜中的我嘻嘻地笑着。这是个圆圆脸的女孩子，拄着个和她一样高度的大拖把。她发现了我在看她，赶紧低下头去。

这时候就听见杨经理说，阿霞，门口的水怎么又没拖干净，想叫客人滑跤啊？

这女孩子就拎着拖把往门口走，突然回过头来，说，经理，我以后不用拖地了吧，有新的来了。

经理就不屑地笑了，说，你就想，能叫人家大学生拖地么？

其实除了拖地之外，杨经理也不晓得能叫我干什么。我实在是她所有安排计划之外的一个人。而她所有安排的结果，对于我来说，无非是社会实践报告上的一个大红章。我们家里都是些顶顶认真的人，具有中国特色的形式主义，有自己一套运行的游戏规则。而因为有我们家这样的家庭的存在，就出现了许多旁枝末节。我在大一暑假的社会实践任务，在我们家里是真正提上了议事日程的。其他同学，基本都在一个星期之内在居委会和父母所在单位搞定了。所以当他们叫我出去玩的时候，听说我要正儿八经地去餐馆打工了，都有些迷惑。

拿来拿来，我给他盖章。电话那头是个大咧咧的声音，姚伯伯是个老江湖，自然对这套游戏规则烂熟于心。爸爸说，老姚，你误会啦，我是真要把儿子送到你那里去磨炼磨炼的。姚伯伯沉默了一下，说，那让他到信息台来吧。信息台在当时还是颇时髦的行当，是姚伯伯的另一份产业。爸爸说，不，就让他去餐馆，不吃点苦，就失去意义啦。姚伯伯嘿嘿一笑说，你行，把儿子送我这儿忆苦思甜了。你舍得了，我也就没什么不忍心的。那就磨炼吧，也让你家少爷瞧瞧资本主义温情脉脉的面纱是怎么撕下来的。

姚伯伯是爸爸从小玩到大的朋友，后来娶了一个美籍华人的女儿，成了美利坚公民。爸爸说，姚伯伯在美国帮岳父家打理产业，据说是很有建树的。可时间长了，心尖上打了一个中国结，竟然真的就解不开。一狠心，就回来了，带了投资，在家乡开起了洋风味的牛肉面馆。当时是踌躇满志的，要在中国的餐饮界烧上一把火，准备把麦当劳和肯德基烧个片甲不留。

姚伯伯人很好，有孟尝之风，经常约来一帮老朋友，在他的馆子里吃吃喝喝。生意是在做，可看上去热热闹闹的，却往往是自己人。有阵子店里不是很景气，他还是吆五喝六地叫大家来吃，众人过意不去。他就说，呵呵，以为叫你们来干啥。过来给我撑台面，做广告的。

他对员工似乎也不错，这是我后来感觉到的。他似乎不怎么照应我。这一点我倒是很喜欢，自在。

爸爸是铁下心来要锻炼我，所以每天要求我一早骑着单车去上班。按理我们家在城北，坐车去市中心是方便的。不过我算懂得爸爸的良苦用心，就老老实实地照做。

第一天可能是没计算好时间，狠狠地迟了一到。打了卡，我也没在意。杨经理看着我笑笑，没说什么。目光所及之处，好像人人都在忙碌，有条有理。一下子，我又好像成了局外人。我走到更衣室换衣服，到了门口，一个人影斜插出来，堵住去路。我一看，是昨天的那个圆圆脸的小姑娘。她一把拉住我的胳臂，说，跟我走。我一时懵懂得很，就跟着她走。走到杨经理跟前，就听见她说，经理，他迟到这么久，你怎么不骂他啊?

我大吃一惊，回头看她，她脸红得有些肿胀起来，似乎愤怒得很。再看看杨经理，脸上尴尬着，却又对我笑，嘴动了动，终于说出话来，却是冲着那小姑娘的，发神经啊，阿霞，没看我忙么，干活去。阿霞舔了舔嘴唇，挪了几步。却又折回来，我们迟到你都骂，为什么他你不骂？杨经理正在给客人落单，这回真的不耐烦了，声音粗了起来，二五，我骂他，有人就要骂我，你拎不清啊！

阿霞终于走了，我还莫名其妙着。定了定神，终于去更衣室换衣服。一出来，杨经理把我叫到一边，刚才的事，别跟你爸说哦。我答应着，听到杨经理说，这个阿霞，缺根筋，总要给我惹祸的。

我一上午的工作无非是擦擦桌子，帮客人落落单。我看其他的服务生两只手端着四五只盘子楼上楼下地跑，好像挺有成就感。就对经理说我也要做，经理说，你刚来做不来的，要练好久，阿霞，来半年了，都端不了的。

忙完中午的饭时，大家坐在一起吃东西，吃得很安静，凝重得过分了。吃着吃着，工友们总归对我有些好奇，就开始问这问那。我就耐下心来答，正经八百地，大家就都说，毛果这个大学生，还真是个好脾气的人。他们说话的时候，阿霞就直直地看着我。她的眼睛真是大，目光却是涣散的。表情就有些茫然，好像时刻走着神。虽说是这样，我终于也被她看得心里发毛。这时候突然听见她大声地说，他迟到，经理肯定不会扣他工资的。

她声音这样大，斩钉截铁，似乎刻意夸张了自己的郊县口音。我心里又有了莫名其妙的感觉，很无助似的。这种感觉十分奇异，好像某些游戏规则被打破了，让我的双脚突然踩了个空。我抬起头，看着工友们。大家对她的话并不在意。有个叫瑞姐的，冷笑了一下，开始低下头去剔指甲。其他人只是沉默而已。气氛一时有些生硬，但也没有谁的脸上有了看热闹的人通常具备的饶有兴味的神色。

这时候大厨王叔站起来，说，干活了，干活了。我也跟着站起来，却看到阿霞空洞的目光仍旧一路逼视着我。王叔哈哈一笑，拍拍我的肩膀，说，小伙子，我们霞子还厉害啊，哈哈哈。

我这才觉出阿霞在这个群体中，是个异数。很不寻常的，是她自己的行为和别人对她的态度。这原本是个很世俗的群体，阿霞的旁逸斜出，似乎为它增加了一些考验的力度。而被考验的，是我。

回到家，我无意说到了阿霞的事情。妈说，啊，老姚店里还有这样的人，乡下来的吧，这么没教养。毛羽，要不要跟老姚说一声啊？

我突然想起来什么，不，什么也不要跟姚伯伯说，你们说，我就不去了。

第二天我起了大早，到了餐厅，还没什么人。杨经理看见我，好像有些惊奇。她看看我说，你，其实不用这么早的。停了停，又说，阿霞的话，不要当真。

我没想到的是，我的自律，会引起其他人的好感，其中包括阿霞。

中午吃饭的时候，阿霞竟坐到我旁边，吃了几口。她又开始定定地看我，突然大声地对我说，你看，你可以不迟到的嘛。

大家又沉默了，含笑看着我，好像阿霞代替他们说出了对我的褒扬。我突然有些兴奋，是一种被接纳的感觉，可是这种感觉同样是奇特的，是一种有些幼稚的满足感，这种满足感，只是因为阿霞的一句话。

阿霞低下头去，大口地吃东西，把汤喝出很大的声响。那是一种理直气壮的声音，一种孩童式的理直气壮。我逐渐感觉到阿霞在人群中是一个小小的权威，奇特的是，这种权威却含有某种游戏的性质，是在被众人的纵容中形成的，这一点让我迷惑。

我想，我是个适应能力很强的人，我一旦融入了一个集体，也许不会被同化，但是也决不企图让它去迁就我。这一点，也许注定我不会成为一个领导者。一个星期后，我在下午休息的时间里不再觉得无聊，因为可以边打盹边听王叔讲他千篇一律的黄段子，或者和小李比赛打手掌机上的电子游戏，又或者在楼下大厅耳朵上夹着纸条打“拖拉机”。这样久了，也没人把我当什么大学生。大家都很放得开了，男人可以说一些关于女人的下流笑话，而女人开始八卦一些刻毒的家长里短。他们不在乎我听不听，只是我不再是他们不吐不快的障碍，这一点令他们感到欣慰。这个群体浮现出了它低俗的实质，这是我所陌生的，却似乎并无困难地接受了它。

这时候的阿霞，却是很安静的。她往往是拿来一小箩纸巾，一个人躲在角落里慢慢地折。开始动作是机械的，中规中矩的，她脸上的神情也是相当肃穆的，是完成使命的样子。渐渐自己也感到烦腻了，就折出许多花样来，脸色也跟着活泼了。折的多是些中看不中用的形状，很繁复，但失去了纸巾的功能。这时候，如果有人问，阿霞，你折的什么啊？她就会把先前折好的模型迅速地抖开，再规规矩矩地折成千篇一律的样子。

终于有一次，在下午一场酣畅淋漓的牌局之后，我起身去厕所。

经过阿霞身边的时候，突然听到她大声地说，你怎么跟他们一样哦，你是大学生哎！

我回过头去，看到她十分认真的表情，脸色又是通红的，却是个悲愤的模样。我一时间语塞，仿佛又是秀才遇到兵了。

拌凉菜的四川师傅小李，就打着哈哈说，阿霞妹子看不上我们，看上状元郎了。大家就很凑趣地笑，是替我解围的。

阿霞却恶狠狠地接上去，我就是看不上你们，我就看得上状元郎。我家弟弟就是个状元郎。我诧异极了，因为这些话阿霞几乎是喊出来的，肩膀抖动着，竟像是歇斯底里了。她大而空洞的眼睛却是要将我吸进去一样。我突然有些恐惧，觉得自己好像前世亏欠了她。

大家散去了，阿霞重新坐了下来，认认真真地将纸巾折下去。

接下来的下午，发生了一件事。这件事，原本是可以不发生的。

我们的工友里，有个安姐，是个很温柔和善的人，对谁都很好，还都是默默的好。这种好的表现往往是拾遗补缺的形式，你制服穿得不整齐，她叫住你，给你理理顺；你给客人擦桌子，匆忙了，擦得不干净，她就过去给你补上一把；你有事要找人代班，常常第一个想到她。她是个最好说话的人。

我刚来的时候，安姐已经怀孕四个月了。按理讲，这样的体力活，是不好做下去了。可大家知道她家里要钱用，也因为她的好，都没有人说什么。杨经理也是睁只眼闭只眼，只是让大家关照着她。后来有次姚伯伯看见了，很惊奇似的，说这个样子，出了事怎么办，当场就要辞掉她。安姐不说话，眼睛却红了。她换了衣服出来，去经理室结账。杨经理却跟她说，你留下吧，我跟姚总讲了。姚总说，总归总，你不要硬撑着做。

傍晚是生意的高峰，又是周末，这样的时候，再多的人手也是嫌不够的。大家都很忙乱，安姐却在这个时候出了差错。其实不是很大的事情，安姐端着一碗汤面，摆到桌上的时候倾斜了一下，洒出了一些到外面，却又溅到一位女客的裙子上。这客人自然是很恼怒，当场站起来，说了批评的话。其实公平地讲，这些话讲得是不过分的，这客人也是知识分子模样，无非说的是些大着肚子怎么还出来做事之类的，说得安姐把头深深低下去。这种事情在餐厅里也是常有，大家也没太在意，知道杨经理远远看见了，自然会过去摆平。可是这回，却看到阿霞拎着拖把，几个箭步过来，指着那女客的鼻子破口大骂，虽是带着乡音，却听得出骂得很难听，翻来覆去只是几句，句句都是关于女性最隐秘的部位。那女客愣住了，突然神色紧张起来，脸开始红一阵白一阵。阿霞却越骂越勇，女客竟不知如何还口，终于哭了。这一幕来得突然，众人都有些发怔，待到安姐醒悟，要掩住阿霞的口，经理已经过来了。经理呵斥着，阿霞却还在骂，失控似的，骂的话还是苍白而不堪，眼里却闪出了光芒，仿佛是成就了一番事业。

啪！杨经理一个巴掌重重落在了阿霞的脸上，她自己的手先缩回去。阿霞呆了一下，脸上泛起了奇异的笑容。她拾起拖把，十分镇定地走了。

我很吃惊。杨经理在给客人赔不是。客人这时终于缓过神来，嘴里噼里啪啦，把原本对着阿霞的针尖麦芒都向杨经理射过来。杨经理没有一丝愤怒的神色，躬着背，嘴里絮絮地说着什么。在旁人看来，她却是忍辱负重的。

晚上我加班，打烊的时候，杨经理端着一杯茶，深深地叹了口气，对我说，这回，阿霞可能真的是留不住了。

接下来，我就知道了阿霞的事情。阿霞姓陈，她的父亲原本是面馆里的白案师傅，在店里做了很久的，手艺好，人也好。他没了老婆，留下一儿一女。小的是儿子，是他很骄傲的，在县里上了技专，在当地就是有了大出息了。陈师傅每每说起来，脸上都带了光，说他一个人跑到城里来打工，就是为了供儿子读书。女儿他就很少提，似乎也不愿意提。众人也并不问，想这些乡下的姑娘，也是大同小异的。陈师傅为人勤勉，为了多挣些钱，就常给人代班，经常是没日没夜。终于有一天，他在蒸小笼包的时候打起了瞌睡，懵懵懂懂，整只手就伸进了做肉馅的搅拌机里。机器运转得快，他来不及抽出来，当场手就没了。这件事很不幸，虽是因为他自己的疏忽，大家却都很同情。姚伯伯给他算了工伤，支了两万块给他，却想到他以后日子的难过，就又多加了一万。按理这件事情，店里对他是很厚待了。可他从医院出来，到了店里，当着众人的面就给姚伯伯跪下了。说姚总对他恩重如山，可他却还有件开不了口的事。然后他就说，自己现在算是失去劳动能力了，将来总怕要坐吃山空，家里还有个上学的孩子，这就是难上加难。他想着，能不能让闺女来接他的班，好歹家里还有个挣钱的人。姚伯伯问起这女儿能做什么，他也是反反复复地说，什么都能做，什么都能做。

阿霞来到的时候，众人是喜欢的。一来心里多少都带着些怜悯，二来阿霞的样子很敦厚，说起话来，似乎也很规矩。她自然是不会做白案的，经理开始分配她些轻省的活，她就很勤力。比如折纸巾，因为枯燥，别人往往做起来三心二意，可她却心无旁骛似的，折起来像是开动了马达的机器，无休无止的，总要外力的介入才停得下来。也是这件事，让人开始觉得她似乎有些发痴。她的手脚其实又是粗笨的。日子久些了，经理也试着让她做复杂些的活，比如给客人上菜。她上手的碗盏，却经常遭受破损的命运。可是她的记忆力，似乎又是异乎寻常的好。因为给客人落单这样的事，在餐厅里为了运作的快捷，所有的菜式都是排了编号的，就是一道菜对应一个编号。服务生到了后厨，直接把编号给师傅就好了。这就很考验服务生的反应能力，客人点了菜，要立即落实到编号上。旺季里，店里有一百多道菜。刚来的工友，出错是常有的事。可是阿霞来那天，只把菜单看了一个中午，以后落单似乎就没出过错。这件事，被工友们传得有些神乎其神了。

从此，经理就让阿霞专下心来，做拖地、折纸巾和落单这三样工作。这几样比起其他工友的工作，是见缝插针式的。虽然单调，阿霞却很尽责。好像是机器齿轮间的润滑剂，不显眼，却也不碍眼，是时时处处发挥着作用的。

到了后来，大家发现了阿霞一些奇特的地方。在旁人最吵闹的时候，她往往是安静的。细细看去，她眉宇间这时候竟会带着悲意。这就和她敦厚的五官很不相称，生出了人小鬼大的滑稽。大家开始以为她是为了父亲，可到了她欢快的时候，似乎又判若两人，这就让人很费解。再到后来，她就在众人面前大起嗓子，开始说些不着边际的话，配合着粗鲁的举止。开始觉得她是孩子气，可有一回，一件极小的事情，竟让她嘶喊着，使劲地薅起自己的头发来，这实在就让人莫名其妙了。

这样过了一个月，有天一个工友来，说是阿霞父亲的一个同乡终于告诉他一些内情。原来阿霞这孩子是有病的，是脑子的病，不知是何时落下的病根儿。总之发作起来是一时悲悲戚戚一时呼天喊地的。家里请过神，驱过邪，究竟也没有治好。不过这孩子不发病的时候，是极好极懂事的。大家纷纷颔首称是，心情却都很复杂。终于有人说，陈师傅这个人，把个有病的孩子送出来，怎么就放得下心来。又有人说，万一出了事，这不是给人家找麻烦么，看他老老实实的一个人，怎么就这样把姚总给涮了。

这时候大家朝阿霞看过去，她正安安静静地坐着折纸巾。工友们嘴里说着他父亲的不是，心里对这个小姑娘，却是越发地同情了。

跟着，这件事情的发展是阿霞自己不知道的。餐厅开了会，讨论过，还投了票，最后姚伯伯拍板把阿霞留了下来。以后大家对阿霞都很留心，她不知不觉成了大家心中的块垒。以后人们对她越发地宽容了，一些原则之于她也变成了无原则。这种心情，往往是对弱小的动物才有的。

听到这里，我忽然明白，阿霞是幸运的，一个集体达到了怎样的默契，才可以这样给她宽容并照顾着她。

我也明白，杨经理之前说到阿霞“缺根筋”，也并非仅是象征性的，而是有所指。我也明白，她让我不要告诉家里，无关自己，原来也是出于对阿霞的保护。

临走的时候，我说，经理，下午的事，我不会跟家里说的。经理摇了摇头，又叹了口气，说，这件事大了，你不说，也自然有人会去说的。

自然有人会去说。

这个人是谁已经不重要，但是姚伯伯的恼怒的确是空前的，在我印象里，他是很少大起嗓子说话的人。可是这天下午，却有很激动的声音断裂着从经理室里传出来，偶尔静下来的时候，是杨经理低声下气的申辩，然后又被更激动的声音淹没了。

谁都知道，和客人当面发生争执是饮食行业的大忌。在食肆林立的湖南路步行街上，姚伯伯的面馆经过这些时日的苦心经营，才算是站稳了脚跟，生意有了起色。商场如战场，里面有多少明争暗斗，不为外人道。姚伯伯是个讲义气的人，却也有商人的心计和手段。现在店里规模虽不算很大，却也是当年挤垮了隔壁的“老巴子”川菜馆，盘下了对方的店面扩建的。姚伯伯说过，开饭馆，最要紧的是声誉。“老巴子”就是输在了声誉上。这一回，店里出了这样的事故，在同行看起来，是无异于自绝生路。

姚伯伯终于黑着脸出来，眼睛在人群中扫视着，寻找着阿霞。阿霞远远地坐在角落里，折着纸巾，眼神依然是涣散的。“阿霞。”姚伯伯这回的声音其实不大，语气却很阴沉。阿霞远远听见了，身体似乎抖动了一下，抬起头来，是个木然的表情。她的手停住了，一张折好的纸巾还未放在箩里，也僵在了空中。

阿霞没有动。

“姚总，”是安姐温婉的声音。姚伯伯出其不意地转过头去，看见安姐用手护着肚子，艰难地站起身来。“姚总，让我走吧。阿霞是为我，你留下她，让我走。”她吃力地把手绕到身后，开始解着身上的围裙。解下来了，看着姚伯伯，脸色平和，并没有上次险些被辞工时的悲戚神情。

姚伯伯依然虎着脸，吸了口气，说道，小安，没有你这样求情的。这不是谁代替谁的事情，我这里不是收容所。

这句话说得很硬，一锤定音了。姚伯伯转身走回经理室，杨经理跟着进去了。

安姐有些焦急，愣了一愣，突然对我说，毛果，你去，你去跟姚总说。所有人的目光投向我。我看了一眼阿霞，她依旧木着，好像个局外人。

我敲开经理室的门，会计正走出来。姚伯伯看到我，语气温和下来。我的口才原不是十分好，但终于还是把该说的话说完了，其中不乏一些恭维他以往仁政的意思。

姚伯伯摇摇头，毛毛，伯伯总归总都是个生意人。有些事情，人情是人情，原则是原则，不能混在一处了，你还懂啊？

我自然是懂的。

来接阿霞的是她父亲，就是我没见过的陈师傅。只是我没有想到他会这样苍老。黑瘦的一个人，不是健康的黑，很晦暗的颜色，从皮肤底下渗透出来。身形是佝偻着，他本不算矮小，这样却也要抬起头来看人。脸上带着笑，是一成不变的，或者说是以不变应万变的，讨好的笑。这大概也是他在磨难中历练出来的。我突然在他身上看出了某种郑重的意味。头发是刚理过的，也许是在很便宜的理发店里理的，理得参差，却的确是刚刚理过。穿了不合身的一件中山装，很干净地发着旧。一只袖子底下，是空荡荡的。

姚伯伯很淡地和他客套了几句，陈师傅脸上堆着笑，神情却是木的。嘴里翻来覆去，都是几句，说自己命不好，养了个死女子，姚总怎么都是自家恩人。说得多了，姚伯伯倒有些尴尬，打断他的话头，说，你在老家过得还好吧？

他反倒沉默了。阿霞在他身旁拥住他，死死地扯住他那只没了手的袖子。突然她抬起头，开了口，我爸，他没回老家。

陈师傅有些嗔怒地看她，阿霞和他对视着，却突然得了胆似的，说，我爸没回老家，他在雨花台的工地帮人做工。我爸帮人做小工，一天十五块钱。

陈师傅伸出左手，巴掌重重落在阿霞的身上。他的脸羞红着，大家彼此心照，当时他让阿霞来顶工，是说自己失去了劳动能力，只有回老家去了。他是个老实人，这对他而言，是个承诺。

他在阿霞身上一下下地打，下了狠力。我们却都看到了他手上的伤口，很深，不规则的，有些还往外渗着脓，好像被腐蚀过，难以愈合了。

老陈，姚伯伯喝住他，口气和缓下来，你的手，怎么回事？陈师傅听了，迅速地把手藏到了袖子里，嘴里很轻地说，翻石灰，石灰咬的。石灰不好，结块了，用手掰的，不打紧。

我们明白过来，工地上有些工具，他是没法使用的，他只有一只手。

他终于说，他现在依旧很难。儿子学校要交赞助费，钱不够，他只有出来做。姚总给的几万块，都还了先前给老婆治病欠下的医疗费。他千不该万不该对姚总瞒下阿霞有病的事情。他不能再错下去，这就领阿霞走。

阿霞突然哭了出来，陈师傅又是重重地打下去，嘴里骂，死女子，又犯病了。阿霞却拗了劲地拉住他，一边哭，嘴里清清楚楚地说，爸，我没病，你别让我走，我能帮你挣钱。

陈师傅挣脱了阿霞，拎起她的行李，说，走吧，走了总归轻省了。

父女两个往外面走，阿霞突然变得很顺从，拉住父亲那只空荡荡的袖子，闷不作声地跟上。

等等。姚伯伯叫住了他们，老陈，你这带阿霞到哪去?

老陈叹了口气，说带到工地上去。自己做到月底不做了，回老家去。工地上都是爷们儿，带着她不放心。让她一个病孩子在家里待着，还是不放心。

姚伯伯说，你把阿霞留下吧。我想好了，让她留在后厨帮忙吧。工资不少她的，都是熟人，好有个照应。你钱挣得差不多了，就带她回去。

看到大家用惊奇的目光看着自己，姚伯伯有些自嘲地大声笑了。我想，这个朋友爸爸是交得没有错的。

阿霞终于又留了下来。

阿霞是留下来了，却没有了先前的活泼，对谁都小心翼翼的，好像是捡回了一条命的人。规矩得有些过了，似乎总是在防范什么。听到有人叫她的名字，也惊醒一般。和她熟了，工友们也都能看出她精神不对的苗头，往往就是安姐把她带到餐厅后面的宿舍去。过了那一阵，也就好了。

干活时她依然很卖力，也是过了，谁都看出有了感恩的成分。别人都休息下来，她还是一遍遍地拖地，要不就是无休无止地折纸巾。有客人来了，她就很自觉地到后厨里待着，似乎要把自己掩藏进去。

她和谁也相安无事，彼此间却疏远起来。大家没有了开她玩笑的企图。曾经自诩为她的追求者的四川师傅小李，也偃旗息鼓，和她有了相敬如宾的样子。工友们说起她，都觉得可怜，也不过如此。阿霞渐渐变成了一个有当无的人。

对于我，阿霞似乎知道我为她求过情，变得格外恭敬起来，恭敬之外就有些躲闪，似乎很生分了。

阿霞的变化这样大，却是入情入理的。她的病，是她要防范的东西。

我打了电话给我中学的一个哥们儿，学医的。我讲述了阿霞的种种，他听完后，很肯定地说，是狂躁抑郁症，轻度的，但是很典型。

我想了想，问，这种病严重么？算是……精神病？

嗯，不过如果没有激惹诱因，一般不会产生破坏和攻击性行为，基本没有什么危险性。你们这些凡人，就是把精神病人都当疯子，这是很不科学的。

我说，行了，我不是说这个，那，好治么？

那头停了停说，毛果，建议你不要多这个事。这么麻烦的小姑娘，不适合发展成为打工恋情的对象吧？

接着，他开始自说自话一些不着边际的事情，好像个花痴。

我说，哥们儿，你思觉失调加妄想症到了晚期了。就把电话挂了。

不过，他说对了一样。我确实很想对阿霞好，突然间的。

阿霞身上某种东西在慢慢地凋萎，让我感到不忍。

这天黄昏的时候，有客人进来了。阿霞像应激反应一样，站起身来，迅速地把折好的纸巾收拾到竹箩里头，往后厨走过去。

她对自己的自制力，已经没有了信心。

我拦住了她。她抬起头。没有开灯，仄仄的走道里头光线黯淡。看得见的，是阿霞很大的眼睛里，有些冷漠的光。阿霞，想去看电影么？我问她。她仍旧是冷漠的。我说，走吧。

我是个很少冲动的人，然而冲动起来，也很少考虑后果。我拉着阿霞走出门去，甚至忘记和同事调班。

电影院是不远的，就是街口的“大光明”，在放杜琪峰的《枪火》。

那时候的杜琪峰，没有现在这样火。他的电影一直是很好看的。我是个看电影投入的人，看着看着，就投入进去了。忘了四周围的种种，也忘记了阿霞。

阿霞睡着了，我并不知道她是什么时候睡着的。

她正发出很沉重的鼻息，像是很久没好好睡过了。这时候的阿霞，脸上神色很坦然，嘴唇翕张着，竟有些笑意。眉头似乎微微皱起，带着蛮憨的神情。这还是那个天真的阿霞。

我没有叫醒她。有一刻，她仿佛是要醒了，可是咂吧了一下嘴，换了个姿势，又沉沉地睡过去。

她醒来的时候，电影已经快要结束了。

出来的时候，阿霞突然说，这是我第一次在城里看电影哎。接着又说，这个电影不好看，不搞笑。

她说她上次在县里电影院看电影，放的是《少爷的磨难》。陈佩斯演的，那个片子很搞笑。阿霞问我，毛果，你还喜欢陈佩斯啊？

我说，喜欢。阿霞突然兴奋起来，说，是啊，我最喜欢陈佩斯啦。

阿霞眼睛里有了光亮，她开始向我历数她看过陈佩斯演的电影和小品。她说她最喜欢那个《主角与配角》，这时候，她停下来，似乎在琢磨什么。再抬起头来，就大声地对我说，毛果，我演给你看。

阿霞开始表演，一人分饰两角。不是比划，而是实实在在地去演，声情并茂的。在傍晚的步行街上，阿霞旁若无人地表演起若干年前的经典小品。阿霞有这样好的表演天分，没有一丝做作，浑然天成。我终于被她逗笑了。这时候有了行人驻足围观，阿霞似乎并没有收敛的意思。我赶紧叫她停下来。

阿霞，你演得真好。我由衷地说。

他们说我学宋丹丹最像了。阿霞有些得意，然后又说，不过我觉得我像高秀敏，我胖。

高秀敏是个很憨实的小品演员，没有宋丹丹漂亮。阿霞很诚实，她没有女孩子们趋利避害的心机。

阿霞看着我，突然笑了。这是个很放松的笑容，阿霞的脸，生动和好看起来了。

我问她，阿霞，饿么？

阿霞好像突然想起来什么，很焦虑地说，哎呀，这么晚了，小李肯定不会把小菜留给我了。

阿霞的晚饭是餐厅里下的光面，两块钱一份。光面就是不加任何配料的面条。不过餐厅里有个规矩，中午厨房里配好的小菜，是不可以留到晚上给客人的。所以这些菜，可以由厨师自己支配。传说拌凉菜的小李以前追求阿霞，所以把这些剩下的小菜七七八八地都留给阿霞。小李也是个很实诚的人，这个习惯沿袭下来，到现在并没有什么改变。

阿霞还在发着愁，我说，阿霞，走，我请你吃其他的。

到了必胜客门口，阿霞回头就要走。

嘴里说，装修得这么好，这么洋的地方肯定要很多钱。姚总上次跟我说，这些钱到底都要算到顾客头上的。我不吃。

我说，我请你吃啊。

阿霞很拗地说，不吃，不划算。

我把她拉进去，点了一个超级至尊，要了两杯橙汁。阿霞看见了价钱，很不安的样子。我说，阿霞，偶尔吃一下的，又不是天天吃。

比萨端上来的时候，阿霞却很惊喜，说这么大啊。我夹了一块给她，她小小地尝了一口。我问，好不好吃？她点点头，说，很好吃。跟着大口地吃下去。

阿霞吃东西的态度也是很诚恳的，很带劲儿地吃下去。吃得高兴了，还对我笑一笑，像是和我分享其中的快乐。

吃完了，阿霞说，我小时候，妈给我和我弟烙的油饼，跟这个味道很像，不过没有这个大，也没有这个好看。

谈起自己的母亲，阿霞似乎也并没有很黯然的神色，好像在说一个还在世的人。她用手指拈起盘子里的一个饼渣，放到嘴里细细地嚼，很认真地回味。然后说，我要带我弟来吃。

回去的路上，阿霞的话多了起来，跟我讲他们家乡的事情，还有她和她弟弟的事。其实很多都是琐事，但是阿霞是用很怀念的口气说的，加了很多感情的色彩，我听得也很有兴味。

阿霞突然说，毛果，我下次要请你的。我爸说，女孩子不能占人家的便宜。她这样说，让我有些愕然，心里也多少有些凉下去。

可阿霞从那以后，似乎情绪真的活泛了一些。和人相处，又有些恢复了落落大方的态度。而她对我，则是变得很亲近了。这是我始料未及的事，大家也是有些惊奇的。阿霞对人的友好是不加掩饰的。到了休息的时候，她往往就坐在我的身边，跟我说话。因为经验的原因，话题也都是很单调的，但是她也会一直不停地，兴致勃勃地说下去。

有一次，大厨王叔就打趣说，毛果，阿霞对你这样好，你可不能欺负她哦。

阿霞立刻很严肃地站起来，似乎要澄清什么。她说，你乱讲，我是喜欢毛果，可人家是大学生，爸妈是教授哎。她似乎为了表明她清醒的态度，又郑重地补充了一句：我们是不会有结果的。

我自然是大吃一惊。这最后一句，大约是阿霞从电视上看来就地引用的。这是很让人尴尬的话，让胸无城府的阿霞说出来，却莫名地有了悲壮的意味。

工友们也都愣住了神，忽而哈哈大笑起来。我也只有凑趣地跟着傻笑。

有一天，整个上午阿霞脸上都挂着喜色，旁人问她什么事，她也不肯说。到了下午休息的时候，阿霞很神秘地告诉我，她弟弟到南京实习，要来看她了。

这当然是件好事情，我也为阿霞高兴起来。

到周末的时候，阿霞弟弟真的来了。工友们都有些意外，因为他和阿霞似乎并不很像是姐弟两个。这是个瘦高的男孩，长得很文气，原本是个好孩子的模样。但是他又挑染了很黄的头发，身上穿着时髦却廉价的衣服，这就使他多少显得不很本分。他说起话来，目光游离，又有些和年龄不相称的世故神情。为了阿霞的缘故，工友们和他客套着，他似乎有了厌倦的情绪。阿霞始终是很骄傲的样子，好像在向众人出示一件宝物。大家也都知道这男孩子在他们家里的地位举足轻重，因此依然保持着很客气的态度。

到了快晚饭的时候，杨经理说，阿霞，叫你弟弟在店里吃饭吧，我来请。阿霞却说，不用啦，我要请弟弟吃“必胜客”。

阿霞说这话的时候很硬气，像是做了个很大的决定。众人就很迁就地笑。

阿霞说完，又拉住我说，毛果也去。

这对我是格外的礼遇，工友们就开始起哄。我就说，阿霞，你和弟弟去吧，你们姐弟两个，肯定有好多话要讲，我在也不方便。

阿霞说，你上次请了我，我一定要请你，我下次再单请你，又要多花很多钱，所以要你一起去。

阿霞这样直统统地把自己的小算盘说出来，我就推辞不了了。

到了必胜客，阿霞直接点了上次的超级至尊。其实还有很多其他的品种，但我知道阿霞是不会变通的，她是个实心眼的人。

已经落过单了。阿霞弟弟又突然说想要一杯卡布其诺，说是自己很喜欢喝的。阿霞并不知道这是种什么饮料，服务生又来了，就支吾着说不出来。她弟弟有些厌烦，抢过她的话头去，大声地说是卡布其诺。阿霞并没有不高兴，直说弟弟是见过世面的人，是自己太土了。

阿霞极力想让气氛活跃些，就说了很多自己在城里的见闻。看到弟弟并不感兴趣，就岔开话去，问他有没有去看父亲。弟弟说没有，不想去看。阿霞听他这样讲，就沉默了。隔了下子就又说，还是去看看吧，爸都那样了，都是为你。弟弟就不耐烦地说，是他自己要那样，告诉他不要再寄钱了。我和同学借钱交了赞助费，他那样挣，不晓得要到什么时候才凑得齐。

这样一来，姐弟两个话不投机，有些不咸不淡。她弟弟就和我说话，开始也是这个年纪的男孩子通常的话题，英超甲 A 之类的。他说这些的时候，用的是很刚愎自用的语气，指点江山似的，这也是这个年纪的男孩子时常会有的。阿霞在一边只是听着，脸上却显出了十分欣赏的表情，似乎都是她闻所未闻的见识。后来说起专业，他知道我是学文科的，就很武断地说，文科多没前途啊。说完了，自己就把场冷下来，有些道不同不相为谋的意思。阿霞赶紧接上话去，说毛果是在N大读书的哎。这样一来，他就又改变了态度，变得很向往了。说N大是全国重点啊，他们这回实习，要在N大听一个月的课。然后又说，他们学校，明年会有几个到N大进修的名额，他在班上的名次是很前的，估计是没有问题，问我能不能帮他打听一下课程的安排。我说可以，他就和我互留了联系方式。

到快要吃完的时候，阿霞弟弟说想要尝尝火焰冰激凌。这是这一季新上的甜品，价格是很贵的。我有些担心，问阿霞钱够不够，说我来请你弟吃吧。阿霞忙说，够的够的。说的时候很自豪，又问她弟弟还想要吃什么。

到了付账的时候，阿霞掏出的都是些零票，好像是攒了很久了，但数目的确是够的。

送他弟弟走了，阿霞一路上仍旧欢喜着，说原来大学生都喜欢吃“必胜客”。

到后来姚伯伯和爸爸谈起我打工的那几个月，说是店里的多事之秋。这话说的是没错的。

工友们也说，似乎在之前很长的时间里，也并没有这样的事情发生过。

这天晚上快打烊的时候，杨经理走过来，用很低的声音跟我说，毛果，去把店里的人帮我叫齐。

她说这话的时候，用的是很阴郁的口气。在我的印象里，杨经理似乎总是和颜悦色，处变不惊的。她看出了我的诧异，就低声地补了一句，店里丢了钱。

人叫齐了，杨经理就说，今天上午她从银行取了七千块，因为一时匆忙，就交给前台的收银小张，亲眼看着小张锁进了抽屉里。下午三点多的时候，小张告诉她钱不见了。因为怕影响店里的生意，她一直没有声张。看现在的情形，偷钱的左右不过今天当班的人。她说，大家平常相处得这样好的，她不想报警。谁拿了钱，心中有数，私下里交给她，或者可以既往不咎。

遇到这种事情，做没做的，似乎都在心里发着虚。工友们一个个的头都低下去。王叔狠狠地把手上的烟头往地上一掷，说，操，手脚这样不干净的，去偷金陵饭店哎，跑到我们小店里来作怪。

收银台的小姑娘嘤嘤地哭起来，因为这个人要是查不出，她就要承担很大的责任了。这时我后面就有人小声地说，其实对这个新来的女孩子，却是最不了解底细的，监守自盗也未可知，或者她就指望着店里网开一面呢。

杨经理叹了口气，说，你们都好好想想，我也不想为难谁。

这时候阿霞站起来，说，我知道是谁拿的。

大家朝她看过去，她的脸又是涨红的，很激动的样子，好像下了很大的决心。

不待人问她，她转身朝更衣室跑过去。出来的时候，手里捧着一个饭盒，打开了，里面是摆得整整齐齐的一叠钱。

饭盒是安姐的。

一瞬间，大家的心情变得很复杂。事情解决得太过利落，如释重负了，又觉出这件事情有了不寻常的性质。有人终于说，阿霞，不是又犯病了吧。

阿霞依然涨红着脸，不说话。

沉默了一阵，有人又说，阿霞，安姐平常对你最好哎。

这一幕在我看来是奇异的了，是非的界线忽然变得很模糊，人们的立场微妙地游移，失去了标准。

安姐终于站起来，说，是我拿的。

她说，你们不要怪阿霞。这钱我拿了，就没准备还回去了。我是没有脸在店里待了。经理，你做个好人，让我走吧。

她又看了阿霞，说，阿霞，姐以后不能照顾你了，你自己要好好的。

阿霞是很漠然的神情。

杨经理说，你走吧。今天晚了，明天来领这个月的工资。她又对大家说，今天的事，不要说出去。小安家里难，恐怕还是要在别家的店找工做的。

安姐很感激地看了杨经理一眼，走了。

大家看安姐大着肚子，蹒跚地消失在夜色里头，都觉得有些凄凉。

再回头看阿霞，目光就很隔阂了。

第二天，安姐并没有来。再后来，有人就说，安姐出事了。

知道的人说，安姐住在医院里，肚里的孩子没了，被她老公打的。

原来安姐家里的状况，比我们知道的更加艰难。她老公，是个下岗的工人，很久没有找到工作了，还有个有病的婆婆。她怀孕这么久，依然要出来挣钱养家。老公原本脾气不好，心里烦闷，竟又染上了酒瘾和赌瘾。她在家里就要经常挨打，无缘无故的，只是因为老公要发泄心情。出事的前个星期，她老公又出去赌，赌输了很多钱。还不出，门口的墙上，就被债主用红油漆写下了恐吓的话。她老公逼着她想办法，想不出办法，仍然是打。她被逼得走投无路了，那天看到杨经理手里的钱，人也糊涂了。

丢了工作，老公不分青红皂白又打了她，这一回下了狠手，硬是把她打得昏死过去。送到医院里，下身还淌着血，命是保住了，孩子却没有保住。

大家就想起，以前休息的时候，安姐拿着一个小木锤子，在桌上砸核桃的情形。她说，多吃核桃，肚子里的孩子生下来，就会很聪明。将来就有出息，不会像她这样命苦。她这些核桃是不会分给别人吃的，除了阿霞。

杨经理说，今天提前打烊，我们去看看小安。

快到医院门口的时候，我们才发现，阿霞不见了。

我们找到了病房，安姐还没有醒过来。床头边是个女孩子看着，说是她妹妹。安姐的脸白得好像一张纸，神态还是温和的。肚子那里，现在是塌陷下去了，身形就小了很多。原来她是那样瘦弱的一个人。

我们在一旁默默地看着她。杨经理问她老公呢，她妹妹忽然就很激动，说那个狗娘养的，把我姐送进医院就没来过。

安姐醒过来，看到我们就撑着要坐起来。起来的时候，习惯地做了个护住腹部的动作。这一回，手却摸了空，她愣了一下，眼睛倏地红了。

这时候阿霞进来了。

她闷不吭声地走到病床跟前，找到安姐的手，把一个信封塞过来，又跑了出去。

信封里面是一叠新崭崭的一百元。杨经理用手捏了捏，说，阿霞把她银行里的钱都取出来了。

安姐对我说，毛果，把阿霞叫回来。

阿霞并没有走远，迎着住院区的大门口站着，头上白炽灯的光线把她的影子拉成了长长的一道。我喊了她一声，她只管低着头，右脚在左脚上来来回回地蹭着。

我说，阿霞，安姐叫你呢。

她不作声，我拉了她一下。她却露出惊慌的神色，用手紧紧抓住铁门上的栅栏。

我说，阿霞，去吧。

阿霞静默地走进病房，安姐向她招招手。

她犹豫了一下，还是走过去，把手放在安姐的手里，突然俯到安姐的身上，大声地哭泣。安姐叹了口气，轻轻地抚摸了她的头发，她就更大声地哭起来。

终于有护士走进来，对她说，你这样哭，对病人身体恢复是很不好的。

阿霞不理她，只是一径地哭下去。

因为开学了，我的打工生涯告一段落。临走的时候，工友们送了我一套精装的《唐宋诗词详注》，都说，毛果是个读书人，送书总是没有错的。姚伯伯对爸爸说，毛果不容易，和我们的员工打成一片了。

工友们说，毛果，你一定要来看我们啊。

我说，一定一定。

小李就起哄说，不看我们也要来看阿霞啊。

阿霞就用拳头很使劲地捶他。

过了些日子，我真的去看他们了。大家都很高兴，说毛果还记挂着我们。

聊了一会儿，也没看到阿霞。

王叔说，阿霞走了。

我说，被她爸接走了？

王叔摇摇头，就有人示意他不要说下去。王叔很愤然的样子，怎么不能说，这事霞子不做，我总归都是要做的。

我走以后，阿霞做了件惊天动地的事情。这是谁也想不到的。

原来，安姐流产以后，连生育能力也失去了。她那个混蛋老公，就以此为借口要和她离婚。后来知道，她老公早在外面有了姘头，是个很有家底的女人。先前种种对她的刁难，都是蓄谋已久。安姐虽然很不忿，心底却还很爱这个男人，狠不下心来和他离，终于自己寻了短见。终究是没有死成，就这么拖下去。她老公其间又给她很多折磨，手段残忍，竟是怀了报复的心理了。谈起这个男人，谁都说是得而诛之，然而毕竟是别人的家事，似乎又奈何不得。

有一天传来消息，说这个男的被人砍伤了，这是大快人心的事。又有消息传来，说砍他的人竟然是阿霞。

后来听说，阿霞做这件事情，竟是事先就有了缜密的计划。她有次跟踪了这个男的，摸清了他姘头的住处。有天晚上，就带了把菜刀，等在门口。等了整整一晚上，那男的醉醺醺地回来了，她上去就把他给砍了。她下手时，是朝死里砍的，可毕竟是个女孩子，只是把他的肩胛砍成骨折而已。不过，有只耳朵是被她砍下来了，阿霞竟把那只耳朵剁得稀烂。这么着，该是没有女人会看上他了。

阿霞做完这件事，就近找到个派出所自首了。王叔说，她在局子里，只是反反复复地说一句话。

她说，我有神经病，神经病杀人是不犯法的。

听到这里，我心头狠狠地痛了一下。

王叔说，后来杨经理去做过一个笔录。回来说，霞子被送到了一个拘留所。

过了两个月出来了，就不知道到哪里去了。

他又想起什么来，说，杨经理上次去，回来讲阿霞留了样东西给你。我给找出来了，你等着。

王叔返身去了更衣室，再出来，手上小心翼翼地捧着。仔细看了，是一个菠萝，用很多的一分钱的纸币折叠拼接出来的，手工精致，有些乱真了。因为这些纸币都是崭新的，颜色也很光鲜，黄灿灿的。然而，在果蒂的地方，是一个很大的缺口。王叔叹了口气，说阿霞花了好多力气在上面，到底还是没折完，你好好拿着，不要让它散了。

回家后，我找出阿霞弟弟的电话，打过去，已经是空号。

又过去了一年，阿霞弟弟有天打来了电话。他说，他们学校去

N 大的名额，都被有关系的人占了，他被别人挤掉了。他问我家里在 N 大的某专业认不认识人，能不能托到关系。

我告诉他不认识。他有些失望，就想把电话挂了。

我问他，你姐姐怎么样了？

他说，结婚了，男的也是个脑子有病的，跟她很般配。

我有些错愕，说，你姐对你很好，你怎么这么说她。

他冷笑了一下，说，好？我怎么没觉得。别人家里人都会给小孩作打算，通路子，我家里的就只会给我找麻烦。她砍了人，还是我去找人从局子里捞出来的。

到了快毕业的时候，我去了电视台实习。爸爸有个同学老刘在台里做副台长，去了就把我安排到新闻部。

新闻部经常有去一线采访的机会。我去的时候正好赶上了当年的抗洪抢险专题，就跟了车去一个沿江的郊县采访。这类专题，惯常是有些歌功颂德的意味。到了地方，采访的，也都是当地的头头脑脑。这样打着哈哈大半个上午过去了，也并没有要去抗洪现场的意思。我问主任，他就说，今年汛期短，现在其实已到了抢险的尾声。去了也未必拍到好题材，要用的时候，自会把以往的实况录像切来应景。

到了中午，政府的领导亲自出面款待，内容又是很丰富的。一桌都是大碗大盏，似乎并不是这个贫困县拿得出的气派。觥筹交错之后，县长跟秘书示意了一下，秘书拿了一叠信封出来。只是往采访队人手一封地塞，嘴里说着辛苦辛苦。

到了车上的时候，主任掂了掂那信封，似乎很满意地说，说他们穷，我看这一包一个 K（一千元）总是有的。

我知道这就是所谓的红包。红包的厚度决定着歌功颂德的分量。有个实习生把自己的掏出来，恭恭敬敬地递给主任。听说这好像也是行内的规矩，实习生都要把红包交给带队的老记者。

我正想如法炮制，主任却拦住，说，别，别人要孝敬也就罢了，你的我却不敢要。你是刘总的人，算我提前给你压岁钱吧。

这时候摄像突然对主任说，还是去趟江边，要去拍几个水位标尺的镜头。主任说也行，车就往最临近的一个乡开过去。

这个乡的路况是很不好的，处处都是泥泞。到了临江的村子里，车子开着开着，竟然抛了锚。全队人就扛着器材下来走。村民们三三两两地出来看热闹。我也就跟着东张西望。

突然，似乎听见有人叫我的名字。我下意识地回过头去，并不见相熟的人。“毛果！”这回是听清楚了。我朝声音的方向看过去，是个身形矮胖的女子，正倚着门站着。

我细细地认了认，是阿霞。

是阿霞。阿霞怯怯地看着我，看到我有了回应，眼神就有些兴奋起来。我快步朝她走过去。

阿霞比以前又胖了很多，是有些臃肿的胖了。还是以往的娃娃脸，神情上却起了很大的变化，变得粗粝了。头发留成长的，在后面用个晶亮的塑胶卡子夹着，身上就是件男人西装改成的罩衫。因为天热，敞着怀，里面的小褂，磨得有些稀薄了。这样的打扮，是毫不避忌男人的，阿霞已全然是个村妇的模样。

她问我怎么来了这里，我对她说了。再问她的情况，她只是说，反正还能过就是了。

跟我说话的时候，她手里没停下，打着毛线，似乎在编织些小孩的衣物。看我在看，就对我一扬，说，呵，生了个赔钱货，女的。也不知道将来是呆是傻。

她说她爸去年死了。好久没见她弟弟了，给她爸奔丧的时候来了一次，以后就没见到，听说是在南京城里找到了工作。

阿霞说，我就知道他会有出息的。

这时候屋里传来小孩子的哭声，就有很苍老的女人声音唤着阿霞。阿霞进去了，出来抱着个很小的婴儿。我刚想看一眼，阿霞撩起衣襟就给那孩子喂起奶来。我不好意思地别过头去。

阿霞就笑了，说，毛果，你看你，还是个读书人的样子。

这时候，听到采访队的人喊我。我说，阿霞，我走了。

阿霞头也没抬，嘴里说，什么时候碰到店里的人，就说你见到阿霞了。

我走了几步，又折过身。把口袋里那个红包塞到阿霞手里。我说，给孩子买点东西。阿霞没有推辞，接过来，顺手塞进了口袋里。

我踏着泥泞向江边走过去，阿霞远远地在后面了。

老　陶

毛扬是我堂哥，在国有企业当秘书。这两年，经常是夹着个公事包在家里进进出出。以前我们是兄弟兼死党，现在好像越来越没话说。

这天在二伯家吃饭，吃到一半，毛扬回来了。二妈要去盛饭，他就说，吃过了。我说，又是饭局吧，老哥，你都快成个官油子了。二妈就叹了口气，接过话去，这孩子，怕是走错了路。

毛扬就说，今天老陶来了，我和他吃的饭。顿了顿又说，都快过年了，老陶还穿着单衣裳。大家都沉默了。我问：哥，老陶是谁？毛扬说：就是陶汇泉。我又问，陶汇泉是谁？二伯就说，先吃饭吧，吃了饭再说。

吃了饭，我就把这事忘了。晚上跟毛扬睡一屋，他在床上翻来覆去的。过了一会儿，又起来轻手轻脚地挨着黑点了根烟。我说：哥，睡不着么？毛扬使劲吸了口烟，火焰在黑暗中倏地闪烁了一下。他把烟头掐灭了，对我说，毛毛，你想听听老陶的事情么？

我在黑暗中点了点头，不知道毛扬有没有看见，他只是自顾自地说下去。

我第一次见到老陶，是一年多前了，刚从分公司调到集团那会儿。那天快要下班了，外面说有人上访，闹到办公室来了。进来了一个人，穿了件绿军装，头有点儿秃，看上去四十多快五十岁了。一来就掏出个大袋子，拿出好几摞材料。看来，是个老信访。

我大概翻了一下，全国人大的、中央军委的、省政府的，批转件一大堆。还没看出所以然，这人站起来，情绪挺激动的，指指点点：这么多年我都在信访，我的问题各级机构都有批示，为什么不给我落实？

材料上的大红章，这么十几个盖下来，也是够触目的。毛毛，你知道，在中国上访这回事，弄到这些批示，不是一朝一夕的事。当时，我也不知道，老陶为了这些大红章，已经走过了二十七年。

有些上访的人，有天大的委屈，白纸黑字，苦痛艰辛，写得明明白白。老陶的事情，其实并不大。一件不大的事情，十几年没能解决。老实说，我当时心里纳闷，也有些义愤。头头脑脑，层层级级，实在是太拖沓了。

据这人说，来了几次，没见到领导。我就把他介绍给了我们信访办主任老崔。

崔主任见是他，眉头皱一皱，把我拉到一边，说，这个老陶，九六年就来信访，毛扬你不懂，他的问题，没办法解决。我是公司的信访办主任。他不是我们的人，更不是市里的人，市政府的人都没办法解决。这个人信访这么多年，大家都厌了，说是出于义务，其实和他也没有关系。上头也是，动不动就推过来。

听她这么说，我还是一头雾水。回头看一看，那个叫老陶的中年人，已经在拾掇东西。他走到电梯间，门打开了。我看他愣一愣神，走了进去。

崔主任看着他的背影，说，他是知道在我这里没什么希望，该找的差不多都找过了。你想，市委书记都接待过他，都没办法解决。

我就问她，这个老陶，当年究竟是为了什么事？崔主任叹一口气，说，能是什么事，一丁点大的事，不过传说的版本多得很，说到底是个人恩怨。大概七十年代末，他在部队上的时候，为了点鸡毛蒜皮，得罪了一个连长。结果那个连长将他作为坏分子整治了。他人又犟，不肯服气。部队于是让他复员，回了原籍。

人算不如天算，部队七九年开到 S 市，建设特区。这支部队翻牌成立了特区建设公司。跟着部队来的战士，也都集体转业。这个老陶，如果跟着部队转业，就该在三公司。三公司创业初期，也艰苦得很，经过了一段，后来慢慢好了。

当时部队里很多人都不看好 S 市这么个荒凉的地方，主动打报告要求回家。后来见到公司好了，也后悔了，这是题外话。可这个陶汇泉，认准了一条理，走上了信访路，说，部队处理我，属于“文革”期间的冤假错案。你们要给我恢复名誉。他的意思，一旦恢复军籍，顺理成章跟着部队，就可以跟着集体转业，成为三公司的一员，拿工资、分房子都有份。这个逻辑，也简单。

大家想想他的处境，同情，可也没办法。其他人处理就处理了，回家也就算了。偏偏他拗得很，到处找，找部队的老领导，三公司的领导。大家都认识他，觉得可怜，给他在三公司找个临时工的活，照顾一个房给他落脚，但是没有正式编制。打零工在计划经济时代，待遇和他的战友们的差距是天上地下了。

你也看到了，他这个信访搞的，吓死人。袋子里装得满满的，各式各样上访材料，市政府、信访办、建设局、省政府、建设厅、全国人大、国务院。在北京上访，人家还好吃好喝招待他，给他买张飞机票把他送回来了。没办法解决啊，多次上访，国家发火，说你们S市怎么搞的，连这个事都解决不了。市里也很冤枉，这个人，你要处理他，就应该部队翻案，又不是我们的市民，连户口也没有，我们如何管他。于是就把他遣送到原籍。每次遣送回去，又跑到S市里来，总之一句话，他是“文革”时的冤假错案。可是，老实说，他这事，又够不上格。事实就不尴不尬地走到这一步，到头来，当时那个处分他的连长，人也死了，真叫个死无查证。参与过处理他的几个人也说，确实没有大问题，确实可处理可不处理。好多人认个倒霉就算了，回家安安生生过日子，偏偏他一根筋，非要讨个说法。

毛扬说到这里，苦笑了一下：就为一个说法，他讨了二十七年。

这事过也就过去了。过了十几天，我听见有人找。一看，又是老陶。这回老陶指名要找集团董事长。

见了董事长，一句话不说，他就开始哭。让我吃惊不小。那么大年纪的人，穿着军装，布鞋，背着个包，头发花白了在你面前流眼泪，任谁心里也怪不是滋味的。

这时候办公室主任进来。董事长赶着出去开会，皱着眉头，对主任说，处理一下，处理一下，老信访。老陶就盯着主任：我这么多年信访，工作也没了，钱也没有，来都是走过来的，眼看到中午十二点了，我还没吃饭。说到这一步，主任一听就明白了。说，这里是五十块，你先拿去吃个饭，你的问题这么多年了，也不是一时半会儿能解决的。老陶立马说，谢谢你了，主任，你是个大好人。说完拿过钱来，抽抽搭搭地走了。

这时候老崔看见，就说，忘了跟你们讲了，市信访办已经跟我们交待过了，再也不要给这个人钱了。现在谁给他钱他盯着谁。下次他指名道姓就要见这个人，然后就落实到经济问题说是没有钱了，最后就给他一小笔钱打发他走。一旦有什么大的庆典啦，周年纪念啦，两会啦，他就出现了。没办法，他的问题，确实解决不了，但是他长期这样也影响咱们的形象。天知道哪天来个中央领导，万一见到他，管他是不是S市的人，说一句怎么这样的，到现在还不给他解决，最后都得打咱们的板子。

当时，我觉得这话说得有点儿不近人情。后来才知道，也是话出有因。我曾经也在心里嘀咕过，这老陶，靠什么谋生呢？听人议论，他随着部队来，原先还打点零工，后来老是上访，人家就烦了，也不给他弄了。再后来市政府也火了，说你们哪个公司给他这个地方住的，他又不是我们的人，该干的干，不能干的让他回老家去。再后来，转业到三公司的战友也厌了，也不想帮他了。他信访了这么久，还是个老光棍，五十岁了。人家个个成家立业，孩子都在上学烦都烦不过来。偶然关心你一下，哪还能几十年如一日地操你的心啊。信访到今天，前前后后加起来二十几年了，人家哪有耐心长期地关心你啊。没有了，都厌了。他最后一个人，生活来源也没有了。怎么办呢，就靠有时候人家给他点路费，最后就到了这个程度。三天两头地到公司里来，上班似的。一来，就坐在大堂的沙发上，等着几个领导出现，大家心里有个数，给他点小钱，他也就走了。几天的生活也就靠了这点钱着落。说起来，他那个装着各种材料的军绿挎包，就跟随身工具差不多了。

有一天，我在一楼看见他被保安拦住。他硬摽着，要坐电梯上去。这保安新来的，不认得他。看到我，也急了，说，毛秘书，你看这个人硬要上去，说要找董事长，董事长不在就找陈主任。老陶看到我，愣了，嘴里含含糊糊地和我打招呼。这时候，已经是下午快五点了。我说，老陶，领导去外调没回来。有事么，跟我说。老陶将包挎上了，说，哦，那我先走了。这只泛黄的绿军挎，已经磨破了角。过台阶的时候，他趔趄了一下。我说，老陶，你先坐着，等我一会儿。到了下班的点，我下来，跟老陶说请他吃饭。

我们就去了醉翁亭。毛毛你记得吧，就是绿岭路西那家徽菜馆，有小鸡贴馍，你还挺爱吃。老陶是合肥长丰人，信访材料上写着呢。

我看老陶坐下来，不大自在。就要了菜单，让他点，说家乡菜，你熟。老陶也不打开单子，只是说，有李鸿章大杂烩吗？

这道菜，你也记得。汤很鲜，里面卧着很多鹌鹑蛋的那个。

嗯，老陶就点了这个。我心里也奇怪，没说什么，接过菜单，又点了几样。

大杂烩上来，老陶舀了口汤喝了，皱一皱眉。我就问，怎么了？

老陶又喝了一口，说：这菜讲究个火候，要的是冬笋的甘、松蘑的鲜和火腿的咸。这个其他都好，就是用的是陈菇，不够鲜了，味道就吊不出来。

我见他讲得头头是道，说着说着，眼睛也亮了。就说，老陶，你像个行家呢。

老陶不说话，过了老半天说，我以前是个厨子。这一道，我做得最好。

我这才知道，老陶复员回家，在徽州他老舅的饭店里做过。做徽菜是个好把式，家传的手艺。他那时还是个三十未到的小伙子。

我就说，在老家做，不是也挺好。

老陶就说，要不是有个战友带了消息来，说团里的人都来了 S 市，兴许我现在还在做厨子。

我说，你还可以做啊，S 市就这点好，就像这道大杂烩。打哪来的人都有，想吃徽菜的人不少呢。

老陶叹一口气，说，信访了这么多年，手早就生了。

我见他半晌没说话，就说，其实这么多年，你又是何苦……

他也不吱声，只是愣住了神，突然甩出一句，我就是要访下去，到现在也没给我个说法，我就是要讨个说法。

隔了一阵儿，他说，毛秘书，我这样，是不是挺叫人瞧不起的？可现在，如果不信访，我还能干什么？

那天晚上，老陶跟我说了他很多事情。

这么多年，为了一个目的，没工作，没住房，没成家。问起来，原来他在安徽老家，是有一个没过门的媳妇的。他对人家说，要人家等，等到他上访成了，就接人家到城里来。人家等了一年，两年，五年，到了第八年的时候，终于嫁了人。谁也不知道他在做一件什么样的事，他在乡下的外号叫陶疯子。老家人对他也厌了，连老母亲都不让他上门了。

我就说，老陶，现在不比以前了，现在是市场经济时代，机会多了。东方不亮西方亮，谁也不会太稀罕这碗大锅饭了。兴许有一天，我也下海了呢。你以前想要的东西，未必现在还想要。

老陶又不说话了，过了一会儿，还是那句话，我就是要个说法。

毛毛，你想想看，一件事情，对于一个人，已经成为生活的惯性，就好像上了发条。他已经忘了目的，只知道要走下去。

那时候，信访大概已经成为老陶谋生的手段。两三天能挣上五十块，看到可怜他的，就给百八十块的，度过一周。

说回头还是个“钱”字，现在赔偿法也有了，要给他钱，数目还不小，可这钱又打哪里来。

也许，就算他不想要这个钱，退一百步，要个说法。可是，碰到这样的事情，很多人就认了命，放弃了。中国人，没人愿意较这个真。

老陶实在是个异数，他就是要访下去。其实，他的事情，说起来也小，可对他自己，却大到了半辈子。

有人就议论，说，要是认了，回去了，说不定老婆孩子热炕头了。抗争个两年，认了，找份工作打工，现在说不定都做老板了。要不挣点钱，在股票风潮时候排个队，趁上S市的股风，多少人白手起家，说不定现在百万身家成了公司总经理了。

以后，老陶还是来，雷打不动地，说要见领导。领导也习惯性地找个借口不见他。他就要见我。我知道，他见我，不是想要什么了，就是想找人说说话。有时候，到了快下班的时候来，我就和他吃餐饭。公司里的人都说，是我把他惯出来了。可是，逢到庆典，人大会，他倒是不来了。同事们就说，他是给毛秘书面子。你看，这话说的。

毛扬在床上翻了个身，对我说，睡吧，不早了。

过了一会儿，听到他又叹了口气。我想起二妈的话，我这老哥，也许真的不适合官场。

我突然想，在这样的夜里，在每个白天的间隙，叫老陶的人，他在想什么。

毛扬没再提起这个叫作老陶的人。

没有想到，在一个月后，也就是这一年的除夕，我意外地见到了他。

这一年的冬天，特别冷。这座中国最南端的城市，也遭遇了来自西伯利亚的寒流，气温骤降。二伯和二妈去了澳洲，探望刚刚生过孩子的大堂姐，顺便越冬。家里只我们兄弟两个。我在网上订了年夜饭，准备等毛扬回来，吃上一顿，然后去零点酒吧新年倒数。可是快六点了，毛扬还没动静。我打电话，说老哥你真绝，站好最后一班岗。

毛扬在电话那头笑了，说，辞旧迎新，善始善终。

快七点的时候，我听见门铃响，一边想毛扬这个工作狂真的很过分。

打开门，看见一个陌生人，穿了身军大衣，手里拎着个鼓鼓的红白蓝胶袋。他应该年纪不小。外面下了小雨。看他稀薄的头发，垂下了花白的几绺，有些颓唐。我问，你找谁？

请问这是毛秘书家吗？

我说，是，有什么事吗？

毛秘书在家吗？

还没回来呢。

哦。他说，那我等会儿再来。

转身就走了。袋子里的东西不轻，他拿得有些吃力。在进电梯的时候，还被夹了一下。

快八点钟的时候，毛扬回来了。我把餐馆送来的年夜套餐放进微波炉，说，老哥，真有你的，害咱们吃回锅年夜饭。

毛扬说，写年终总结，忘了时间了。

我想起来，对他说有个人找他。

他听我说完，想一想，说，是老陶。他说有什么事了吗？

我说，没有。

毛扬有些忧心地说，现在来找，别是有什么急事。

我说，不是吧。大过年的，还来求人办事。

话说着，门铃响了。我放下汤，开门一看，正是刚才那个中年人。脸冻得有些发红，手里还是拎着那只鼓囊囊的红白蓝胶袋。

我赶紧让他进来，可是心里多少有些奇怪。大过年的，这算怎么回事呢。

毛扬在我背后喊了一声，老陶。

老陶的眉头舒展了一下，嘴里轻轻地应，毛秘书。

毛扬问老陶，你不是跟我说回家过年了吗，怎么还在这里？

老陶有些犹豫，终于说，回过家了，又回来了。

毛扬也有些不得劲儿了，你说，这大过年的……

老陶说，毛秘书，我，我昨晚回来的，就想，就想来给你做顿年夜饭。

这话说出来，老陶勇敢了些：上次听你说家里人都出远门了，大过年的，没人做年夜饭怎么行，我好歹也是个厨子。

毛扬的吃惊可想而知。我也愣住了。

老陶将红白蓝胶袋打开，变魔术似的掏出一只咕咕叫的黄毛鸡来。说，家里带来的走地鸡，比城里的好，滋养。毛扬赶紧过去，将鸡又塞回袋子里：你这是干什么，你手上可不宽裕。我们这有年夜饭，你不在意，跟我们一起吃，过年嘛。

老陶摽着劲儿，又把鸡拿出来，毛扬又塞回去。来回几次，鸡都给折腾烦了，扑扇起翅膀。

老陶突然间一屈膝，大声说，毛秘书，你这是不给我脸！

我看见这中年人血红的眼睛，突然湿润。毛扬愣一愣，也松开了手。那只鸡落在地上，脚捆绑着，徒劳地挣扎了几下，也就老实了。

老陶抬起袖子，在眼角擦了一下，吸了下鼻子，慢慢地说，毛秘书，我知道，这几年，是我不争气。人人厌弃我，不管我，就你还把我当个人。我老陶窝囊，可是不糊涂，识老赖人，也知道人的恩情。你就算给我个机会，让我报答一次。

毛扬听了这话，理亏似的，轻轻地说，别这样，老陶，我也是举手之劳。

老陶仿佛没听到，自顾自从胶袋里掏东西，成捆的蔬菜，腌肉，养在水笼里的一尾大鱼。甚至，他还从袋里拿出一只大铁锅和一把缺了口的铁铲，说，我使得惯自己的。这套家什，十几年没用了。

并不止是炊具，老陶连佐料都带了来。我们眼看着他进了厨房，起了锅，下了油，叮叮当当忙活起来。我只在电视上看过大师傅的颠炒烹炸。老陶一招一式，并不是十几年没掌勺的样子，让我开了眼。案板上切起菜来，也是干脆利落，手法娴熟到让人眼花缭乱的地步。他只管做他自己的，当我们不存在似的。看得我们兄弟两个，大眼瞪小眼，这是刚才那个窝窝囊囊的老陶吗？

这样忙活了半个多小时，厨房里传出了香味，我嗅了嗅鼻子。老陶陆陆续续地将菜端上来了，端上一道，就报一个菜名。

扒皮鱼，菊花冬笋，清香砂焐鸡，徽州圆子，腐乳爆肉，皱纱南瓜苞，纸包三鲜……

最后一道，是“李鸿章大杂烩”。说完，老陶舒了口气，我们也知道他大功告成了。

老陶在围裙上擦了擦手，用热水在锅里荡一荡，洗净，就开始收拾东西，齐整整地，仍然放进胶袋里。不过这只胶袋是瘪下去了。

毛扬嘴里道辛苦，赶紧让老陶入座。

老陶看到摆在面前的一副碗筷，正色说，毛秘书，你这是开玩笑，哪有厨子上桌的。

说完，将袋子往肩上一搭，说，我走了。就打开了门。

这走得，算是雷厉风行。毛扬来不及说些挽留的话，我更是目瞪口呆。

待到毛扬想起来，追到电梯间里，老陶已经不见了。

他走回来，看着这桌热腾腾的年夜饭，愣一愣神，说，毛毛，吃吧，正宗的徽菜。

年初八的时候，毛扬说要去瞧瞧老陶。老陶好喝上几杯，毛扬拎上了公司过年发的两瓶汾酒。见我百无聊赖，叫上一起去。

路上说着，才知道，年前的时候，毛扬活动了一下，帮老陶在公司里安排了一个门房的差事。老陶不是没在这儿打过工，这几年，为了一个“说法”，公司上上下下的，其实有些怕了他，避之不及。毛扬又是拍胸脯做了担保，人家才接收下来。

远远看到一排房，乌青的瓦，这是物业部给临时工安排的宿舍。毛扬找到门牌号，敲了门。半天，门咧开一条缝，探出个花白的头，是老陶。老陶见是我们，笑了，拢了拢衣服。这时早天光了，看老陶穿着内衣裤，披着军大衣。毛扬说，老陶，还睡着呢，我不进去了。这酒不错，悠着点喝。老陶眼睛亮一亮，嘴里感谢着，还是笑，笑得有些不自在。里面传出轻微的咳嗽声。老陶慌了神，侧身回头看过去，闪出一条缝。里面清清楚楚，一个女人坐在床上，引着颈子也往这边望过来。这回，老陶的脸红赤赤的，说，毛秘书……毛扬打着哈哈，说，老陶，晚上还要值夜班，别贪杯。

老陶突然蹦出一句，毛秘书，我，不访了。

这句话，蹦得突兀，却是承诺一样。其实，我至今仍不明白，也许毛扬也不晓得，是什么让老陶放弃了走了二十多年的老路。

老陶就这么顶了一个老门房的缺，管起了公司里的报纸信件收发。我去找毛扬，他会跟人说，这是毛秘书的博士弟弟，老给家里争脸的。过了一段日子，因为老陶的恪尽职守，有知道他之前一些典故的人，也对他消除了成见。有人玩笑地叫他一声老信访，他也不当回事。那身旧军装终于也脱下了，穿了身整齐的中山装。眼见着老陶胖起来了，脸色也红润了。

我赞了他两句。

老陶呵呵一笑，很神秘地说，我是有个人给我滋补，你还年轻，不懂得的。

逢到节假日，老陶总是送些家乡的土特产，让他不要送也不听。老陶是个有些犟的人，一根筋，对人好也有着某种固执。

过了大半年，一天毛扬回来，叹口气，说，这个老陶，唉。毛扬原是那种最怕是非的人，对于老陶的麻烦，是始料未及。那个山东男人，铁塔一样竖在面前，对着老陶就是一顿海揍。恰巧有个领导下来视察，事闹大了。老陶挂着彩，被开除了。

其实，老陶和那个机电房的女工同居的事情，在公司里是公开的秘密。在中国南方的大城市，这种事情，渐渐是你情我愿，不伤大体的。熟识老陶的，觉得他有了女人照顾，有个家，哪怕是个临时的，能拴住他的心，不让他乱跑，也是他前世积德。而这女人，在县城里是有老公的。这做老公的，从老乡那里听说了自己的女人在城里打工，不老实，当夜赶了火车过来，打了老陶算白打的。不知怎么竟还找到了毛扬，一把鼻涕一把泪，把他女人说成了个女陈世美。保安要将他架下去，他就耍了蛮，将自己卡在电梯上。那女人呢，却也是个烈性子，口口声声说自己和老陶是真感情，要和这男人离婚。两个人，就在楼下对打起来。这天，公司里头给这对夫妻闹得不消停。

这个大家唤作彩姨的女人，还真是有血性，跟是跟她男人回了老家，当真就把婚离了。临来带了个男孩子，说老家待不下了，只要老陶要她，跟着浪迹天涯也成，就算是跟着他信访，也无怨无悔。

这话旁人听来好笑，内里却很酸楚。毛扬问老陶的打算，老陶沉默了，张一张嘴，又合上，难以启齿似的。说自己除了会炒菜，也没别的本事。毛扬说，那要不就开一个徽菜馆，我以前跟你提过。老陶说，也这样打算过，就想在关外租下一个大排档，先做一做，地方都选好了。只是这几年，没点积蓄，头两月要预付的租金，还差将近一万。毛扬听明白了，说，老陶，你不用和我拐着弯子说话，你有困难，我当然要帮。当即就去了银行，取了钱来，对老陶说，要紧的，你别委屈了人家。老陶说，是是，毛秘书，你是个大好人，我不能不争气。

这一年又到了立冬的时候，我收到一个朋友发来的邀请函，说在蛇口办了个装置艺术双年展。我就拉了毛扬去看，场地是个巨大的废弃仓库，破破烂烂的。这些年，国内的展览选址都兴起这个，好像越颓废越美丽。毛扬认真地在仓库里走了一圈，然后对我说，看不懂。我说，有什么不懂的？他说，看不懂这些东西想表达什么，都是你们知识分子的玩意儿。

突然他说，不如去瞧瞧老陶，他的大排档就在附近呢。老陶早先留过一个地址，让我们去坐坐。毛扬记在手机里了，在顺阳街。不过真找到还是费了周折，原来在码头附近。远远地，就看见彩姨麻利利地在收拾一张桌子，旁边已经有客人站着在等。这是午饭的时候，看得出，生意很不坏。摆在露天的台，张张都是满的。毛扬就有些高兴，说老陶这一步是走对了。彩姨看是我们，眼里都是欣喜，手却没闲着，沓起一摞碗碟，说我这就喊老陶去。毛扬说，没事，你们忙着，生意要紧。我们就跟她走进去，里面是厨房。老陶正在颠大勺，我们等着他烧完一道菜。毛扬喊一声，老陶。他看过来，赶紧用围裙擦了擦手，跟我们握一握，说，外面坐，里面烟熏火燎的。出来的时候，老陶叼了根烟，招呼我们坐定，嘴里含含糊糊地喊，来瓶"剑南春"。毛扬说，老陶，你嗓门可是大了。老陶抚一把自己的脸，说，毛秘书你看我，都有双下巴了。脑袋大，脖子粗，不是大款就伙夫。粗人哪能没个粗相呢。先坐着，我给你们整条苏眉去。毛扬就说，老陶，也做起粤菜啦？老陶说，那叫个什么，与时俱进，在这儿，徽菜可不如海鲜好卖。

彩姨眉开眼笑地过来上酒。这是个勤快的女人，心也实在。凡她经过的地方，整整齐齐，是要好好过的样子。热热闹闹的，做的是这一带打工仔的生意。墙角的台，有人爆出一句粗口，周围就有人哄笑。有个顾客手不老实，在她臀上抓一把，彩姨手里拎着一箱青岛啤酒，脸上还要赔着笑。

说是生意好，我和毛扬都看出这生活不好做。彩姨只是说好，似乎满足得很。突然她挂了脸下来，嘴里一句呵斥，是冲着远处一个玩耍的小孩子。那孩子七八岁的样子，最皮的年纪，在桌子底下钻来钻去。拎起桌下客人没喝完的酒瓶底子，扬起脖子就是一大口。老陶呵呵一笑，说，这小小子好酒量，倒是像我。彩姨说，是像他老子，他老子人再怎么孬，这小东西也是山东人的种，哪有不能喝的理。

老陶进去小解，彩姨过来跟毛扬说，毛秘书，有个事，你帮我跟老陶说说。老陶这几天，跟那边码头上的工人打扑克，是来钱的。

毛扬说，是吗？这个老陶，怎么又沾上了这个。赌可沾不得，是个无底洞。赌得大不大？

彩姨说，倒也不大，每次也就十块八块的进出，他倒是赢的时候多。

毛扬想了想，说，不大就算了。他也闷，小赌怡情。

彩姨说，哦。

她一边收拾桌上的碗碟，一边终于忍不住地又说，可是，破家值万贯，你还是跟他说说吧。

毛扬说，行。

临走毛扬就跟老陶说了。老陶应允着，一边呵呵笑着，说，这个女人，看她是个大手大眼的泼辣人，倒是也会打小报告。

回来的时候，毛扬说，老陶早该做餐饮。有一技之长，早些年做，说不定都开分店了。

五月的时候，毛扬接到一个电话，是榆木头收容站的。电话里的声音不客气，问毛扬，认不认识一个叫陶汇泉的。毛扬说认识。那边就说，行，那你带了罚款来把人领走。对G省的外来人口，榆木头是个不祥之地，专门收容三无人员，然后遣返原籍。电话那头说，前一晚，派出所连锅端了一个赌局。其他人都有证件，交了罚款走人了。这个陶汇泉，连个身份证都没有，直接就给送进了收容站。问起亲属，他只说得出毛扬的电话号码。

二妈很生气，说毛扬你官还没当上，倒学会为民做主了，碰上这么个不省事的人，你自己收拾吧。

我说，二妈，哥是好心。不是他，这个老陶还在没日没夜地上访呢。

二妈就哼了一声。

毛扬说，算了，我去一趟吧，他是把我当救星了。毛果，你去帮着看看彩姨，这母子俩不知急成什么样了。

我去了蛇口。大排档没开张，清锅冷灶的。彩姨拿着把塑料刷子，蹲在地上擦地砖。看到我，说，老陶不在家，进货去了，去了两天了，还没回来。

我想一想，就把事情跟她说了，叫她不要急，毛扬正去了那边领人。彩姨听了，也不言语，愣愣地，半晌，突然哇的一声哭了。

我一时不知说什么好，只好坐在一边，看着她哭。倒是过了一会儿，她站起身，说你这大老远的，没吃饭吧，我给你下碗面去，说着就走进厨房去了。

这天下了雨，雨水顺着大排档的石棉瓦棚子，滴滴答答地流下来。棚子里漾着一股霉味。我看雨住了，想走到外面去。推开帘子，一个女人拎着个扫帚疙瘩，正往里面探头探脑，见我出来，赶紧弓下身子，扫起地上的雨水。我看了她一眼，她就迎上来，脸上是似笑非笑的神情，小声问我，那个老陶，是给抓进去了吧？我心里奇怪，问，你是谁？她还是讪笑着，说，邻居，邻居，说着埋一下头，却又问我，是不是啊？我有些厌烦，说，这是人家的家事。

她很不以为然地说，我早知道他要出事，什么家事，我是看我家老杨看得紧，要不也摸上他婆娘的床了。

我一惊，说，你不要乱讲话。

那女人嘴一噘，说，天地良心，我乱讲话？码头上的人都知道，那个老信访，不是条汉子。

她见我定定地看着她，仿佛受了鼓舞，就一路说下去。

原来，老陶沾上赌，不是一天两天的事了。起初是和四周围的码头工玩纸牌，后来是掷骰子，再后来就是一桌一桌地在大排档开麻将。也不知怎么的，他开始运气很好，或者说技术不错，玩什么总是赢。他就逢人便说，我信访了二十几年，最后输掉了。活该现在要我一点一点赢回来，这就是天理。

可是好景不长，渐渐的，运气走了，开始输多赢少。和所有的赌徒一样，想扳回局面，老陶赌得越发凶了，几百几百的一局。再往后，就是上千块了。然而，大势已去似的，老陶成了大输家。他自然是罢不住手。近一年开大排档的钱，渐渐地都给他输了进去。每次找彩姨拿钱，彩姨不给，他就在外面借，让债主上门找彩姨讨。彩姨原是个爱面子的女人，性子又烈，就跟他寻死觅活，一点用也没有。他说，你跟我过不了，回头找你男人去。这是这女人的痛处，就任他去胡闹了。后来差不多输光了，这大排档的铺面是租的，没的输。他一狠心，就跟一帮男人说，赌他的婆娘。这急红眼的话说出来，收不回去了。他又输了，赢家是个打工仔，当真就跟着他回家了。彩姨听清楚了缘由，冷笑一声，将老陶踹出了门，把打工仔拉进了屋，冲着院子喊，姓陶的，你有种，这倒是无本的买卖！老娘我跟谁睡不是睡，反正你也不是我正经男人。这倒好，你不用败家了。打那以后，赌赢了给他钱，下次又赌进去。赌输了，就把男人们带到他家里，跟他婆娘上床，有时候，是好几个男人。输得大了，那男人还能跟他女人过夜。

女邻居撇了撇嘴，说，他还好意思把他家的男娃娃支到我们家来睡觉。邻里邻居的，倒是我们不好意思不答应。他就蹲在外面抽烟，来来回回地走。我们在屋里都听得清楚。你想，哪有不沾腥的猫。这码头上的男人，都争着跟他赌，为了赢他，还出老千……我是看我男人看得紧……

这时候彩姨出来了，手上端着一碗打卤面。那女邻居咿咿呀呀地打着招呼，走了。彩姨狐疑地看着那人的背影，问我，她说什么了？

我说，没，没什么。

彩姨鼻孔里发出不屑的声音，故意放大声量，说，一张屄嘴，能说出什么好的来。这前跟前的，我无所谓了。

我说，彩姨……

这中年女人说，我就是无所谓了，我一个老娘们儿。突然她咬咬牙，我现在知道这个姓陶的，不是个人。她指指远处在玩的男孩子：不是带着这个拖油瓶没人要，我早就离开他了。

晚上快十一点的时候，毛扬和老陶回来了。老陶脸上有伤，衣服也破了几处。看得出，是在收容站里吃了苦头。彩姨看他这样，脸上动一动，回过身去。

老陶走过来，慢声轻语地说，自己是正正经经去进货的，只是受了一个同伴的蛊惑，顺便赌了一把。没想到才开局，警察就来了。

彩姨还是不说话。

老陶冲她“扑通”一声跪下了。

毛扬拉了他一把，他不起身，说，男儿膝下有黄金，哪能说跪就跪，说起就起。

毛扬说，大家一个让一步，给个台阶下。

彩姨没有回头，终于很冰冷地说，你起来吧，我去做饭。

老陶叹一口气，对毛扬说，毛秘书，我痛改前非，要不真不是个人了。

老陶又开起了他的大排档。

日子流水似的，转眼又过去了半年。入冬的时候，毛扬升了职，做了科长，晚上更是不着家了。

这天晚上，来了个人，手里拿了个信封，说是要给毛秘书。看来这人有阵子没见过毛扬了。

二妈打开信封，一看是一沓子钞票，赶紧合上，塞回那人手里，说，有什么事，到毛扬单位跟他谈。

那人说，您误会了，我是陶汇泉的战友，他托我还钱给毛秘书。

二妈只是一径将来人往外推，说，我不管，有什么事，你跟他本人讲，钱的事，我们做家属的担待不起。

我说，二妈，老陶是找哥借过一万块呢。

我走过去，接过那个信封，对那人说，老陶，他还好吧？

那人叹口气，说，好什么，进去了。

我说，啊，他，他又去赌了？

那人摇摇头，说，这回不是，出了人命了。

我和毛扬在看守所见到了老陶。

远远地隔着玻璃，看守将一个头发花白的人押过来。老陶抬起头，见是我们，返身就要回去。看守顶了他腰眼一下，说了句什么。他只有老老实实地过来。

老陶用手掌遮住自己的脸，许久才拿下来，对毛扬说，毛秘书，我……

毛扬说，老陶，你怎么这么糊涂呢？

老陶没说话，终于呜呜地哭起来。

彩姨精神失常了，给她的山东男人领回去了。她只是喃喃自语：报应，报应……

老陶说，是报应。自己在酒里掺甲醇的事情，她也知道。她想这些顾客，里头也有睡过自己的。这么一想，心里也就没什么过不去的了，还说，好歹喝出一两个肝硬化。

老陶说，他只是太想补上店里的亏空了。这甲醇，附近的馆子，人人都掺。他想人家能，他为什么不能。都说这玩意儿能喝死人，几个月了，也没见有客吃着吃着饭给撂倒的。

老陶说，一大桶工业酒精，给他封得严严实实，塞到了床底下。彩姨那捣蛋儿子竟然还钻得进去，把盖子掀了喝。八岁大的孩子，发现得再早，也救不转了。

老陶说，毛秘书，你说，这不是报应，是个啥。

回来的时候，在长途大巴车上，毛扬没有说话。夜色浓重起来了，外面起了寒，车窗里头蒙了一层雾气。毛扬将头贴在椅背上，手指在玻璃上划来划去。他手放下了，我看见歪歪斜斜的三个字——陶汇泉。

罐 子

其实，关于我为什么要开这间士多店，镇上有各种传闻，我一直没有对人解释过。因为三言两语，并不能解释清楚。

至于我是个什么样的人，我也觉得未必需要作交代。镇上有许多像我这样的中年男人，已经过了年富力强的年纪，虽未至颓唐，但精神已不如以往。在镜子里，看到自己上移的发际线，一两星的白，我深深地吸口气，收紧自己微凸的小腹。人似乎也体面了一些。

然而，我与他们的不同之处是，我并非当地人，在这个偏僻的岭南小镇里，我的口音着实显得有些突兀。我上翘的舌头经常引起他们的耻笑。他们模仿我的腔调，与我打招呼，顺便买走一两包烟。

总体而言，他们对我算是友好。当最初的好奇过去，距离感也随之消失。观望的趣味是短暂的。他们终于会在我的店铺前坐定，点上一支烟，开始和我说镇上的家长里短。多半都是琐事，南方口音说起这些琐事来，干脆而轻碎，的确恰如其分。我坐定，袖了手听他们说，当彼此比较熟了，也有一两个以耳语的方式，放大音量向我宣布，镇东头彩婶家的新抱（儿媳），是买来的。我自然是有些惊讶。因为这个镇子虽然偏僻，但尚可称富庶，远不需要以这种方式娶亲。他们就指指自己的脑袋，解释说，彩婶的仔，傻傻的。

入秋，来帮衬的人少了一些。夏天有买冰淇淋的孩子跑来跑去，总显得热闹些。我会就着柜台看书，有人看见我，就说，原来是个读书人。我说，都是闲书。来人就说，书就是书。如今哪有人读书？我们镇上的先生都跑出去做生意了。我就笑一笑，用手捋一捋揉皱的衣服下摆。

我已经习惯于穿麻布衫子，镇上自产的。这种麻布非常粗硬，开始穿时，觉得浑身不舒服。但是穿久了，也就惯了。一个人在屋里的时候，我喜欢光着身体，穿着一件麻布衫子，身体任何凸起的地方，都被粗砺地摩擦，看似自虐。这样久了，再穿上轻柔一些的衣服，皮肤会变得异常敏感，如同一个久不做爱的人对性的体验。我知道一个老男人这么说，有些矫情。但是，事实的确如此。

好吧，我承认我有些怕孤独。冬天来到的时候，为了留住他们，我在铺头架起一只小灶。我在灶上坐上平底锅，浇上热油，烙我家乡的油饼。小火，热油，慢慢地烙。煎完一面，再煎另一面。撒上一把葱花，香味立时飘散出来。刷上我自己攒下的鸭油，皮薄，味足。先给孩子们吃，孩子们大口地吃了，抹抹嘴巴，一溜烟跑回家，将家里的大人带来了。大人吃了，说，他侉叔，还真没吃过这么好吃的饼，就一块面皮，香得赶上潮州人的蚝烙了。我笑笑说，尽吃，管饱。

我的铺子前于是又热闹起来了，我一面烙饼，一面听他们说家长里短、里短家长。一个孩子说我要烙一张他带回家去，他婆婆嘴馋，却腿脚不好。我说“好”，他眨眨眼睛对我说，多放葱花哦。

后来有一天，镇长来了，来收铺租。这铺子是镇长租给我的，不过铺子不是他家的。关于这连铺两间半房的来历，没有人对我说过，我也不问。有时有人问我知不知道，我摇摇头。问的人轻轻“哦”一声，就转开了话题去。

镇长吃了我的饼，说，哎呀，当真好好食。傻佬，识不识做生意，这样的饼，是要拿来卖的，无怪乎你发不了财。本钱总要收回来，听我的，一张一块钱，我说了算。

镇长找镇上的先生，帮我写了一块招牌，“一文饼”，就挂在铺头的房檐底下。来吃的人没有少，反而多了，毕竟谁也不把一块钱当回事。不过收起钱来，我反而觉得麻烦，我一只手烙饼，一只手淋油，没有多余的手收钱。我腾空了一个糖罐子，放在柜台上，吃饼的人，就自己把硬币投进去，“当”的一声响，很好听。

邻镇的人也来了。说是邻镇，也要翻过一座山的。来的是几个年轻人，来吃我的饼，说，大叔，翻山越岭为口饼，这就是品牌效应。

光顾我这店的，很少有本镇的年轻人。到了过年的时候，他们却来了。他们都成群结队地在外面打工，去北方，或者南方。他们回来，饶有兴趣地打量我，像当初的镇民一样。他们吃着饼，卷起舌头问我，侉叔，你是不是北京人？不知道什么时候我有了一个绰号叫“侉叔”，后来才知道，他们称北方人叫“侉子”，正如我们北方人叫他们“蛮子”。我说不是，他们有些失望。他们说，北京多好啊，我看你也不是。北京那么好，你怎么会来我们这里？

虽然是南方，冬天的夜还是很冷的，只是没有家乡的雪。我一个人坐在屋子里，看着外面。没有雪，还是冬天的样子。灰扑扑的，树和树的影子，都不精神了。南方的冬天，是湿润的冷，不爽利，冷在了骨子里，说不出来的滋味。

我给自己包了一碗饺子，慢慢地吃着。煮一点，吃一点，就着醋和大蒜头。

我看了看日历，年初三了啊。

初三，为什么镇上这样冷清和安静呢？大年初一，镇长请了一支舞狮队来，在镇上挨家串户地走了一圈。到了我的铺头跟前，已经没精打采的了，像是头睡不醒的狮子。我给他们封了包利是，他们才打起精神来，舞弄了几下。镇长说，好了，好了，就是图个吉利。你们北方也有舞狮子，好歹解解乡愁。

我们北方也有舞狮子，倒不是这样的。我们北方的舞狮子，没有这么大，也没有这么花花绿绿。我们的狮子，不会眨眼睛，舔毛搔痒，摇头摆尾。但我们的狮子勇猛，舞蹈如战斗。我们的狮子，是胡人传过来的，头上顶了一只角，是不可近人的神兽。小时候，过年赶庙会，就为了看舞狮。那时节的庙会，多热闹啊，好吃、好玩儿、好看。捏面人的，烙花馍的，变戏法的。那时的好玩儿，如今的孩子哪里看得到啊？

我揭开了锅，舀了一碗下饺子的面汤，就着碗，咕嘟咕嘟喝下去。这也是我们北方人的老讲究，姥姥说得好，叫“原汤化原食”。

外头不知怎么，淅淅沥沥地下起了雨。我靠着窗子，闭起眼睛养起了神，听雨打在败叶上的声音，窸窸窣窣，窸窸窣窣。

忽然，我听到一阵声音，眼皮抖动一下。那声音怯怯的，是脚步声，到了门口。是一个人，站到了我的门口，再没有声音。我站起来，打开了门。

门外站着一个人，抬起头，夜色里是一张不干净的脸。就着灯光，我看见是个半大孩子。男孩子，寸把长的头发，几乎遮住了眼睛。雨水正从湿漉漉的头发上滴下来，顺着脸颊往下淌，在灯底下泛着苍白的光。衣服穿得单薄，也打湿了。

他看着我，开了口，说，一文饼?

我点点头，本想说，过年不开张。这时候，他打了个喷嚏，于是我说，进来吧。

我从锅里舀了一碗饺子汤，说，对不住，饺子刚吃完，先喝碗汤暖暖吧。我给你烙饼。

他端起碗，咕嘟咕嘟地喝下去。看来是渴坏了。

我开了炉子，将小鏊洗一洗，坐上。我和面，揉面，摊饼。切葱花时，油已经在锅里滋滋地响。我回过头，那孩子端正地坐着，眼睛却呆呆地望着窗子的方向。饼上起了泡，发出焦香味。我刷上鸭油，撒了葱花。这香味更为浓郁了。

我烙好了一张饼，起锅，说，得嘞，帮手去橱子里拿只碟子。

没有人应声，我转过脸，看那孩子已经趴在炕桌上睡着了。炕桌是我自己打的，我嫌矮，他趴着却正好。

我走过去，拾了件衣裳给他披上，接着烙饼。烙了五张，都放在碟子里摞着。他还睡着，在灯底下，脸色好了一些。忽然，他身体轻轻抖了一下，嘴角翕动，似乎睡得很沉。灯光在他脸上，是毛茸茸的一层轮廓，这是个清秀的孩子。

我挨着床沿坐下，也觉得困了，迷迷糊糊睡过去了。

我醒过来，天已经大亮。我看见床上整整齐齐地叠着衣服，碟子空了，五张饼都没有了。碟子上还有一些细碎的渣子，我发着呆，拈起渣子放在嘴里，嚼一嚼，有焦香的味道，还有点过夜的苦和涩。

初五那天，我开了张。自然没有什么生意，偶尔有几个外出打工的年轻人，经过铺头，买包烟，说，侉叔，走了。

到了天擦黑的时候，我就想打烊了。这时候，却见远远有人走过来，将一张五块的钞票放在柜台上。我一看，是那孩子。

他说，我来还你钱。

他的声音清细，但我终于还是听出了他的外乡人口音。在这里待的时间长了，多少也分辨得出。

我把钱收下。他站在柜台前，没有走。

我说，你来串亲戚？是哪家的？

他摇摇头。

我说，没有地方去？

他点点头。

这时候天上响起一声雷，还没开春，这雷打得很蹊跷，眼见着雨又下来了。我皱皱眉头，说，进来坐吧。

他就跟我进来了，自己搬了个板凳坐下来。

雨淅淅沥沥地下开了。雨势还不小，打在屋檐上噼里啪啦乱响。

我也坐下来，点上一支烟，让给他一支。他犹豫了一下，点上火。我说，悠着点抽，我这是北方的土烟，味道可冲了。话音刚落，他已经咳嗽起来，我看他咳得脸都涨红了，上气不接下气。

我哈哈地笑起来，我说，看你那手势，就知道没抽惯。

我把他手里的烟接过来，一并叼在自己嘴上，说，男人一辈子长得很，先开个头，留着将来慢慢抽。

待咳嗽慢慢平息下来，他也没有说话。抬起眼睛在屋子里打量，目光落在我桌上的书上。这本《笑傲江湖》已经被我翻得有些破旧了。

我笑笑说，读过？

他点点头。

我想一想，问，那你说说，这书里头，你最喜欢谁？

他不假思索道，任盈盈。

我顿时来了兴致，说，倒不是令狐冲？

他没再出声。过一会儿，抬起头来，说，我没地方去，你能给我个活儿干吗？

我一时有些吃惊。再看他，眼眸里并没有一丝怯，也没有玩笑的意思，是想好了说的话。

我说，你这个年纪，要么读书，要么正是出去打工的好时候，留在这里有什么出息？

他一咬嘴唇道，人各有志。

我说，你该看出来，我这间小铺，是一人吃饱，全家不饿。我没有多余的活儿，也养不起闲人。

这孩子说，你怎么就知道我是个闲人？

我眯起眼睛，说，是，我还不知道你的底细。你倒是会做什么？

他说，我会做白案。

我说，白案？

他点点头，我帮你揉面，摊饼。我还会包云吞，整叉烧包。

我笑笑说，我这是个杂货铺，小本生意。

他说，谁不想赚钱呢？你管我吃住就行。

我看他很认真的脸，不知为什么，觉得有些喜欢他了。我说，罢了罢了，看你本事吧。三天开不了张，你卷铺盖走人。

夜里，我在杂货间给他搭了个行军床。

我拿了身麻布的睡衣给他，说，把身上的衣服换下来吧，挺大味儿。

他不动弹。我搁下衣服，走了。

我转过身，听到后面窸窸窣窣换衣服的声音。我想，这小子，还知道害羞。

叔。我听到他喊我。

怎么？我问。

我叫小易。他说，容易的易。

第二日，天擦亮，我听到外面一阵响，像是什么倒了下来。我赶紧出去，看见柜台旁的灶披间，一阵阵地往外埲灰。小易一边咳嗽，一边又搬出了一个大纸箱子。

我冷眼看了一会儿，问，这是干吗？

小易没有抬头，手一扬，说，没有地方，怎么做白案？叔，给我搭把手。

这个灶披间，我其实没有怎么进去过。打接下这爿铺子，便一直由它闲着，没想到，小小一间房子里头竟有这么多东西。一箱箱的空酒瓶子，包装袋，几串已经发了霉的花椒和银耳。最多的，是一摞摞的标签，各种标签，从“淘大”酱油到“剑南春”。我皱了一下眉头，说，看来这铺头原先的东主，不是什么老实人。

小易抿一下嘴，没有说话，将那些标签扫进了垃圾桶。

待爷俩收拾得差不多，天已经大亮。小易留下了一张条案，几把凳子。凳子有几只朽了，缺了腿。小易说，叔，你会不会木工活？

我说，小事。我后生时候，名号叫“赛鲁班”。

天公作美，下了几天的雨，今儿竟然有了大太阳。小易和我将条案抬到太阳地里晒。

小易骑着我进货的小三轮出去了。他个子矮，蹬得有些吃力。我想，这孩子，人看着瘦小，倒真是个干家子。

我叼一根烟，将我打柜台的那套家什收拾出来，斧钺刀叉，倒也齐全。天儿好，没刨几下，出了一身汗。

有人路过，问说，侉叔，年都没过完，忙什么呢？

我嘴里一根烟，手里不闲着，没空搭理他们，就笑一笑。

旁边年轻的就说，侉叔想要拓展业务呢。

我将条案刨平整了，拾掇了几只板凳，油漆也拿出来，刷绿色，清爽些。想一想，还是刷层清漆吧。

小易回来的时候，是后晌午了。灰头土脸的一个人，眼睛却格外亮。小易浅浅地笑着说，叔。

我说，小子，我看你买了些啥？

车上琳琅一片，有白案的家伙什。案板、擀面杖、笊篱，还有一只饼模子。我说，好嘛，我一只手、一只灶的事儿，你整出了这么一大伙子来。

工欲善其事，必先利其器。小易说。

啥？小子，你读的书看来不少。叔听不明白了。

我摆摆手，帮他拾掇车上的东西。一袋面粉、一大块精肉、一大块肥膘、几颗大白菜、茴香、一瓶“八大味”。我说，我给你那几个钱，你还真能置办。

小易说，都是下到明镜村里买的，肉是跟李屠户现割的，白菜疙瘩是杜阿婆藏在窨里的过冬菜。半买半送，你人缘好。

我说，他们倒是都认你的账？

小易低了低头，半晌，说，我说我是你的远房侄儿。叔，你不怪我吧？

我看看这孩子，不知怎的，心头莫名地一软。我没等他解释，自己先把话绕了过去。

我说，好，我在这儿住了这么久，人都认不完全，倒给你做了大旗。

小易从车上捧下一个陶罐子，摆在我刚刷了清漆的桌子上。我说，嘿，没干呢。小易赶紧捧起来，罐子底已经印了一个圆印子。我一阵疼惜，说，匠人最怕留瑕，你毁了我的手艺。

小易无措，末了却小心翼翼将罐子又摆在那个圆印子上，说，往后这印子专为摆这罐子。

我叹口气，端详那罐子，不像个新东西。彩陶的坯子，黑釉上得粗，颜色都渗出来了。还是能囫囵看出人和动物的形状来，沿口上有层油腻。我揭开坛子盖。小易忽然伸出手，挡住我，我还是闻见一股尘土味。

我说，哪里弄了个古董来?

他不看我，用一层油纸将罐口封起来。

这天夜里，我睡得很沉。我这人是看家睡，稍有动静就会醒来。这天睡得却很沉。可能是许久没有干体力活了。我甚至做了梦，梦见了年轻时候的事，迷迷糊糊的，都是些以前的人和事。

凌晨，我在一阵香味中醒来。这香味奇异极了，丰腴的油脂的气息，混着浓烈的中药味，刺激了我的鼻腔，生生将我从梦里拉出来。

我披了衣服起来，看见小易单薄的背影。他坐在灶披间里，眼前蹲着炉子，炉子上坐着那只罐子。天还暗着，微微的火光照在他脸上，显得他脸色更苍白了。那奇异的香味，正是从陶罐里飘出的。小易埋着头，正用剪刀细细剪着什么东西。我走过去，看板凳上搁着一只扁筐，筐里整齐地摆着包好的馄饨。在岭南叫作云吞。模样很精致，一行行地码着，像含苞的芍药。

小易唤我，叔。

我说，这是你包的?

小易耸一下肩膀，揉一揉，说，嗯，忙了整个后半夜。

我说，看不出，包得真不赖。

小易说，等天亮了，就能开张了。

他手却没有停，我看那剪刀细密地剪过去，是一些枯黄的干草。小易剪成手指长短，便小心地打开罐子，投进去。

我问，你在做什么？

小易没有抬头，又细细地剪，答我，请来的老卤，将来的锅底汤，就全指望它了。

我还想问什么。小易说，天还早，叔，你去睡个回笼觉吧。

清早，我睁开眼，看小易清爽爽的一双眸子，正对着我。这孩子没怎么睡，眼睛却亮得很。他捧着一只碗，说，叔，尝尝。

碗里是清的汤，很香。是方才的香气，药味却滤了，香得爽利。里头卧着几只小馄饨。我掂起勺子，舀起一只，搁在嘴里头。还未嚼，那薄薄的馄饨皮，竟在舌头上化了。轻轻的碱水味，也是香的。粉红的馅儿有一点子甜，又有一点子涩，可味儿却说不上地馋人。呼噜吞下去，在嗓子眼儿里滚一下，嘴里头空荡荡的。我呆了一下，赶紧舀起另一个。停不住似的，一碗下了肚，又把汤喝了个干干净净。

小易问，好吃不？

我抹下嘴，说，小易，你这是跟谁学的？

小易热切的眼睛里，光有些暗下去，说，俺娘。

我说，你娘人呢？

他接过碗，口气却清淡了，说，死了。

我也噎住了。这孩子倒站起身，只问我，叔，你看咱能开张了不？

我愣了愣，使劲点点头。

好东西，自然都有个说头。

小易的云吞，随我的饼，也就三四天的工夫，在这镇子里，就算传开了。

来的人，都听说我的侄子来了，又得了个厨子。吃了一碗，禁不住似的，又吃了一碗，说这灶台上的味道，缠住了人的腿脚。说没看出来，侉叔，你们北方佬，倒一家都是好手艺。容婆婆眯起眼睛，说，侉叔，这孩子生得靓，围上了围裙，倒好像个小媳妇儿。

我看小易，脸色给炉火熏得红红的，精神得很。

到傍晚的时候，镇长来了，手里捏着一张纸，说，我是不请自来，刚从县里开会回来，就有人塞给我这个。

我接过来看，上头写着几行字：侉叔一文饼，云吞任我行。要知此中味，听朝士多见。

我扑哧笑了。这字方头方脑的，该是出自小易的手。我说，前面的韵押得好，最后一句破了功。

镇长说，你侄儿倒是怎么寻了来？村里都说这孩子能干，这宣传做得有水平。话是话，我还没见过你这新厨子。

我朝里头喊，小易。

小易没出来。我又喊了一嗓子。孩子从里头走出来，手里捧着一只碗，放在镇长跟前，不言语。

我说，这孩子，不知道喊人。刚才还好好的，不出趟儿。

镇长说，孩子怕丑，莫勉强。谁叫我是个官，多少怕人的。

小易这时却开了腔，说，镇长也算个官？

镇长一愣。我也一愣，斥他，回屋去。

镇长干笑，舀起一勺馄饨，放到嘴里，刚想和我说什么。突然，眼神直了一下，稀里呼噜，一碗馄饨下了肚。

他头上渗出薄薄的汗，轻舒一口气，说，看不出，这孩子愣头青，倒整得一手好云吞啊。

我说，蒙您不嫌弃。

镇长说，云吞也该有个名堂，算给你的“一文饼”作个伴儿。

他盯着手里的勺子，说，刚才，我就是被这一汤匙的味道给惊着了，就叫“一匙鲜”吧。

我心说好。

小易出来了，将镇长面前的碗收走了，又抹了抹桌子，眼睛也不抬一下。

镇长倒笑了，孩子不怎么待见我。我却觉得他面善，在哪儿见过似的。

我心里忖了一下，嬉笑说，您能不面善吗？亲侄儿长得随我。您老人家，跟他叔可脸熟着呢。

镇长走了，我走进屋，看见小易正将汤里的药包取出来，沥干净。他将锅里的汤，小心翼翼地倒进罐子里头。不声不响，唯有黏稠的汤汁灌入的咕嘟咕嘟的声音。

灌老卤？

嗯。小易轻轻回答。

灯影里头，那只陶罐，这时透着幽幽的光，原本凹凸的表面似乎被笼了一层青色的釉，轮廓看起来有些发虚。

我说，这罐子看着污，换一只吧。

小易沉默了一下，闷声说，不换。

夜里头，我铺开过年写春联剩下的纸，就着灯，饱饱地蘸了墨，写下“一文饼，一匙鲜”六个大字。

小易走过来，看了半晌，说，叔在写招牌？

我问，小易，叔写得好不好？

他又细细地看，说，叔写得好，欧体。

我心里一颤，说，就你那手方块字，倒识得欧体。

小易不说话了，过一会儿，拿抹布将我手边上的一点墨迹轻轻擦了，说，没吃过猪肉，还没见过猪跑吗？

我便说，小易，叔教你写大字，乐意学吗？

小易说，那敢情好。

我便教他写，手把着手。小易的手指，细长长的，葱段似的，泛着清白的光。我教他执笔、悬腕，看他写下自己的名字——小易。

仍是方头方脑的方块字。

可是，我却看出来，他执笔的手势，不是初学书法的人。那最后一撇收束的力道，被他收住了。这孩子会写字，是个练家子。

我不动声色，只看他写，看他敛声屏气，努力地将名字写成中规中矩的方块字。

我问，小易，你是哪儿人？

他停住手，手指有不易察觉的抖动。小易说，江湖飘零，叔问这个做什么？

我说，小易生得是南方人的样子，口音里头，却有侉腔，叔好奇。

小易问，叔是哪里人？

我说，叔是陕西西安人。

小易说，我离叔不远，绥德人。

我点点头，说，米脂的婆姨绥德的汉，小易长大了，也是条好汉。你们那地方的人，都生就一双骨碌碌的毛眼眼，叔信。

小易抬起头，望望我，又望望外头密成一片的漆黑夜色，说，老乡出门三家亲，小易是叔的侄儿不假了。

一文饼，一匙鲜。叔侄二人，在这镇子上有了名堂。

久了，也就知道，小易不是多话的人，人却真是勤快。话都在忙忙碌碌的动静里头。镇上的人，都欢喜他。欢喜他的没声响的笑，欢喜他的眼力见儿。

镇上人的口味，他一清二楚。谁来了，他打眼一瞅，多搁上一勺子花椒辣油，多撒上一把葱花。谁来了，便嘱我将饼煎得硬些，有咬头些。容婆婆来了，他搀她坐下来。从冰箱里拿出一盘茴香馅的云吞，是容婆婆爱吃的。茴香在蒸笼上蒸过，只因为婆婆牙口不好。

镇长来了，小易照顾得也周到，人却淡淡的。

小易在这儿，我便没有洗过衣服，也没套过被褥，不声不响，他就全都做好了。

干完了活，晚上在灯影底下，他照我交代的，写大字。写得渐有了模样。他每天都进步一点，不算快，是克制着自己的进步。

我轻轻笑。

我看着整整齐齐的一间屋子，不知怎么的，忽然有了家的感觉。我什么也不说，只想起曾经自己也有一个家，婆姨孩子热炕头，那是什么时候的事了。

我笑一笑，点上一支烟，对着小易的背影，挥一下手，将眼前的烟雾，混着回忆赶走了。

这一天打烊，我眯眼睛歇着，只听见厨房里哐当一声。起身过去，看见铁锅斜在灶台上，小易摔倒在地，脸色煞白，豆大的汗珠从脸颊上滚下来。

我一惊，要扶他。他却摆摆手，不肯起来。我哪里肯听他的，一把将他抱起来，只觉得胳膊肘上黏黏的潮，低头一看，是殷红的血。小易穿了条蓝色的裤子，这血像条青紫色的蚯蚓，爬到他的裤管，滴下来。

我一时无措。我抱紧了他，要往外跑，去镇上的卫生院。

小易一把抓住了门框子，小小的人，虚白着脸，不知哪里来的这么大劲儿。小易说，叔，我不去。你让我回屋歇，歇歇就好了。

我把他抱到杂物间，看见那张干净的行军床，愣了愣。我伸出手，想把他沾血的裤子脱下来。小易紧紧地揪住自己的裤腰，他哆嗦着嘴唇，说，叔，让我自己来。

声音颤抖，尖锐得发哑，几乎像是哀求。

杂物间光线昏暗，我还是看见他发白的脸上，那双眼睛一点点地暗下去。

我只觉得自己的心，刚才还跳得猛。这时候，也在缓慢地黯下去，凉下去。

我轻轻放下他，走出去，将门带上了。

小易再走到我面前，仍是干干净净的一个人。

叔。他唤我。

我没应。

他说，没事，老毛病了，过了就好。

我沉默，闷声说，怕是女娃子的毛病。

我抬起头，看见小易的眼睛，没有内容，不怨不怒，不嗔不喜。

但是，我看出眼前的这个人，却已经将身心松弛了下来，那份少年的坚硬和鲁莽，褪去了。站在眼前的这个人，是柔软的，甚至是软弱的。

她说，叔，我不是个坏人。

我跌坐在门前的长条凳上，想要点上一支烟，手抖得却燃不起火柴。小易走过来，将火柴擦亮，点上了。我看她一眼，将烟掷在地上。

我说，你不是坏人，我是。你不怕？

小易坐在门边上。她说，人坏不坏，只有自己知道。

我苦笑，说，蹲过号子的，还不是坏人？

小易将胳膊屈起来，将脸埋在臂弯里。我只听见她的声音，她说，叔收留我，不是坏人。我欺瞒叔，是不仁不义。

这声音，是好听的女娃的声，轻细的，在我耳朵边上一荡。我肩头一软，伸出手，想摸摸她的头，只一瞬，又收了回来。

半晌，我站起身，走到屋里头，打开五斗橱翻找。

我终于将那张纸放在她面前。

我的刑满释放证。

我瓮着声音说，信了？你还不走？

小易并没有看，她只问，叔犯的是什么事？

我说，贪污，受贿。

小易抬起头，看着我的眼睛，说，上头贪，你不敢不贪；领导收，你不敢不收。

我心里一惊，眼前风驰电掣，是妻子的脸。她看着我，在离婚协议书上签了字，冰冷的声音，甩过来：你这辈子，就毁在一个"窝囊"上，你就是个窝囊废。

离吧。离了婚，儿子就少了个贪污犯的父亲。儿子过了夏天，就该上高中了吧。也不知道模拟考试的结果怎么样。想必不会差，儿子不窝囊，不随我，随他妈。儿子奥数比赛全省一等奖，儿子测向比赛全国冠军，省重点中学加分，没有上不成的道理。

我是个窝囊废，我一个侉佬，这么远来到这个没人知道的岭南小镇。我不会再影响任何人的生活。我窝囊，就让我一个人窝囊下去吧。

叔。小易说。

我颓然睁开了眼睛，看着这个陌生的年轻女人。就在刚才，她看穿了我。

叔。她将那张释放证折叠好，放在我手里头。她说，都是过去的事了。这世上，先谁都有个不情愿，后谁都有个不甘心。

我说，我对自己的事，是甘心情愿。你走吧。

她站起来，眼神灼灼的。她说，叔，赶我走，是因为我不仁义?

我摇摇头。

小易说，那我不甘心，也不情愿。我要留下来。

我看着她，只觉得一阵恍惚。

我说，随你吧。

我和小易，仍然生活在同一屋檐下。她扮我的侄儿，我扮她的叔。

我们形成了某种默契，谁也不去触碰谁的心事与来历。热闹了一天过后，打烊。沙沙洗锅子的声音，咕嘟咕嘟灌老卤的声音。在黄昏里头，夕阳的光铺展进来，将这年轻女人的轮廓投射在墙上，让人有错觉，这生活是静好的。

我知道是错觉，惯性而已。

收拾完了，她依然坐在灯底下，临我的那本《九成宫碑》。

一笔一画，那字写得很成样子了。或者原本就写得这样好。

我阖上眼睛，什么都不想，什么都不看。

再睁开，小易已经转过身来，忧愁地看着我，也不知看了多久。小易说，叔，我在报纸上看了个字谜，给叔猜。

我说，叔脑子笨，打小就不会猜字谜。

小易说，这个好猜。叫“AOP”。

我说，AOP，听起来像是美国佬的情报组织，CIA，FBI。

小易说，是个成语。

我想想，说，猜不出。

小易就执了毛笔，在纸上先写了个A，底下写了个O，再写了个P。

我一看，是个“命”字。

我说，这谜倒新鲜，中西合璧。命中注定？

小易摇摇头，轻轻地说，相依为命。

我脸上的笑凝住了，不知被什么击打了一下，眼底泛出一阵酸。

我侧过脸，不让小易看见。我瞧着夜色里头我写的招牌，在微风中慢慢地转过来，又转过去。

相依为命。

一文饼，一匙鲜。

小易说，叔，人一辈子就一条命。自己也是一条，偎着别人也是一条。

我不说话。

小易说，叔，你问我为啥喜欢任盈盈。因为她不信自己的命。

我不说话。

小易说，叔，你说，人为啥活着？

我说，为了有个奔头。

小易问，叔有奔头吗？

我说，叔没有奔头了。

小易问，那叔为啥活着？

我翻开手掌，搓一搓，看自己的掌纹，曲曲折折地分着叉。我说，就为了活着。

小易说，叔，我给你唱首歌吧。

我说，你们年轻人的歌，叔听不懂。

小易说，这一首，叔保证听得懂。

她就将身体端正一些，开始唱。

我听懂了，的确懂。她唱出来的是：洪湖水呀，浪呀嘛浪打浪，洪湖岸边是呀嘛是家乡。

这歌从年轻的口中流泻出来，竟未有一丝突兀。开始唱这歌时，她的脸上有一种肃穆的表情，眸子里莫名的坚定。声音也是坚硬的，字正腔圆，由齿间倾出。但渐渐的，她松弛下来。歌声也柔软了，目光也有些虚了。这歌并不是唱给我听的，是唱给一个很遥远的人听的。或许，是一个遥远的人在唱，不过借了这年轻的声音，宣之于口。我阖上眼，体会到其中的陌生。再次睁开，我看着她，一丝略微的不适，稍纵即逝。那眼神已经散了，不是她，不是小易，是那种经历了世故的女人才有的，眼神中的一点风尘。

我站起来，有些粗暴地说，行了。

“人人都说天堂美。”是这一句，这久远的歌，我还记得，电视上郭兰英抬起了粗短的胳膊，脸上挂着和她的年纪有些脱节的娇俏表情。那是什么时候的事了？年轻时对女人的遐想，如此的轻易。

小易在“堂”上戛然停住。她站起来，又恢复了有些拘谨的样子，让我稍稍松了口气。

隔了一会儿，小易问我，叔，我唱得不好？

我犹豫了一下，说，好，唱得好。

小易没有再当着我面唱歌。然而，这是一个开始。有时她在厨房里、在杂物间，我都能听到轻轻地哼唱的声音。没有词，那些旋律太耳熟能详。都是极老的歌曲，往往是铿锵的，是那个时代的铿锵。但是，被她哼唱得慵懒而圆融，甚至，有一点淡淡的放纵。

我让自己走远，同时感受到了身体内的膨胀，久违的膨胀。在未及消退时，我被自己暗暗诅咒。

但是，下一次，我又会听，似乎生怕错过。我开始惯常于循声而至，并且原谅了自己。

在人前，小易似乎不如以前活泼了，也不及以往体贴。她克制得很好，将一个少年的心不在焉，表演得恰到好处。人们打趣说，小易，才多大，被镇上的哪朵花勾了魂？小易敷衍地对他们笑，包云吞的手快了些。

然而，有一天的黄昏，镇长坐了下来。我正想让小易招呼，看小易站在角落里，微微皱起眉头，目光忽然凝聚，在镇长脸上逗留了一下。她手里，将脱下的围裙，攥成了一团。镇长抬起头，想和我寒暄。我刚要应声，他却和小易的目光撞上。只一刹那。

小易退缩了一下，回了厨房。

我嬉笑地说，嗨，这孩子，还是怕官。

镇长嘴角冷了一下，也笑，说，我看不是怕官，是怕我。

晚上，小易就着灯，擦她那只罐子。她哼着一首旋律，是《东方红》。罐子依然那么旧，发着污，在灯底下，笼着微微的青光，像上了一层釉。小易将它搁在那个浅浅的油漆印子里，眯着眼睛看。

照例，这时候她应该临我的那本《九成宫碑》。

我在桌上翻开，报纸上，工工整整的“楷书极则”，写得比我好。

我呆呆地望着那字。

叔，我满师了。她没有抬头。

小易。我说。

嗯？小易将那罐子郑重地挪动了一下，擦另一面。

我说，没事。

过了一会儿，小易坐到我的身边来，说，叔，我临得最好的，是赵孟頫。

我说，谁教的？

小易说，我爹。

我说，你爹？

小易说，嗯，我爹。我爹写《胆巴碑》，没有人比得过。爹会说俄语，唱《莫斯科郊外的晚上》。

我说，你爹念旧。

小易说，第一批留苏的工科生，谁不会唱？

我猛然地回过头。灯光暗淡了一下，窗外一只夜鸟飞过，在小易面颊上投下浓重的影。她的脸色青白，有淡淡的憧憬。

春困秋乏，黄昏的太阳底下，我慢慢收拾厨房的家什，捡到一张纸，渍着浮浅的油腻，还辨得出，上面是方头方脑的“侉叔一文饼”。

这时候，镇长走过来，说，侉佬，不开张？

我说，你来了，我就开张。

我抬头，看他左右端详，他问，小易呢？

我说，去买菜了。

镇长靠近我，压低了声音问，你这侄子，有身份证吗？

我心头微微一动，佯作不快，说，亲侄子，你是信不过我？

镇长愣一愣，看着我说，不是，我是想，海华他儿不是在城里做生意嘛，建材生意，做大了，人手不够。我看小易识文断字，不如去帮帮他。男孩子，局在家里有什么出息。

这话说完，他干咳一下，说，他不比你，你已经老了。

晚上，我就对小易说了。小易似乎并不吃惊，只是说，叔，我该走了。

我说，你要去哪里？

小易摇摇头，笑一笑说，你没问过我从哪里来。

我说，你如果从我这里走，我就要问了。

小易说，叔，我临走前，想摆一桌宴。

我点点头，问，请谁？

小易说，我拟个单子。

她便抽出一张纸，埋下头写。我看到她颈子里，有细细的绒毛，在发尾打着旋。我的心里动了动，只是动了动。

我看见那单子上，又是方头方脑的字了。

净是镇上一些叔伯的名字，有些我打的照面少，不熟。

我说，海华伯你也请了，真去帮他儿子？

小易笑，我不认识他儿子，我认识他。

我说，你是认识他，他哪天不来吃上两碗云吞，加上三勺辣子。

我又看见一个名字，说，阿翔腿脚不好，就来过一回，你也请？

小易说，就来过一回，我才记挂。

我看到镇长的名字，说，你又不怕官了？

小易说，我怠慢了他，请他，给他赔不是。

我点头，说，也好，好聚好散。

小易就着灯，将单子又看了看，递给我。说，叔，你去请。

我说，你摆宴，我请？

小易默然，然后说，叔请，他们肯来。

第二天，我就去请。都愿意来。

有的稍有些意外，也愿意来。

小易将厨房里的碗盏、炖锅都拿出来。发蹄筋，卤猪手，吊高汤。

我远远坐着，插不上手。我点起一支烟，我说，小易，以为你只会做白案，你对叔留了一手。

小易舀起一勺汤，凑到我嘴边，说，叔，帮着尝尝，鲜不鲜？

我说，鲜掉眉毛。

小易说，我娘炖的汤，头发也要鲜掉。

夜深了，小易还在忙。我问小易，这几个老的，值当这么大的阵仗？

小易将一条梅菜摘开，轻轻说，让他们吃饱。

我说，小易，真的要走了？

小易说，走了。

她又笑一笑，问，叔跟不跟小易走？

这笑和以往的笑不同，有些妩媚，眼角挑一下，挑在我心尖上。我说，小易啊，叔老了，走不动了。

小易抿一抿嘴，这才说，叔不老，是世道太新了。

又过了一会儿。

我说，小易，给叔唱个歌吧。

小易想一想，清清嗓子，唱起来。当旋律响过一段，我才意识到，这是我所不懂的语言，轻颤的小舌音，声音竟是有些厚实的，是那首曾经家喻户晓的歌曲。

田野小河边，红莓花儿开，有一位少年，真使我喜爱。可是我不能对他表白，满怀的心腹话儿没法讲出来，满怀的心腹话儿没法讲出来。

这时候的小易，像个外国姑娘了，脸上放着光，眼睛里有蓝色的火苗。她那有些坚硬的五官，剪影被微弱的光投射到了墙上，也柔和了。小易是个好看的孩子。

我张了张口，也跟她唱，唱的中文。我不会唱歌。我的声音有些沙，有些哑，有些不在调上。小易唱着，就慢下来，在下一句上等着我。等着等着，两个人的调就合到了一处，唱到了一起。

这一夜，我睡不着。我躺在床上，听小易还在外面忙，窸窸窣窣的，放轻了手脚。锅与碗的边缘轻轻碰在一处，“当”的一声响。

熟悉的草药味。小易照例熬她的老卤，熬好了封罐。今天的格外浓、格外香。

待一切都静下来了，我叹了一口气，疲惫地闭上了眼睛。

迷迷糊糊中，有轻碎的脚步声。我看到一道灰白色的路，有一匹马低下头，踟蹰而行。它回过头，看着我，眼睛大而空。我也望着它，它的眼里，慢慢地流出了血。

我惊醒了，看见床前站着一个人，是小易。

这天是十五，外面一轮圆满的月亮，月亮是瓷白的，分外大和圆，散发着毛茸茸的光芒。这光芒笼着小易，小易也是毛茸茸的了。

小易身上穿着一件阔大的麻布衫子，是我的。因为她身形小，这衫子便显得更为大，遮到了她的膝盖。

她忧心忡忡地看着我，眼睛大而空。我坐起来，也看着她。我说，小易。

她遮住了我的口，解开了衫子。里面是一具瓷白的身体，没有遮掩。少女的身体，小小的圆润的脐，平坦的腹部。两只小小的乳，熟睡的鸽子一样。

我低下头。她的脚也光着，交叠在一起。她将我的手执起来，放在胸前。我抖动了一下，但却不敢动作。我触到了那一点温热，我不敢动作，怕惊醒了鸽子。

然而，此时，我却觉得自己的身子，一点点地凉下去。有一股血，在奔突了一下之后，没有缘由地冷却了。

我痛苦地抖动了一下，推开了小易。

小易将衫子掩上，后退几步，跪下来说，叔，我欠你。

房间的光线暗淡了下去。一片霾游过来，慢慢地将月亮遮住了。

隔天晚上，都来了。

看满桌的大碗大盏，都吃惊。

我抱来一坛自酿的米酒，说，小易，你敬大家一杯。

小易端起酒杯，说，各位叔伯，多谢照应了。

一饮而尽，抹抹嘴，亮一亮酒杯底。

气氛就松了些，海华说，小易出去发了财，莫忘了我们这些老东西。

小易说，头一个忘不了您。

说这话时，小易并没有笑，是郑重的。在场的人都愣了愣。

我打着哈哈说，为这一桌，孩子忙了一夜。你们吃好喝好，莫负了他。

觥筹交错。老家伙们喝多了，都有些忘形。阿翔说，咱们光屁股交的朋友，好久没坐在一桌了。

是啊，倒还在这屋里。海华环顾了一下，睐了睐眼睛，压低了声音说，说实在的，你们怕不怕？

众人默然，只端起杯子喝酒。

过了一会儿，阿友说，怕什么？半截身子入土的人了，活到现在，连本带利，够了。

镇长咳嗽了一下，说，行了，侉佬在这儿呢。

阿友说，侉佬怎么了，又不是外人。

他把头转向我，满口酒气，侉佬，你在这儿一个人住，有没有狗屎运，女鬼找你采阳补阴？

都给我闭嘴。镇长黑着脸，将酒杯狠狠顿在桌案上。

叔。我听见小易唤我。

我起身，到后厨，我看见小易将那只陶罐倒过来。小易说，叔，搭把手。

我帮她，她左磕右磕，里头的老卤，完完整整地掉出来。结瓷实的老卤，是个完整的罐子形状。

小易执起一柄刀，在老卤上划一刀。老卤分成两半，颤巍巍地抖动。

我说，你这是干什么？

小易说，我给叔伯们加个菜。

我一惊，说，你这么金贵它，现在就当个肉冻上了菜？

小易没言语，又划上一刀，说，我人都要走了，还留它做什么？

叔伯们看了，都说新鲜，问是什么奇珍异馔。

我闷声说，你们有口福，是小易熬的老卤，益了你们这帮老家伙。

一人一块。

海华说，小易，侉叔倒没有。

小易一笑说，侉叔和我是厨子，厨子吃老卤，就是坏根基砸了饭碗，不吃是规矩。

我走到一旁点起一根烟，心想，这规矩没听过，我也吃不下。小易夜夜熬，熬出这一罐，吃了心疼。

这老卤的香气还是传了过来，与平日有些不一样。我嗅了嗅鼻子，确实馋人。老家伙们吃了一口，眼一亮，都说好吃，说没吃过这么好吃的东西，天地之精华，赶上吃阿胶、吃龙肉。

镇长抿了一口酒，慢慢品，说，慢点，噎死你们这帮老东西。

小易不见了。

我的酒上头，先醉过去，记得有人把我搀扶到窗户根儿打盹儿。

哭号的声音响起来，一盆凉水激醒了我。

我的小屋，被人从外围到里。

八个老家伙，死了六个。镇长和海华被送去了市里的医院抢救。

五个回到家里死在床上，算善终。一个死在镇上的洗头房，死得难看。正快活着，忽然歪鼻斜口，脸色铁青，在地上抽搐。

公安在厨房里找到那只罐子。其实不用找，端端正正地摆在桌子上的圆印子里。

法医在死者的血液里发现了乌头碱。罐子里的老卤残余里也有。

我后来知道，这毒性烈，只要二到四毫克，就够让人呼吸麻痹、心脏衰竭而死。

公安在灶台底下发现一包中药渣。里头有关白附、天雄、毛茛、雪上一枝蒿。这最后一味，是毒上加毒。不求你速死，待你体温渐渐升高，再要你的命。

我是犯罪嫌疑人。我有前科，却无犯罪动机。

有人说，这屋里住的是叔侄两个。他们问我小易姓什么，我说，侄跟叔的姓。

他们通缉小易。小易不见了。

我说，我要见镇长。

他们铐着我，见镇长。

镇长的命抢救回来了，人的精神却泄了，灰白着一张脸，看着我说，侉佬，你何苦来？

我说，镇长，你有事瞒我。

公安手里捧着那只罐子。镇长眯着眼看着，忽而慢慢地瞳孔放大。他说，我知道是她，我就知道。

镇长昏死了过去，再醒转来，却癫了。不认人，只是颠三倒四地说，她是来索命的。

化验报告出来。这罐子里的老卤里头，还发现了另一种物质，是人的骨灰。

活下来的，还有阿友伯。阿友是个半语儿，说不清楚话，他少了块舌头，许多年了。

但是，他认识这只罐子。他艰难地说了两个字，报应。

他说，这罐子里头，装着个女人。

看守所来了一个人，是容婆。

容婆说，你们放侉佬走。

公安说，他是犯罪嫌疑人。

容婆说，犯下罪的，都死了。

容婆要见我。她拿出一张照片，给公安看。公安点点头，拿给我看。

照片泛了黄。上头是个陌生的女人，大眼睛，长眉毛，粗辫子。

这女人以前住在你屋里，她眯起眼睛，悠悠地说，以往，我们这里还是个村子，叫下沙。那年上山下乡，来了好几个知青学生。就属这个学生最好看，叫丁雪燕。老远地来，是陕西绥德人。

我心里猛然一动，说，绥德人？

容婆说，他们都住在你屋里。刚来的时候，学生们不知苦。到了晚上，还有人唱歌。丁雪燕会唱俄语歌，好听得很。

雪燕的声音像黄莺。我一个乡下丫头，生得不靓。可是她对我好，教我唱歌，教我织毛线。她说，这歌是跟她爹学的，织毛线是跟她娘学的。

他爹是留苏的大学生？我听到自己的声音轻轻发颤。

容婆看着我，眼睛里泛起一丝光，说，你怎么知道？

她说，我们乡下苦，久了，学生们都想回城里去。上面下来名额，有招工的，有上大学的，说是给表现最好的知青。

什么叫个好？我只是看丁雪燕细皮嫩肉的一双手，手心磨成了粗树皮。插秧，扬场，拾粪，写标语，样样都比别人好，比别人用心。

可是，同来的知青，都走了，只留下她一个。我才听说，她老豆在蹲牛棚，正累着她。

我问雪燕，想不想走？她说，想。我说，那咱们就想办法。

雪燕摇摇头，说，我爸是右派，反动学术权威，没有办法想。

有一天，她对我说，有个人正给她想办法。我问是谁，她说，是村长的儿。那人刚娶下了亲。嗯，就是现在的镇长。

她将办法跟我说了。我的脸使劲红一下，说，雪燕，这不是个办法。

雪燕冷冷看我一眼，说，我想回城，没有其他法子想。

村长的儿一边替她想办法，一边往她屋里跑，跑着跑着不走了。有人看见夜里窗户上，头碰头的两个影子。灯就黑了。

后来，雪燕怀了身子，办法还没有想出来。村长的儿，不上门了。雪燕和我说，不走了，留下这孩子。我说，你疯了。我们上他的门，逼他想办法。这孩子生下来，也要在城里。

我说，我陪你，跪在村长家门口。

她说，我不想害了他。

她由那孩子在肚里头长大，自己拆了棉袄，扯了点布，做尿褯子、小衣裳。我陪着她，只见她在没人的时候，一个人笑。

一天夜里，她的门被人踢开了。进来一群男人，个个年轻力壮。

撬开她的嘴，给她灌中药，藏红花，要打下她的胎。

她不从，他们就打。打着打着，药也灌下去了。她没力气动弹，由着他们撕扯衣裳，踢她肚子。她下身终于有血流出来，一股子腥味。有人将她裤子拽下来，露出细皮嫩肉。一群浑小子，都是躁性子。看着她光溜溜的身子，眼也直了。

不知道是谁先上前，污了她。然后是第二个，第三个……到最后一个，她有那一星力气，咬了一口，咬下那人的半块舌头。

我发现她的时候，她满身的血，死了。腿叉子淌着脏东西，里头是个没成形的胎儿。眼睛睁着，嘴里头半块人舌头。

暗影子里，蹲着一个男人，是村长儿子。他眼睛空着，说，我没让他们，要了她的命。

村里没声张，将她送去烧了。对外说她作风腐化，勾引无产阶级工农，乱搞男女关系，是畏罪自杀。

我和村长的儿两个人，在村口的乱坡上，将她葬了。就一个陶罐子。

容婆看着我，说，小易来那天，下了雨。我看见她一个人抱着一只罐子，走过来。颜色褪了，污了。可我认得出，我知道，是她回来了。

我听到这里，眼睛抖一下，手心里的汗，一点点地冷了。

一个月后，公安联系到了死者丁雪燕的亲属。她唯一的亲属，是她爹，九十岁了，是西北工大退休的老校长。当年没了妻女，平反回来，至今孤身一人。

他将那个陶罐抱在怀里，没言语，只是紧紧地抱着。

这天晚上，镇长从医院的楼上跳下来，也死了。

五个月后，公安找到了小易，带我去辨认。

是小易。看见我也没有声响，安安静静的。头发长了，披在肩上，又不是小易。

一个中年女人，形容憔悴，是小易的娘。说这孩子，一年前突然不认人，满口西北腔的普通话，说要回家，说自己还有一个爹。留过苏联，发明过农用飞机的推动器。会说俄语，会唱《莫斯科郊外的晚上》。

他爹哪会说什么俄语。我们两公婆，连初中都没读完。

小易不说话。女人说，过年前的时候，这孩子忽然说，想写一副春联。我拿了纸给她，她就写了这个。

我举起那春联看，“舍南舍北皆春水，他席他乡送客怀”，是清秀的赵体。

女人将一本簿子给我看，说，孩子以前是写不出这种“大人字”来的。我看簿子上的字，方头方脑，也很熟悉。

大年初一，没看住，孩子就不见了。女人说，再回来，不闹了，也不说陕西话了。只是安安静静的，不知在想什么。

我说，小易喜欢读什么书？

中专毕业后，没见她读什么书。女人想想说，只看金庸的武侠。说里头有个女子，叫任盈盈。女孩子，看什么打打杀杀，心也看野了，人也看痴了。

女人幽幽地哽咽。公安和我，说了一些安慰的话。天擦黑，终于要起身告辞。

女人点亮了灯，说要送我们出去。

这时候，小易将头抬起来。她看着我，眼睛大而空，开口说了一句话。

并没有声音，但我看懂了她的口型。

她说的是，一文饼，一匙鲜。

北鸢 （节选）

楔子

说起来，四声坊里，这手艺怕是只留下你们一家了吧？

是，到我又是单传。

生意可好？

托您老的福，还好，昨天还签了一单。只是现今自己人少了，订货的净是外国人。

哦。

照老例儿，今年庚寅，写个大草的“虎”吧。

行。

今年不收钱。您忘了，是您老的属相，不收，爷爷交代的。

呵，可不！

您走好。

好，好。

文笙走出门，见仁桢低了头，已经打起了瞌睡。文笙怕惊了她，将毛毯掖了掖。打开轮椅上的小马扎，也袖了手坐下，不一会儿，也睡着了。

过了半晌，仁桢倒是醒了。

文笙迷糊了一阵儿，睁开眼，见老伴望着自己，问，醒了？

嗯。

文笙就将风筝放在她手里，让她摸了摸。见她唇动了动，是笑的意思，就说，太太，今年是个什么色儿？

仁桢说，黄的。

他们到了夏场的时候，已经是黄昏了。

仁桢问，人多么？

文笙说，多着呢。

仁桢便笑，又该你威风了。

文笙也不说话，也笑，一边轴线。

仁桢问，上去了？行的是东南风。

文笙说，东南平起不易落呢。

又过了半晌，仁桢问，可该行了？

文笙便从怀里掏出一把小刀，截断了线。风筝飘摇了一下，没了主心骨似的，忽又提了神，往高处稳稳地走了。

文笙轻轻地说，娘，风遂人愿，万事皆好。

说罢又袖了手。那风筝像是得了令，超过其他的，在云端里穿梭，渐渐消失不见。

文笙便说，太太，回吧。

仁桢说，再坐会儿吧，难得晌晴的天，耳朵都听得见亮敞。

文笙说，好，再坐会儿。

孩子

民国十五年，十月。黄昏，文亭街口围了一圈子人。

昭如恰就在这时候推开了门。远望见许多的人影，她叹了一口气，这世道，哪里就有这么多热闹可看。

听说西厂新到了一批苏州来的香烛，质地上乘。昭如亲自走一趟，这些日子，市面上多了些东洋蜡。烧起来，有一股皂角味，闻不惯。太太们就都有些怀念起国货。老板奇货可居。不过"德生长"的一份，是一早就留好了的。

昭如遥遥看一眼，想等街面上清静些再出去。西厂的伙计便说，在门口围了整个下晌午，说是个逃荒的。昭如低下头，就回转身。这时候，却听见了孩子的哭声。

这哭声，锥了她的心。鬼使神差地，她竟挪动了步子，循着哭声走过去。人群见是样貌体面的妇人到来，也不说话，自动分开了两边。昭如看清楚了里面的景象。

是个跪坐的女人。身前一个钵，是空的。女人身上穿了件青黑的麻布衣服，并不见褴褛，但在这深秋天，是很单薄了。昭如一眼认出，是件男式的长衫改的，过分的宽大，随女人佝偻的身体空落落地堆叠在地上，口袋似的。女人一径垂着头，沉默着。旁边就有人说，前半个时辰还在哭，这会儿兴许是哭累了。哭黄河发大水，哭男人死在半路上，也没个新鲜劲儿。就又有人说，是男人死了么？要不是家里有个厉害角色，我倒不缺她一口饭吃。先前说话的人就讪笑，你就想！人家不卖自己，卖的是儿女。

这话让昭如心里一凛。同时，见女人抬起了头来。神色漠然，却有一双青黑的瞳，在满是尘土的脸上浮出来。昭如想，这其实是个好看的人。想着，那眼睛竟就撞上了她的目光。女人看着她，呜咽了一下，断续地发出了哭声。声音并不大，像游丝，竟十分婉转。哭腔里，掺着断续的外乡话，抑扬顿挫，也是唱一样。听得昭如有些发呆。这时候，猛然地，有另一个哭声响起，嘹亮得震了人的耳朵。昭如才醒过来，这是她刚才听到的声音。婴孩的哭声。

女人撩开了大襟，昭如看到了一只白惨惨的乳房。旁边是一颗头，覆盖着青蓝色的胎毛。女人将乳头塞进孩子嘴里。婴儿吮吸了一下，似乎没吮出什么，吐出来，更大声地啼哭。女人便绝望地将脸贴在孩子的头上，自己不再哭了。话没有断，清晰了许多。说各位心明眼亮的慈悲人，看见孩子饿得连口奶都吃不上。不是卖小子，这么着，大小都活不下去了。多少给一点儿，打发了我，算是给孩子讨个活路。

她这么絮絮地说着，孩子竟也安静下来。身体拱一拱，挣扎了一下，将头转过来。昭如看清楚，原来是个很俊的孩子，长着和母亲一样的黑亮眼睛，无辜地眨一下，看得让人心疼。跟身的丫头，这时候在旁边悄声说，太太，天晚了。昭如没听见，动不了，像是定在了原地。

周围人却听见了，开始窃窃私语。女人散掉的目光，突然聚拢。

她跪在地上，挪了几步，直到了昭如跟前，抱着孩子就磕下了头去。太太，好心的太太。女菩萨，给孩子条活路吧。

昭如想扶起她，她却跪得越发坚定。躬身的一瞬间，那孩子刚才还在吮吸的手指，却无缘由地伸开，触碰到了昭如的手背。极绵软的一下，昭如觉得有什么东西，突然融化了。

接下来，她几乎没有犹豫地，从女人怀里接过了孩子。从前襟里掏出五块现大洋，塞到她手里。所有的人，屏住了呼吸。这位沉默的太太，将一切做得行云流水，来不及让他们反应。

待昭如自己从恍惚中回过神来，人们已经散去了。她叫丫头小荷将斗篷解下来，裹住了孩子。起风了，已经是寒凉的时节。昭如将孩子抱得紧一些，胸口漾起一阵暖。

这时候，她看见那女人已站起身来，并没有走远。昭如对她笑一笑，将要转身，却看见了女人眼中倏然闪出的依恋。

昭如一醒，低声对小荷说，你先回家去，跟老爷说，我今天去舅老爷家住，明天回来。

没等小荷接话，昭如已经叫了一辆人力车，放大了声量，说，火车站。

昭如坐上了去往蚌埠的列车。这一路上，她总觉得背后有双眼睛，一切就要做得格外的堂皇与明朗。她有些兴奋，也有些不安。因为她并不是个会演戏的人，现在，已经演了一个开头，却不知要演多久，演给谁看。

这样想着，她心中有些莫名的涌动，不由自主地，将脸贴一贴孩子的脸。

一路上，孩子竟很安静，阖着眼睛，看得到宽阔的重睑的褶痕。

外面暮色暗沉，影影绰绰有一些塔似的形状，在田地里燃烧着。那是农民在烧麦秸垛，已是秋收后的景象。对于节令，城里人知的是寒暖，在农民则是劳作和收获。

昭如并没有坐到蚌埠。火车走了两站，她在清县下了车。

昭如在城南找了间小旅店。

旅店老板看着一个华服妇人走进来，没有任何行李，怀里却抱着个面色肮脏的孩子。他袖着手，抬起眼皮，脸上不忘堆了殷勤的笑。

说起来，这些年的来来去去，他早已经见怪不怪。开门就是做生意，其他是管不了许多的。家事国是，都是他人瓦上霜。打十几年前五族共和，说是永远推翻了皇帝佬。可四年后，就又出了个姓袁的皇帝。短命归短命，可的确又出了不是。他就觉得时势不可靠，做本分生意，是哪朝哪代都靠得住的。

他也看出这太太形容的严肃，似乎有心事。为了表达自己的周到，不免话多了些。昭如听见，只是点点头，这时她已经很疲倦。

安排了一间上房。掌柜请她好生歇着，就退出去。昭如却叫住他，问他能不能弄到奶粉，美国的那种。掌柜就有些为难，说自己是偏僻小店，弄不到这种高级货。昭如想想说，那，烦劳帮我调些米汤，要稠一些。另外给我烧一盆热水，我给孩子洗个澡。

夜很深了，昭如在昏黄的灯底下，看着孩子。干净的孩子，脸色白得鲜亮。还是很瘦，却不是“三根筋挑个头”的穷肚饿嗉相，而有些落难公子的样貌。她便看出来，是因这孩子的眉宇间十分平和。阔额头，宽人中，圆润的下巴。这眉目是不与人争的，可好东西都会等着他。这样想着想着，她就笑了，心里生出一些温柔。

她是个未做过母亲的人，却觉得自己已经熟透了母亲的姿态。她想做母亲，想了十二年。过门儿一年没怀上，她就年年想，日日想。念佛吃素，遍求偏方，都是为了这个念想。

这是怪不得卢家睦的，人家在老家有一个闺女，快到了婚嫁的年纪。她是续弦，被善待和敬重，已是个造化。这么蹉跎下去，没有一男半女，到底是难过的。有一天她发起狠，到书房里磨蹭了半天，终于说起给家睦纳妾的事。家睦正端坐着，临《玄秘塔碑》。听到了，就放下笔，说，我不要。她却流了泪，好像受委屈的是自己，说，老卢家不能无后。家睦一愣，却正色道：孟昭如，你真不愧是孟先贤的嫡亲孙，知道无后是绝先祖祀。可不孝有三，“不为禄仕”一桩，也是大的罪过，你是要指斥为夫老来无心功名吗？

昭如以为他是真的动怒，有些畏惧，嗫嚅道，我，是真的想要个孩子。

家睦却笑了。我们不是还有秀娥吗？到时候讨个上门女婿好了，含饴弄孙，说不定比我们自己生还快些。

昭如便明白，家睦是惜她心性简单，却也是真的开通。

她看着孩子，心里没有底，却又有些期盼。就这么着左右思想间，终于沉沉地睡过去了。

昭如回到家的时候，是第二日的正午。

厅里已备好了饭菜，一说太太回来了，都急急赶过来，却不见卢家睦。走在前面的，是郁掌柜，后面跟着老六家逸夫妇两个。

昭如便有些打鼓。这郁掌柜，是店里得力的人。自从生意上了路，平日里上下的事务由他一手打理，从未有一些闪失。家睦也便乐得放手，偷得浮生半日闲。除了大事，郁掌柜轻易也便不会惊扰东家。印象里他到家中来，似乎只有两次。一回是来吃老六头生闺女的满月酒，一回是因要在青岛开分店，与家睦秉烛夜谈了一个通宵。

昭如看出郁掌柜的脸色，不大好看。没待她问，老六先开了口，嫂嫂回来便好了。他媳妇却轻轻跟着一句，这是谁家的孩子。

众人的目光便都牵引到小荷怀里正抱着的婴孩。昭如一愣神，眼光却停在郁掌柜身上，问他，老爷呢？

郁掌柜本来是个欲言又止的模样，一问之下却答得蛮快，老爷出去办事去了。

昭如慢慢坐下来，也渐没了笑容，说，是办什么事，还要劳动郁掌柜来走一趟。

众人半晌没言语。老六媳妇荣芝就说，嫂嫂，咱们家是要给人告官了。

老六轻轻用肘触一下女人。她拧一下身，声音倒利了些，你们个个不说，倒好像我不是老卢家的人。不说给嫂嫂听，谁请舅老爷去衙门里想办法，难道还真赔进泰半的家产不成。

郁掌柜便躬一躬身，开了口，太太，其实这回的事情，倒不见得算是官非。只是说到个“钱”字，任谁都有些吞咽不下去。您记得夏天说起要从老家里运一批煤和生铁。订银是一早过去了，货却发得迟。此次黄河夺淮入海，殃及了一批货船，咱们的也在其中。

昭如说，这事上衙门，理也在我们这边，如何又会给人告了去。

郁掌柜道，太太只知其一。这一回，船上不仅是咱们的货。您知道城东“荣佑堂”的熊老板跟老爷一向交好。这次发货，他便托咱们的船给他顺带些铺面上的所需，有七箱，其中五箱，说是青海玉树的上等虫草。此外，还有他家老太太九十大寿，专为女眷们打造了一批金器，说是都在里头。单一支如意上镶嵌的祖母绿，有半只核桃大小。

荣芝冷笑一声，怎么不说他们举家的棺材本儿都在里头。这么多值钱的，该去押镖才是正经。

郁掌柜接着说，太太知道我们老爷的脾性，向有孟尝风，古道热肠惯了。因为是老交情，这回带货，没立协议，也没做下担保。熊家管事的二奶奶认起了真，就有些搅缠不清了。

昭如说，这二奶奶我知道，是个吃亏不得的人。她要我们赔多少，是要将交情一起赔进去么？

郁掌柜袖一下手，走到她跟前，轻轻说了个数。昭如呼啦一下站起来。她这平日不管流水账的人，也知道，这回家睦把胸脯拍大了。

昭如让众人退下去，开始盘算，要不要到哥哥那去走一趟。如果熊家真是个说起钱来油盐不进的人，那是有场硬仗要打了。

想着，她难免也有些坐立难安。这时候，却听见外面报，说老爷回来了。

她便迎上去，家睦只看她一眼，就沉默地坐下。昭如使了个眼色，丫头端上一壶碧螺春。昭如沏一杯给家睦，说，老爷，天大的事情落下来，自然有人扛着。先宽下心来想办法。

家睦听见，倒抬起头，声音有些发沉，家中的事是要人扛着。有个出息的哥哥，这家你是想回就回，想走就走了。

昭如张一张嘴，又阖上，心知他有些迁怒。这原不是个色形之于外的人，此时计较不得。她望着家睦，又有些心疼。暗影子里头，灰飞的双鬓，分外打眼。这几年，这做丈夫的，渐渐有了老态。

到底是知天命的年纪。依他的性情，不喜的是树欲静而风未止。她是少妻，纵有体恤，于他的心事，仍有许多的不可测与不可解。

她便也坐下，不再说话。太静，厅堂里的自鸣钟每走一下，便响得如同心跳，跳得她脑仁有些发痛。这时候，却有些香气漾过来。先是轻浅浅的，愈来愈浓厚，终于甜得有些发腻了，混着隐隐的腐味，是院子里的迟桂花。老花工七月里回了乡下，无人接手，园艺就有些荒疏。平日里是没人管的，它倒不忘兀自又开上一季。一年四时，总有些东西，是规矩般雷打不动的。昭如这样想着，不由得叹了一口气。

这当儿，却听见另一个人也重重叹了一气，将她吓了一跳。就见男人手撑着桌子，缓缓站起来，眼睛却有些失神。我卢家睦，许多年就认一个“情”字。在商言商，引以为憾。如今未逢乱世，情已如纸薄。

听到这里，昭如有些不是滋味，这男人果真有些迂的。可是，她也知道，她是欢喜这几分迂的。这“迂”是旁人没有的。这世上的人，都太精灵了。

夫妻两个，相对无语。一个怅然，一个怨自己口拙，想说安慰的话，却找不到一句合适的。

这时候，东厢房里，却传来孩子的啼哭声，一阵紧似一阵。昭如这才猛然想起，这孩子是饿了，早晨喂了碗米汤，现在又是下晌午了。

小荷抱着孩子疾走出来，看着老爷杵在厅里，愣一下，竟然回转了身去。昭如看到家睦站在原地，一动未动，眉头却渐渐皱了起来。

这时候，却听见外面嘈杂的声音。不一忽儿，只见郁掌柜进来，脚下竟有些踉跄，嘴里说着，老爷，大喜。

家睦的眉头还没打开，有些木然地应道：喜从何来？

年轻人喘了口气，说，咱们的货，到了。

家睦有些瞠目，说，什么，你肯定是咱们的货？

掌柜便说，的确是，我亲自去火车站验过。连同熊老爷那七箱药材，都在里头。

家睦默然，慢慢说，这倒是真奇了。

掌柜擦一下头上的汗，说，说奇也并不奇，是我们"德生长"行事慈济，造化好。

家睦这才醒过神来，说，你刚才说，火车站，怎么到了火车站去？

掌柜便答，我们的货物，这次并没有全走水路。船到了杭锦旗，泥沙淤塞，河道浅窄。咱的船吃水太深，实在过不去了。那边的伙计就临时租了几节车皮，改了陆路。没承想，却躲过了一劫。这是天意。

家睦顿一顿，问，熊家的人可知道了？

掌柜说，这不说着先报老爷一声，给您个心安。那边也命人去了。

掌柜又对昭如行了个礼，瞥一下小荷，低下头，退去了。

这孩子一时的安静，似乎令人遗忘了他。家睦走过去。小荷抱紧了孩子，无知觉地后退了一下。家睦却见那孩子睁开了眼睛。乌黑的瞳，看着他，嘴角一扬，笑了。这一笑，让这男人的心和脸，都瞬间松弛下来。

他于是问，这是谁家的孩子？

昭如走到跟前，大了胆子说，是你儿子。

家睦抬起头，与昭如对视。她看得出他眼里并没有许多疑虑，却有些鼓励的神色，那是等着她说原委。她想一想，便一五一十地照实说了。

家睦听了后，又看了看孩子。沉吟一下，朗声大笑，说，这就是所谓“天降麟儿”了。他方才这一声哭，算是诸事化吉。

昭如轻轻说，老爷，你就不怕这孩子不明底细？

家睦说，这世上，谁又全知谁的底细。他来到了卢家，就是我卢家的底细。说起来，我日后倒要给火车站立座功德牌坊。这一日内两件喜事，皆与它有辗转，合该车马流年之运了。

他便俯下身来，也看那孩子。孩子却伸出了手，猝不及防，揪住他的胡子。还真有一把气力，不放手。家睦一边笑，一边却直不起腰来。昭如看在眼里，也忍不住笑了。

抓周

孩子在卢家长到了一岁，已十分壮健，全无初来时的瘦弱样子。

奶妈云嫂是临沂人，口音浓重，依家乡的例俗叫小孩子“哥儿”，透着股宠溺劲儿。大家便都跟着叫，开始是逗趣的，一来二去久了，也叫惯了。府中并无其他的男童，“哥儿”便成了孩子的小名。

哥儿是受众人爱的。这爱里，自然有深浅。久了，人们渐渐发现哥儿的性情，并不会因这深浅而有所依持。他的脾性温和，能够体会人们的善意并有回应。回应的方式，就是微笑。一个婴儿的微笑，是很动人的。这微笑的原因与成人的不同，必是出自由衷。然而又无一般婴童的乖张与放纵。这让人很欢喜，因为他笑得十分好看。脸上有浅浅的靥，鼻子也跟着翕动，欣然成趣。然而，人们又发现，他的微笑另含有一种意味，那就是一视同仁。并不因为谁对他特别好而多给一分，也不会因为对方只是偶示爱意就稍有冷淡。将他捧在手心里的云嫂和颜色肃穆的郁掌柜，他毫不厚此薄彼，真是无偏无倚。如果是个大人这样，人们就会觉得他世故了。但这样小的孩子，做娘的，就有另一层担心，就是怕他其实有些痴。

哥儿对于寒暖饥饱，其实很敏感。但又是一桩不同。一般婴儿多是用啼哭来表现不满与困境，哥儿到来的第四个月，似乎已不太哭了。他有需要的时候，会有他独特的表达。比如，将鼻子皱起来；比如，发出嗯嗯的急促的声音。这多半就是要吃或者要拉。这孩子，并未给这家里带来很多初生儿的感受。因为他很少有一些激烈的声音与行为，太安静了。

在他来到这家里一年的时候，云嫂便说，是时候给少爷摆桌“周岁酒”了。家睦夫妇二人对望一眼，并没有接话。因为他们是将哥儿的来日作了生日，具体的生辰是有些含混的。云嫂又说，近乎自言自语，摆酒，再就是要“抓周”了，看看哥儿将来到底是个什么人物。说到这里，昭如心里却是一动，然后转向家睦，老爷，该要请些什么人，咱们拟个单子出来吧。

摆酒那天，十分热闹，称得上宾客盈门。一来是因为家睦在城中的好人缘。山东人重乡情，所以一家事成了百家事；再一来，也是人们对新生的卢家少爷，多少有些好奇。这时节也算市井太平，一个“周岁酒”也可办成盛事。在旁人看来，是借题发挥，于卢家却是喜由心生。

哥儿生平第一次成了舆论的中心。盛装包裹，虎头帽，滚边的缎子袄，元宝鞋，将他制成一只花红柳绿的粽子。这代表着云嫂的审美。沉甸甸的长命锁令他有些拘束，时而扬起脖子，拧动一下，但脸上仍然是微笑的。他微笑地看着半熟和陌生的人，听着他听不懂的或真或假的赞美。一两个雅士，也会站定了，在他面前吟哦一番。大家就都跟着尽了兴。

家睦夫妇也微笑着，这无论排场与氛围，都令人满意。接了帖子的，悉数到齐，也表明家道还说得过去。

当晚的高潮自然是抓周。床前设了长案，上面摆了各色物事。一册《论语》，一只官星印，一把桃木制的青龙偃月刀，另有笔、墨、纸、砚，算盘，钱币，账册，钗环，酒令筹筒，可谓面面俱到，满当当一桌。云嫂将哥儿抱过来，让他伏在案前，边说，除了做皇帝，我们哥儿是什么都挑得拣得。

这一说，孩子竟收住了笑，脸上一时有肃穆的表情，目不转睛地盯着一案子的琳琅。众人便笑，说些鼓励的话。他身子倾一下，左右看看，手抬一抬，似乎要落在《论语》上。旁人就说，好，腹有经纶，要做锦绣文章。谁知他却眼神一转，胳膊挪一下，又去碰了碰青龙偃月刀。众人又说，好，文治武功，将来是个将才。他却依然没有捡起来，望一望云嫂，又望一眼昭如，竟然坐定了，不再动作。只是眼里含笑，心平气和地看这一圈大人，像是在看风景。过了半晌，人们终于有些焦急。云嫂索性将一只算盘，在他面前拨拉。按说这很不合规矩，但大家都了解她的心意。他抓一下算盘，起码是个圆场，说明有意陶朱事业，家睦这爿店后继有人。哥儿眼珠子跟着算盘珠子走，但并未伸出手去，反而将个大拇指放在嘴里吮。吮够了，取出来，仍然是稳稳地坐着。脸上的笑容更为事不关己，左右顾盼，好像是个旁观的人。

人们失望之余，都有些小心翼翼。对待难堪的方法似乎只剩下沉默。云嫂也收起了热闹劲儿，望着男女东家脸色渐有些发木。

这时候，席间却有一位老者，缓缓站起身来。虽未围观，远远地他也看了个周详。人们便听见他说，这一番上下，见得公子是无欲则刚，目无俗物，日后定有乾坤定夺之量。

声音不温不火，却掷地有声。人们便纷纷附和。爹娘也舒了口气，心中感激老者的解围。

家睦举了杯酒，到了老者面前，道一声“吴先生”。老者捋了捋胡须，笑着挡了去，说，卢老爷，客套便罢了。是我与小公子有缘分，竟比你们做父母的更懂得他的心志。

这吴先生，大名吴清舫，是城中一个画师。认识他的，看到他坐在这里，都有些诧异。一来他实在是个深居简出的人；二来，此人近年来名头颇大，却心性淡泊，渐有了神龙藏首之姿。人们只知其与杭天寿、于书樵、江寒汀等人齐名，至于其本尊，却目者寥寥。今晚他坐在这里，人来人往，竟也十分的清静。

说起来，这画师如何成为家睦的座上宾，有一段渊源。吴先生的前半生，称得上一波三折。生于清光绪十五年。幼承庭训，早年入私塾、读经史。后值洋务运动，世中学堂卒业。功名求取告一段落，方齐一心之志，投身绘事，习《芥子园画谱》，视为初学之津梁。其间笔喻耕耘，遍访名山，胸藏丘壑，精工花卉、翎毛、走兽、人物，无不涉猎，所谓"画得山穷水尽"。匠心锐意，终自成一家，创写意富丽花鸟画一派，为时人所重。其近年声名大噪，又是一桩佳话。机缘巧合，五六年前，其画作被国民政府选送巴拿马万国博览会，竟一举获得金奖。于是成为国际上获金质奖的第一个国人。此举似乎有些空前绝后。他年中国在博览会上获奖的，是大名鼎鼎的贵州茅台，再与人无涉。

这一来，一众政要、名流士绅，求画若渴。润笔之资，水涨船高，时称"官宦人家大腹商，中堂字画吴清舫"。这吴先生的画，便不是凡俗之辈赏玩的物件了。以家睦的处境，实在算不得"大腹商"。好奇的人，便与他问起彼此的交往。他答得十分简单，只两个字：朋友。

吴先生哈哈一笑，说，我还真是个找上门来的朋友。

家睦与吴先生，相识有十年了。那时候，也是卢家睦来到襄城的第五个年头。在老家居丧三年，才接手父亲一手创立的"德生长"。

起初是十分艰辛的。因他并不是个做生意的人。早年在老家开了一间私学，既无心仕途，授教孔孟亦是为了生计，给养家小之余，成了无可无不可的乐趣。他也就自比南阳的诸葛，躬耕习读。外面是大世界的纷扰，心中却自有一番小天地的谦薄自守。往来的也都是些相像的人，没什么野心，青梅煮酒流年去，菊黄蟹肥正当时。那个在外创业的父亲，于他更是遥远。久了，竟也没什么牵念。

直到父亲去世有时，他才第一次走入襄城。这一爿家业，让他意外之余，更添几分戚然。郁掌柜将一枚商印交予他手中时，竟有些诚惶诚恐。

此后的日子，似乎比他想象的顺利。一来卢老太爷，兢兢业业，日积月累，客源与货源已十分充分。一切似乎是水到渠成。再一来，便是家睦自己温厚的性格，与商界朋友的相处，待见有余。加之同乡会的拨舵引领，渐渐水乳交融。两年多，铁货生意顺风顺水，竟比老太爷在世的时候，更进了一步。家睦是有远见的人，看得见这城里外来人的土木兴筑，愈发繁盛。便在道平路又开了间分店，叫“宏茂昌”。

民国十一年，逢上豫鲁大旱，是百年不遇的“贱年”。山东各地，便有大批的灾民东进南下。又因投靠乡党，流入襄城的尤多。同乡会将他们分别安置在下洪、齐燕会馆两处。

鲁籍的富庶商贾，便有心设棚赈灾。硬食多是花生饼、豆饼施以稀饭。寻常人家上不得桌面的东西，于难民是救命之物。“德生长”的粥棚前人头涌动，但其发放的主食是一道“炉面”，让同乡大为罕异。

原来这“炉面”，是鲁地乡食，做法却甚为讲究。五花肉裁切成丁，红烧至八分烂，以豇豆、芸豆与生豆芽烧熟拌匀。将水面蒸熟，与炉料拌在一起，放铁锅里在炉上转烤，直到肉汁渗入至面条尽数吸收。如此出炉，味美令人食之不禁。

粥棚以“炉面”发送，本为善举，在旁人看来却有奢侈之嫌。家睦并不在意，见难民食乡味至涕零，甚感安慰。

这一日施粥，却见一位老者，施施然在桌前坐下，要一碗炉面。他操的是本地口音，显见不是难民。伙计便皱了眉头，厉声道，没听说，打秋风打到粥棚来了。这面再好吃，是你这种人吃的么？

家睦听见了，眼光也跟了过来。老者并不恼，捻一下胡须，微笑说，既是善举，岂有一时一地之规。我腹中饥辘，也是一难，怎么就不是难民了？

伙计就有些恼，说，我们“德生长”，不招待无理闲人，你请吧。

老者坐定，阖上了眼睛。

家睦就走过来，作了一揖，说，老人家，我们这炉面，确为流离乡民所备。原不是什么好东西，因是鲁产，倒可解离乡背井之苦。您若不嫌粗鄙，卢某即奉上与您品尝。

老者并不客气，说，那就来上一碗。

好面。老人吃罢，起身从袖笼掏出一个卷轴，说，既吃了你的面，也不能白吃，聊作啖食之资。

家睦展开一看，是一幅工笔花鸟，画风谨致，再一看落款，是“吴清舫”三个字，心下大惊。原来这老者便是这襄城盛传的清隐画家。此番出现，实在出人意表。

家睦连忙拱手，说，吴先生，家睦怠慢，还望恕罪。老者还礼笑道，卢老爷之盛情，心知肚明。今日到来，一为吃面，二有要事相商。可否借一步说话？

原来这吴先生，为人清澹，内里自有热忱。近年也苦于襄城画派式微，后继无人，就想着开办一间私学，招收生徒。却碍于声名，很怕城中显贵商贾，都将自己的孩子送了来。二来又确需资助，才可遂他不拘一格降人才之愿。

他在城中多方查考。肯出钱的不少，多为沽名钓誉之辈，令他大感失望。心气凉了，便将这事搁下了。后来有一日，听人谈起城东“德生长”五金店的卢老爷，是个淳厚之人，早年在山东乡里耕读，并非俗庸之辈。吴先生便心里一动，想要登门造访。

却见卢府当日搭棚施粥，吴先生便有心要试他一试，于是便要了一碗“炉面”。

吴先生笑得十分爽气，说，我也是老夫聊发少年狂，唐突了。

家睦也笑，说，莫以善小而不为，遵承古训是本分。能与吴先生结缘，却是造化了。

这私学便办起来，设帐教授绘事。因吴先生致力，后又有陈兰圃、郁龙士、路食之等城中丹青高手加入。家睦则出资襄助，名任督学。因不囿门第，学生中的寒素子弟，勤苦愈甚。其中有一年幼学生，名李永顺，出身城南赤贫之家，天资过人，尤得吴先生喜爱赏识，频称“孺子可教，素质可染”，于是给他起了新学名“可染”。时过经年，这李可染果成画坛巨匠，仍念念师恩，这都是后话了。

因着襄办私学的机缘，吴先生与家睦成为忘年之交。闲时谈文论艺，颇有几分伯牙子期之快。家睦在旁人眼中是个凡俗商人，吴先生却当他是知己。因他经济往来，身染烟火，纵论时事，也就少了些文人的迂腐气。这是吴先生与同仁间的酬唱往来中所少见的，也就觉得格外新鲜。一来二去，更是相见恨晚。

家睦得子之乐，吴先生有心贺上一贺。这一日，原本预备看这孩子抓周。抓到什么，就即兴作画一幅，算作应景的贺礼。可满目琳琅，这哥儿却是横竖都没看得上，也是桩奇事。他那一语解围，倒有大半是真心话。

酒宴尾声，家睦又留住吴先生致谢。吴先生摆摆手。家睦便说，见先生与小儿心气相融，另有不情之请。

吴先生笑道：请讲。

家睦便说，犬子虽已周岁，却还未有大名，想借先生金口赐教。

吴先生让道：岂敢，不过卢老爷抬举，我就造次了。

吴先生端详这婴孩，眉目和泰，天真纯明，也真的从心下喜欢，便说，公子形貌和谐淳正，有乃父之风。《小雅·鼓钟》里有“鼓瑟鼓琴，笙磬同音”之句，正当其是，大名可取“文笙”。字谓同义，就叫“永和”吧。

家睦谢过。从此，卢府上下，便唤这孩子“笙哥儿”。

天津

笙哥儿周岁的时候，舅父并未到场。半个月后，盛浔从天津回到襄城，将一串玛瑙串挂在这孩子颈上，使劲摸摸他的头，说道：

外甥像舅，我可就等着你长大了。

孩童伸出手去，捻一捻这壮大男子蓬乱的髯，扭一扭脖颈子，笑了。

民国十六年秋，笙哥儿随母亲住进了直隶军务督办衙门的官邸。

昭如姊妹，因为机缘，竟然也算多年后有了团聚。

原本，昭如并不打算离家太久。然而来了天津，一月未竟，大姐就染了风寒。她便也就走不掉了。

这一年情势颠簸，姐夫又是风口浪尖上的人。昭如知道，大姐是心劳成疾。她有一些心疼，却又不知该怎么帮，唯有陪伴左右。

京津秋寒来得早，十月未过，房里已生起了炉火。昭德在床上躺起身，觉得好了些，就叫底下人取了些栗子在火上烤。姊妹两个，蘸着蜜糖吃。

栗子噼啪作响，没有人说话，倒也不觉得冷清。昭如看着姐姐，虽是病容，仍是刚毅净朗的样子。阖了眼，手里是一支羊脂玉的烟筒。有些烟膏的熟香，袅袅在空气中，松松弛弛地散开了。

许久，听到姐姐开了口，说，我扣了你这么久，家睦不会要怨我了吧。

昭如笑一笑，将刚剥好的一颗栗子放在昭德的手心里，说，我不在，他却乐得舒爽，和一班文人厮混。柜上的事情，有人帮他打理，我也插不上手。

昭德叹一口气，说，凡事你还要上心些。这做女人的，家里的事情，不要什么都知道，也不要什么都不知道。

昭如轻轻应一声，说，二哥这一阵，似乎是忙得很。

昭德睁开眼睛，说道，男人忙些是好事，他还是要多历练些。公办局那边，我着了旁人帮他，百废待兴，头绪是够繁的。另一边，他倒是早就上了手。我说多了，他还一百个不高兴。

这另外一边，是长芦盐运使这个差事。瞧着威风八面，昭如却听家睦说起，原本不是个容易的差使。打前清康熙年，长芦盐区两大盐务监管机构——长芦巡盐御史衙署和长芦都转盐运使司衙署，相继移驻天津，看重天津卫是“南北要冲、河海总汇”。权重自然位高，盐运使自来秩从三品。然而，眼下到了民国，这位子似乎是谁都坐不稳。升迁，下野，人事更迭得厉害。二哥盛浔在任上已有两年，却做得不错。最有建树的一桩大约便是开办了长芦兴利局，请将津武引案改归官办；又曾呈请宽免欠运盐引商人罪名，便于当地盐业得了人心，阵脚渐渐稳固。之前背后称他是“石小舅子”的一伙人，也渐渐息声敛气。

可昭德仍然不放心得很，总怕他行差走错。按理，昭如是很服气这个大姐的。她是一辈子为人做主，先做自己的，嫁给了石玉璞。那可真是相逢于微时，虽是年少失怙，到底是孟夫子的后代，竟嫁给了梁山县的一个武夫。当时是没人看好的，全凭她自己的气性。长姐如母。弟弟妹妹的主，她更是要做的。这一桩桩下来，大半辈子也过去了。

昭如看着大姐，眉头紧蹙，忽而舒展开。昭德说，我总疑心你姐夫，这一向与英国人走得太近了些。

昭如想一想，说，倒是有一阵子没见着姐夫了。

昭德将腿上的狐皮褥子使劲裹一裹，说道，这不新娶了房姨太太，新鲜劲儿还没过去。也好，男人在女人身上多下些功夫，省得他在旁的事上瞎闹腾。

昭如见她轻描淡写，好像在说别人的男人。

昭德便笑，听说这个窑姐儿，和张宗昌也有些瓜葛。两兄弟倒真真好得穿了一条裤子。

这时候，听见门帘响动，便见一个年轻人抱了笙哥儿进来。笙哥儿挣着下了地，向昭如的方向跑了过来。虽说是到了北方，这小子却没有水土不服，一个月来，反是更壮实了些。眼见着被奶妈云嫂又裹得像玉玲珑似的，着实可喜。

昭德便也笑了，瞧他手里拎着个巴掌大的竹笼子，便问说，尹副官，你这是给我们哥儿买了个什么？

年轻人便行个礼说，夫人，我们在“李福兴”门口，看见卖蝈蝈的，就买了一笼。

昭如便也有些惊奇，说，这大深秋的，竟然还有蝈蝈，养得活吗？

尹副官便说，这回是吃饱了，将将叫得敞亮着呢。

笙哥儿便拍打了笼子。笼里的蝈蝈识趣得很，一振翅膀，倒真的叫了起来。果真是嘹亮得紧，且声音急促，不依不饶的。

昭德用手指按了按太阳穴，说，好嘛，这么个叫法，吵得脑仁都痛了。

尹副官拎了蝈蝈笼走出去。笙哥儿也没言语，老实偎着昭如坐着，吃云嫂给调的栗子羹。云嫂惜他的乳牙，就将栗子蒸熟磨成粉，用蜂蜜和杏仁露拌了给他吃。这会儿正吃得起劲。

昭德便逗他，说，哥儿，大姨头疼得很，要吃栗子羹才得好，这可怎么办？

笙哥儿听了，眼神迷惑了一下，就捧起碗，挪了步子，放在昭德手中。昭德轻轻叹一声，抚了抚这孩子的头，说，妹子你有福了。这小人儿安安静静，却仁义得很。

说着就要抱，笙哥儿便让她抱。她抱起来，却又放下，有些气喘。她说，真想不到这么沉。又沉默了一下，说，孩子大了，也是我老了。

昭如在旁边听了，想起姐姐膝下无子，多半是勾起了伤心事，便说，姐你好生歇着，后晌我再来。

说着，便牵起笙哥儿的手。

昭德倒在后面追了一句，我叫厨房老魏做了一笼莲蓉糕，叫孩子趁热吃。

昭如抱着孩子，从宽阔的阶梯上走下来，走到大厅里。阳光从身后的珐琅窗上筛过，被斑驳的蓝色与紫色滤净了温度，照在身上，并觉不出有一点暖。

珐琅窗上拼接着一些陌生的人与事。这督办府的渊源，是一个洋买办的宅子。原主人是个虔诚的基督徒，所以里外上下，布置得总有些带着异国情调的肃穆。听说，石玉璞曾想要改造，是昭德留了下来。

一个女仆经过，垂首向她问候，恭恭敬敬。她听出这恭敬里，其实也是肃穆的，甚至带着一点躲闪与惊恐。这让她不太习惯。大约更不习惯的是云嫂，在这里一个多月，她竟没交下半个朋友。这于她热烈的性格，是很大的打击。而石夫人不止一次地暗示昭如，不要太惯纵自己的仆从，要让他们举止变得尊重规矩些。她便觉得十分的委屈，一次又一次地和昭如说，要回襄城，不然就辞工回乡下去。

昭如看到怀里的笙哥儿，眼神突然定定地不动。循他目光望过去，是挂在墙上的一只巨大的鹿头。她想起，听说这是石玉璞某次打猎的战利品。是多年的死物，毛色已经晦暗，峥嵘的头角，上面落了灰尘。它的眼睛是两颗琥珀色的玻璃珠子，同样是一件死物。然而，不知为什么，昭如却也在这眼睛里，看到了惊恐。

昭如心里升起一阵寒意。她觉出儿子的小手，捉实了她的肩膀。她很想离开这里，却没有挪动步子。

这大厅里，一个多月前，曾经是很热闹的。

石玉璞的五十寿辰。也因为此，昭如赴津，以石夫人胞妹的身份前来拜贺。

回想起来，那一日来了许多人，派头又都大过了天，礼数是少不得的。

外头报一个，石玉璞便起身相迎。因石夫人托病未出席，昭如便随着要行礼。按理也见过许多的世面，可这中间的繁琐，竟至让她有些局促。

她看着姐夫，原本是个陌生的男子，这时十分自得。黧黑的面庞，还未入席，竟已有了三分醉意。拥着他的，是四房姨太太，依红偎翠。一份自在和得意，是要给众人看的。

门口站着乐队，不管是谁来了，都先吹上一段唢呐。《龙凤呈祥》，本是应景的曲子。但毕竟乡俗，来的人，先是愣上一愣。再看见石玉璞的脸，便忙着堆起了笑，说这曲儿喜庆，若不是司令别出心裁，何来如此热闹。

石玉璞便做了个“迎”的手势，也笑。可在这笑里面，昭如却看出了讥讽。他下垂的眼角，因了笑，格外地深刻了些，与太阳穴上的一道伤疤连在了一起。那伤疤在笑容里不动声色地抽动了一下。

人们要赞的，当然还是前厅悬挂的“百寿图”。草行隶楷，小金魏碑，两人多高。艳红的底子，金线为经络，气势非凡。三姨太娇嗲一声，着众人猜是谁的贺礼。看清楚图上款识是“毅庵”二字，众皆瞠目。石玉璞摆摆手，轻描淡写，说难为张少帅，命南京十个云锦织工，赶制了年余。昨晚总算送了来，石某得之有幸。

司令过谦了。听说今日寿宴，一“张”之后，更有一“张”。效坤公的那副寿联，何不也拿出来，让我们开开眼界。

大家听到张宗昌的名号，不禁都有些无措。话到了嘴边，也并不说出来。方才讲话的是天津的名律师张子骏，人们知道他与石玉璞的渊源，是拜了码头的徒弟，也就顿然明白。这一唱一和，是石玉璞要坐实了“奉系三英”的交情。于是，有人先在心里有了忌惮。

石玉璞便命人捧了只锦盒，打开来，是丝绢裱好的两支卷轴。施施然展示，便有了上下联：

“大炮一声响，蕴山四季春。”

刚才还惶恐的人，看在这里，无不忍俊。这字倒还规整，可粗眉粗眼，正是“狗肉将军”的手墨。张宗昌人是鲁莽，却好风雅。这是人人知道的事。这联中的意境趣味，便不会是有人代笔。有人琢磨这“四季春”心里窃笑，便也有些形之于眉目。

石玉璞看在眼里，冷笑一下，说，我这老大哥人是粗些，道理却不错。

说罢，将身后一个女人拥了出来，索性抱到自己大腿上。众人一看，正是他新娶的五姨太太小湘琴。他将手伸进这女人旗袍中去，揉捏了一把。女人羞红了脸，却不敢动弹，眼光飘移了一下，却正撞上昭如的眼睛，忙不迭地低下头去。石玉璞的手用了一把力气，对张子骏说，迎驹，你读的书多，且解一解，这联中的“四季春”，究竟说的是什么？

张子骏犹豫一下，一拱手，说，以我造次之见，司令寿辰，佳人在侧，自然四季含春。

石玉璞笑着走过来，却一个巴掌扇了过去。这一巴掌扇得狠，张子骏踉跄了一下，捂着脸，看对面人仍是张堆笑的脸。

石玉璞环视周围，说，这一巴掌正是四季春。丈夫伟业，对人对事，四季如春。

局面有些尴尬，皆是经过了世面有头脸的人，却都被这一巴掌扇得有些晕乎。

昭如张一张口，看到石玉璞背后的小湘琴，轻轻动了一下嘴角，脸上的表情，平静如水。

石玉璞朗声大笑，拍拍张子骏的肩膀。转过身去，扬一扬手说，女人是好东西，但要独享。有一样好东西，一个人却少了滋味。去，把我二十年的女儿红端出来，来者一醉方休。

酒是个好东西，三巡之后，热闹一些了，众人都有些忘记方才的事。昭如搀扶着昭德出来，算是与来宾打了个照面。这时候，外面有些喧嚷的声音。突然，昭如觉得姐姐的手心捏紧了。

只见门打开，进来一个年轻的军官。这人身量十分高大，步履生风，边走着，边解下身上的斗篷，口中说，我倒是来迟了。

他径自走到石玉璞跟前，作了个长揖，说，这一迟便是半个时辰，该怎么罚酒，全凭兄长发落。

石玉璞人已微醺，见了来人，却一个警醒，说，我道是谁？原是个不请自来的。

昭如因听到河北口音，禁不住打量。却见来人并非北方人的面相，鹅蛋脸，生就一双丹凤眼。若是女人，便是有些媚。但见他一字横眉，漆墨一般，眼锋倒格外凛冽。短短的胡髭，修剪出了一个清朗的轮廓。

汉子面向右首，又对昭德行了礼，口中说：柳珍年见过嫂嫂。

这一刻，席间便安静下去。昭如心下也是一惊，便为这“柳珍年”三个字。见过的，心下早已经打起了鼓。没见过的，为这名号先震上一震，待看清楚是个书生的样貌，更是有些瞠目。即若远在襄城，“胶东王”的声名便是闺阁中人也略知一二。传他在烟台拥兵自重，却治军严明，虽年轻，颇有后来居上之势。昭如是知晓些内情的，包括他与石玉璞的过往，见他此来，不免有些隐隐的担心。

昭德轻轻一笑，吩咐底下人在身边加上一张椅子，说道：坐吧，不过一杯酒的事。

柳珍年坐定，先斟上酒，口中道：我先自罚三杯。一仰脖，几杯下肚，青白面皮竟已经泛起了微红。他说，这下一杯，我是要先敬嫂嫂的。

昭德听了，施施然起身，与众人说，都别望着了，难得有兴致，大家好吃好喝着，也让我与自家人说说话。

这才坐定，也执起一杯酒，回道：兄弟，这么多年没见，酒量是见长了。嫂嫂先受你这一敬，却不知是什么名目。

柳珍年道：这一敬，是为当年那一百军棍。若不是嫂嫂慈济，手下留情，儒席怕已是黄土一抔。

昭德默默将酒喝下，用丝帕拭了拭嘴角，说，我是没做什么，这杯酒是替你大哥领受的。

石玉璞将长袍的扣子解开两粒，笑一笑。席上的人，都看出这笑有些僵。

柳珍年便又斟满一杯，这一杯酒是拜贺大哥的。

石玉璞也便叫人斟上，执起杯子，却一回身，捏住身边的小湘琴的脖子，一气灌进她的嘴里去。五姨太咳嗽着，又有些干呕。石玉璞倒不动声色，将筷子在桌上点一点，搛起一块海参，慢慢地咀嚼，道：除了这个女人，我是没有什么好贺的。倒是你可喜可贺，这效坤的一盘散沙，给你收拾得有模有样。

柳珍年轻笑，小弟不才。张司令的旧部，只是托管而已。永昌兄不要的，不值钱的，小弟我当成了宝，东拼西凑了五个师，也是见笑。

石玉璞脸色就有些暗沉下去，知道他说的是张宗昌的第四军军长方永昌弃军夜遁之事。

昭德便赔了笑脸，亲自站起身，也夹了块辽参到柳珍年碗里。

柳珍年谢过，笑道，我在山东，难得吃到这上好的“灰刺参”。听说大哥最近去大连跑得颇为勤快，怕是吃得不少。不过吃多了，难免胀气，倒不如吃不到了。

这时候，席间的人都听到咔吧一声。一定睛，竟是石玉璞手中的筷子，被生生捏断了。昭如看得清楚，昭德在桌子底下，死死按住石玉璞的膝盖头。

柳珍年一仰头，又喝下一杯，说，大哥年年有今日，这贺也贺了，小弟就此别过。说罢一拱手，一双丹凤眼，竟在醉意中柔和了许多，有了万种的风情。

后会有期，留步。说完披了斗篷上身，一扬手，随行已至，在众人目光里翩然而去。

席散了。

石玉璞仰在太师椅上，手指掐着印堂。昭德走近一步，便听见他说，昭如，你姐姐也乏了，扶她上房歇息去。

昭德回转了身，说，我看这柳珍年，是来者不善。

石玉璞干笑一声，这倒没什么，这督办府的衙门，从来是善者不来。

昭德说，他倒是还记得那一百军棍。可单凭是张司令的面子，也不至于在这寿宴上寻旧账。

石玉璞叹一口气，眼里没了神采，喃喃说，他怕是已经知道了。

昭德急问，知道什么？

他这才回过神，摆一摆手。抬起头，眼睛里却流露出一丝虚弱与惊惧，是属于一个孩子的。

昭如记住了这个眼神。一个月后，在这一刻，竟与这墙上的鹿的眼睛叠合，让她倏然心惊。她将笙哥儿抱得更紧了些。

当她挪动了步子，要往西厢房去时，听见一个声音说：卢夫人留步。

她回头一看，是尹副官，便行了礼。

尹副官手中举着一叠纸，说，上回因夫人病着，梅老板到天津来演出，竟也耽误了您去听戏。我们夫人一直记挂，这不,“汉升”将将送了戏报来，夫人就命我订了最好的位置。

昭如心里想着，能听上一出梅兰芳的《贵妃醉酒》，也不枉来天津一趟。自己算不得票友，其他的，便更有些意兴阑珊。话到嘴上，便淡了些，说有劳姐姐记挂，可眼下新出的角儿，能及梅老板的十一的，怕是没有几人。

尹副官便递了一份戏报给她，说，您且看一看，这一个。他指点着纸上的一幅剧照。

这徐汉臣，是上海新舞台挑班的谭派老生。“汉升”的经理赵广顺，花了许多力气才请了来。月中有他一出《火烧大悲楼》，听说十分好看。

昭如见照片虽则模糊，却也辨得出上面的人，面目可喜，便想带笙哥儿去看看热闹。

这“汉升”坐落在南门外河西街吴家桥西堍，还是老戏院的作派。到底已开了四十多年，只是那挂在廊檐下的牌匾，上面就积了铜钱厚的尘土。字究竟也有些斑驳，是让年月给蚀的。这一番上下，比起近在咫尺的“俪和”，就显出了些破落相来。

可穿过门厅，走了进去，才知道这所谓破落，其实是一份气定神闲。这满堂的宾客，与周遭的环境恰如其分。人们的神情，一律是怡然的。几个面目拘谨的，一看便知是新客。远远地，一个士绅模样的老者一挥手，便有一个热毛巾把旋转着飞过来。老者手伸在半空，一把擒住。抛得利落，接得也漂亮。堂倌穿梭在人群里，是忙而不乱。几个茶博士，间或其间，掂着一把龙嘴大铜壶，手背在身后，微微点动。沸水倾泻而下，于碗中点滴不漏，一碗茶汤顷刻间便制成。茶博士一躬身，口中道:“擎好儿嘞您哪!”姿势优雅，一气呵成。

督办府的包座是在最前排的右首。因都是些女眷，尹副官陪侧，中间设了一道纱屏，与场上隔开。

闹场的锣鼓响起，这新来的戏班子，按例儿加演一出“跳加官”。几个人戴着面具、官帽，紫袍高靴，手里执着“天官赐福”“招财进宝”和“黄金万两”等条幅，颇为吉庆。笙哥儿十分欢喜，竟跟着有些手舞足蹈。昭如倒是意外，继而也高兴起来，想着他平日太安静，这时候才是男孩子的本相。

前面的几出文戏，未免期期艾艾。昭如将手中的十八街老麻花掰碎了，一点点地喂孩子。这时候，一个不知规矩的观众，突然喝了一声彩，将她吓了一跳。这才知是《火烧大悲楼》开了场。

这扮济公的，便是徐汉臣。虽不是很懂戏，可那日听尹副官说了一回，便也知道这个角色是老生、丑角并演，很考究功夫。只见这徐汉臣，扮相十分滑稽，眉目举止间却有一种从容，便知有末行的融入。一番唱作，行云流水，也渐渐令人入境。酒肉佯狂，虽也演得放旷，却是谑而不浮。昭如心里便暗暗有些赞叹。正这时，却听见有笑声。她侧过脸，看笑的正是五姨太小湘琴，原是为场上的一个扣子，未免笑得有些忘情。昭如便想，到底是个孩子，难以处处收敛。这想着，小湘琴却也发现了有人看她，便收拾了笑容，用丝帕拭一拭嘴角，一脸正色起来。

待戏散了场，昭如与众女眷等着司机将车开过来。谈笑间，尹副官说，看，徐汉臣出来了。就见从戏院边门前后走出两个青年。一个穿着举止都十分倜傥，是新式的作派；另一个生得清俊，着长衫，稳重很多。尹副官就说，穿西装的叫韩奎三，与徐是师兄弟。几个人便就知道长衫青年正是徐汉臣，都有些瞠目。原来这唱老生的，是如此年轻的人。这两个人叫了辆人力车。车经过他们，徐将礼帽慢慢戴上，消失在夜幕里头了。

立夏后，督办府里原不太好过，闷热得很。昭德便着人到南城门买了些冰块来。温度是下来了，可冷飕飕的，人到底是不舒服。

昭如听说年初法租界刚刚开了劝业场，竟还没去过。便抱了笙哥儿，叫上二姨太一道，说去看一看。这一看，还真见了世面，心想，到底是西洋人的手笔，倒似到了一个花花世界。五层的大楼，外头建得像个洋人的宫殿一般，里面却是个大市集。眼花缭乱间，她便也买了许多东西，欢天喜地地回了来。

临进门，却听见云嫂的大嗓门，说，太太，你可估摸不着，有人来看您了。她正纳闷，云嫂接过她手中的东西，到底憋不住笑，说，在厅里呢，咱家老爷来了。

她一听，步子疾了许多。一进门，见沙发上，正好端端地坐着一个家睦，心里也笑了出来。昭德上前，执了她的手，说，来得正正巧，我这妹夫身子还没坐热。我正舍不得你，这会儿便到娘家要人来了。

家睦忙起身，说，大姐笑话了，昭如在这儿，也不知添了多少麻烦。

昭德佯怒道：我这一回，是不放人的。你媳妇儿在这，姐妹大过天。

家睦就有些慌，说，大姐哪里话，我这回来，原是因为在天津开了间分号，叫“丽昌”。这不，才将将开张，少不了要奔波打点些。

昭德说，呦，原来不是想我妹子了，枉我费了这番心机要留人。

昭如见形容肃穆的大姐，难得活泼成这个样子。家睦被调侃得束手束脚，她心里也好笑。家睦这几个月，似乎样子又苍青了些，想是店里的事也不轻省，昭如就有些心疼。

云嫂将笙哥儿抱了来。多时不见，这孩子竟有些认生，偷眼看看家睦，躲到昭德身后去。昭德说，好小子，爹都不认识了，我岂不是罪过。你们这一家三口算是团圆了。云嫂，快吩咐底下人，替姑老爷收拾安顿下。

晚上，昭如与家睦在灯下相对而笑，一时间竟不知说什么。

家睦说，在家我还想着一句话，何当共剪西窗烛。这不，说来便也来了。

昭如便说，贫嘴，怕是想的不是和我共剪。

家睦微笑执了她的手，只道，听说上海都有了洋灯，怕是将来想要剪，都没有了机会。

昭如便说，家里可好?

家睦轻轻应了一声：倒有一件事，还要你拿主意。我想着，等秀娥再大些，后年便接她到襄城来读书，到底好照顾些，你说呢?

昭如想一想，说，我能说什么?做后娘的，动辄得咎。

家睦说，孟夫子说，仁者爱人。这可是你们家的祖训。

昭如便也笑了，我这个“孟”字，真真是姓错了，动不动就给你拿来教训。行了，你将来怎么对笙哥儿，我就怎么对秀娥。这总是成了。

家睦便将她的手执得更紧了些，说，我前些天，读的《浮生六记》。这沈三白镌了两方图章给陈芸，“愿生生世世为夫妇”。我便照样刻了两枚，拿给你看。

话说着，听见门外云嫂的声音，太太，这会儿哥儿在前厅不愿意回来了。舅老爷来了，他便好说歹说不肯走了，我抱都抱不动。

家睦正色道，二哥来了，我去请个安。

昭如说，今儿夜了，明日也不迟。若论长幼，倒是他该来才是。

家睦便有些不快似的，也罢，你又在取笑我老了。

到了前厅，昭如见笙哥儿正缠在盛浔膝上，一面去扯这壮大男人的胡须。

可她却看出，二哥的脸色不是很好看。也难为他，明明是有心事的，一边还要哄孩子。

昭如便将笙哥儿抱过来。

昭德本是正襟危坐，这会儿开了口，说，如，你来得正好。你这个哥哥，越发腾达了。如今我这当姐姐的，还能说上话吗?

昭如便使了个眼色，叫云嫂将孩子先抱走。

这不，将将跟他姐夫闹了一大架，我劝都劝不转。昭德将一串檀木念珠，砰的一声扣在了桌上。昭如知她是动了真气，便说，亲姐热弟，有什么话说不开。二哥，姐到底是经过了这许多人事，左右还不是为了你好。

盛浔一直沉默着，这时也忍不住，说，姐，我是敬重您。可道理在，是清楚得很。自打前清巡盐御史衙署迁津，咱长芦的盐务，数举不兴，何故?便是这官私间的交缠不清。我这次缉私，是要给直隶的贵人们一个教训。这硝户的营生，平日也给搜刮惨了，我预备兴工艺、辟地利，让他们做人也活得舒爽些。

昭德轻轻拍起了巴掌，继而冷笑：好个刚直不阿的孟大人。我是长了见识，这“南来载谷北载鹾”，制私贩私，打大明起便是屡禁不止，倒是要在您这儿改了风水。我且不论这伙子“贵人”将来怎么怨你，如今我担了用人唯亲的名声，你做得再好，也还是石玉璞的舅子。

盛浔青白的面庞，立时间泛起一道红，脱口而出：我虽不才，也并未污过姐夫的威名。没有规矩，不成方圆。当年姐夫与柳珍年的梁子，是如何结下的?依我看，这柳某人也并未有十分错处。

昭德愣了一愣，手扶着案子，慢慢站起来，嘴唇有些发颤。

房间里的几个人，都静止了。昭如见一道灯光，斜斜地落在大姐的脸上。飞舞的微尘，将她坚硬的轮廓勾勒得更为分明。周身华服，没有血色，仿佛一尊蜡像。这时候，只听到座钟当的一声响，打破了宁静。人一时还静止着，心都活动了起来。

终于，盛浔侧过身子，也不言语，就这么走了出去。

昭如紧跟了几步。昭德说，别拦他，让他走，依你姐夫的脾气，换成旁人，早毙了一万回了。

昭如心里打着鼓，知道二哥话赶话，这回实在是说错了。“一百军棍”的缘故，平日里，是断乎无人敢提的。话得说回当年直鲁联军成立，张、石二人都在风头上，各路好汉，投奔相往。彼时柳珍年正在东北军第一师李景林旗下，将将在直奉大战里崭露头角。石玉璞早就听闻了这少年才俊的种种，见他来投，自然求之不得。即叫他做了联军模范团第二营的营长，次年便升作十六旅的旅长。

石玉璞便是这份脾性，用谁不用谁，全在一念之间。只要他喜欢，无人可奈何。按说这柳珍年宏图可期，然而他早年毕业自保定中央陆军军官学校，并非因循守旧之辈，用兵带兵，都颇带些新派的作风。后来竟至在所辖部队里设了“四不”条规，所谓“不赌钱，不嫖妓，不爱钱，不怕死”，违者重罚，以儆效尤。这渐渐便激起了军中众怒。石玉璞原看他年少气盛，并不当一回事。直到有次听说他放出话来，说要改一改这直鲁联军中的“匪气”。这是大大惹恼了石玉璞。任谁都知道，他当年正是占山为王起的家，投奔张宗昌，也是靠那一同落草的二三百个弟兄。这“匪气”一说，便好似羞辱他的老底。一时间心火炽烈，再加之旁人的添油加醋，即刻就要枪决柳珍年。还是昭德安抚了他，最后革了柳珍年旅长的职，又以“煽动赤化”的罪名杖笞一百军棍了事。

后来张宗昌打了个圆场，将柳珍年招至自己麾下，着实让石玉璞有些郁结。而今柳东山再起，并后来居上，于他便是百感交集了。

昭如第二日醒来，天已然大亮。人却乏得很，昨夜为了劝慰昭德，熬到了半宿。她慢慢地起身穿衣，落了地，还是有些头重脚轻。

再又踱到了东厢，见窗口一个消瘦的长大背影，躬着身，手里执着一支笔，正动作得小心翼翼。

昭如便唤他。家睦回过头，笑吟吟地看她，说，起来了？

男人脸上的神情竟是有些天真。她便走过去，见他在案上铺张了各色粉彩。手底下的，竟是一只纸鸢，给涂抹得一片明黄。家睦正浓墨重笔地描画一个大大的“王”字。

家睦笑说，如，你且看，这是个什么？

昭如眯下眼睛，十二万分认真地答他，我看着，像只猫。

家睦皱一皱眉头，说，你又取笑我。为夫虽不擅绘事，可这头顶天大的“王”字，威武这般，岂是猫犬之辈能有的。

昭如憋不住笑，念起了戏白：妾身眼拙，相公莫怪。可这大清早的，相猫画虎，倒唱的是哪一出啊？

家睦沉吟了一下，说道：你可还记得咱笙儿的属相？

昭如心里一颤，继而有暖热的东西流淌开来。

家睦柔声道，这孩子渐渐大了，我这当爹的却未做过什么。兴安门四声坊里，有一家风筝店。前日里，鬼使神差似的，便走进去。我说，我要订一只虎头的风筝。第二日去取，说是刚刚扎好了，只是还未上色。我说，不妨事。就这么着，我就将它带了来。

昭如再看，便也觉得稚气可喜。她执起风筝，倚着家睦说，赶明儿笙哥儿每年过生日，便给他制上一只，要不重样的。

第二日，人们便看见一个瘦长的中年人，在督办府前的广场上奔跑，身后跟着个三四岁的男娃娃。

这盛夏的黄昏，气温还有些灼人。广场上没有什么人，这一大一小，便分外惹眼。他们在放风筝。是个模样稚拙的虎头，在天空里跌跌撞撞。原本并不是放风筝的季节，为了让那虎头飞起来，中年人便跑得分外卖力。不远处站着一位形容朴素的妇人，身后是个英挺的军官。

就这样跑着，追着，风筝究竟没有放到天空中去。妇人脸上是淡淡的微笑。夕阳的光映上她的面庞，将这微笑镀上了一层金。军人看看天色，倒有些焦急，说要去帮帮他们。

昭如止住他，尹副官，待你当了爹就知道了，让他们爷俩儿再玩一会儿。

晚上，昭如就着灯给家睦擦药酒。劲使得大了些，家睦嘴里发出嗞的一声。昭如便抱怨，当自己是二十郎当岁的小伙子么，跑得没个分寸，现在知道厉害了吧。

家睦便笑，我这可真是“老夫聊发少年狂”，到底是年纪不济事了。

停一停又说，后天我便回襄城去。我瞧大姐的意思，是想你多留些日子。

昭如沉默了一下，说，大姐近来是心绪不爽净，我再陪陪她也好。

两个人便不再说话，望着酣然入眠的筌哥儿。昭如给孩子掖了掖被角，忽地想起了什么，站起身说，我着厨房给你炖了一盅红枣淮山，一个多时辰了，我去看看。

她出门去。虽是盛夏，外面起了夜风，就有些凉。

她将领子裹紧些，走到院子里。天空里墨蓝的一片，月亮穿过了云，微微亮了一亮，便又黯淡下去。一两点流萤，见人来了，便飞舞起来。飞得远了，高了，也就看不见了。

她穿过回廊，快到尽头的时候，看见一个人倚着栏杆，似乎也有点出神。她辨出是姐夫的二姨太蕙玉。走过去，没待打招呼，蕙玉先看到她，忙不迭地行礼。只是声音极清细，一边仍有些余光扫过。她看过去，回廊后的园子里，隐约还有一个人。再看一看，是五姨太小湘琴。这女孩将自己藏在月影子里头，手里比划着，口中一开一合。

蕙玉喃喃，瞧这作科，大概是一出《甘露寺》。听说她最近总往戏园子里跑，看来是没有错了。

昭如看着蕙玉，脸上的神情十分平静，眉目间也不见起伏。这女人出身梨园，却是几个姨太太中作派最平朴的一个。一段时日下来，两个人倒是也有了一些话可说。蕙玉便说，卢夫人，我想央你件事情。

昭如没说话，等她讲。蕙玉便说，太太吩咐开桌打牌，少了一只脚，原本要我找五姨太。我现时，只是想请你过去，不知能允了我？

昭如想一想，终究点了点头，目光却落到了院子里去。

蕙玉叹一口气，轻轻说，她在这僻静地方，就是不想人看到，也不想人知道。我便成全她就是了。

朱雀（节选）

他本无意于这一切了。

说到底，他不过是个局外人。只因为有了她，这无穷尽的陌生才对他打开了一个缺口，施舍似的。

他是个有尊严的人，可站在这堂堂皇皇的孔庙跟前，还是有了受宠若惊的表情。那匾上写着“天下文枢”。牌坊是新立的，洒金的字。字体虽然是庄重的，但还是轻和薄，像是那庙门前新生的胡须。但就是这样，他还是被镇住了。

他茫茫然地听说了夫子庙这个地方，当时他在英伦北部那个叫格拉斯哥的城市，是个地形散漫的城，却养就了他中规中矩的性格。那里的民风淳厚，举世闻名的大方格裙子是个佐证。厚得发硬的呢子，穿在身上其实是有些累赘的，似乎并没有人想过去改良。穿时要打上至少二十五道褶子，必须是单数的，这也是约定俗成，无人非议。然而外地的人们关心的却是这裙子附丽的讯息，他不止一次被人问起他们苏格兰的男人穿这裙子时，里面到底有没有底裤。他就会脸红，仿佛这习气的形成都是他的罪过。在这城里，他听着风笛长大，这乐器的声音尖利而粗糙，总让人和思乡病联系在一起。而他长着黑头发，眼睛也是黑的，他对这城市的感情就若隐若现。这里面有些自知之明的成分，他明白，他并不真正属于这里。和那些金发碧眼的孩子不同，他和这城市有着血脉的隔阂，他对它的亲近过了，就有了矫揉造作的嫌疑。

有一天，父亲对他展开了一张地图，指着一块红色的疆土，说是他祖父的出生地。这国家让他陌生，因为它的疆界蜿蜿蜒蜒，无规则而漫长的海岸线让年幼的他有些不知所措。他相信复杂的东西总是更文明，就像是大脑沟回多些的人总是更聪明。他父亲指着海岸线边上的一个小点，说，这是他们的家乡，南京。

后来他大学读了一半的时候，学校里实行了与国外高校的学生交换计划。他就填了地处南京的著名大学。倒不见得完全是寻根的需要，这大学的物理专业在国际上是有声望的，和他的所学也相关。不过这也无法为他看似寻根的举动找一个充分的借口，或许和寻根互为借口。在出发之前，他用功地做了准备工作，学了一个学期的汉语，又翻看了一些有关南京的资料。后来发现了一张英国人绘成的明朝地图。那时的南京，是世界上的第一大城，并不似中国以往的旧都，有体面庄严的方形外城，而是轮廓不规矩得很，却又奇异得闳阔。这局面其实是一个皇帝迷信的结果。然而到了下一个朝代，外城被打破了，这界线有些地方残了，有些更是不受拘束地溢了出来。后来他很得意自己的直觉，这城市号称龙盘虎踞，其实骨子里有些信马由缰，是六朝以降的名士气一脉相传下来的。

他也预习了有关这个城市的文学，听说了文言文的深奥可畏，他就找了白话文来读，印象深刻的是一个姓朱的作家写的一篇《桨声灯影里的秦淮河》，后来又读到了姓俞的作家写的一篇，同题异笔，说的都是这条河流的好处。

到了南京的第一天，他就要去看这条河。然而竟一时忘记了河的名字，就对接待他的中国大学生说，他要去看这个城市最著名的river。叫小韩的大学生是个很热心的人，带着他就上了一辆巴士。下了车，他们站在了很大而陈旧的铁架桥上。桥头是一座汉白玉的雕像，好像是三个身份不同的人，摆出很革命的姿态。他往桥下张望，底下是有些泛黄的滔滔的水。他顿悟了，说No，这是扬子江，我要去的是另一个河。小韩想了一下说，你是说秦淮河吧，那我们去夫子庙。

他这就听说了夫子庙这个地方。

小韩路上对他说，这夫子庙是南京很著名的去处，为了纪念中国古代的圣人孔夫子。他就兴奋起来，说他知道孔子，他知道的还有一个孟子，是孔夫子的儿子。小韩就对他好脾气地一笑，说，这倒不是，我以后慢慢讲给你听。

他没料到夫子庙是个极热闹的所在。他总以为纪念圣人的地方应该是肃穆的，就像莎士比亚的墓地和司各特的故居。而这里却满是香火气。待站到秦淮河边，扑面而来的是一股不新鲜的味道，把他吓了一跳。这河以这种突如其来的方式让他失望了，水不仅是浑的，而且黑得发亮。他于是很坦白地说，这河是他有生以来看到的污染最严重的河流。小韩脸红了，现出很惭愧的样子，说政府在治理，会好的。他总觉得自己是个乐观的人，他就很诗意地将这气味理解为六朝脂粉腐朽和黏腻的余韵。然而终究不是。这时候有船过来，载着图新鲜的游客。小韩问他想不想坐船在河里走一遭。他探了一下头，看那油漆得花团锦簇的船上，站着个敦实粗短的中年船工。那船工直起嗓子拉了一下生意，然后清了清喉咙，噗地向河里吐了一口。也并没有看到意想中的歌娘，他就摇了摇头。

小韩又带他往前走了，他看到前面有了红墙金瓦的建筑，虽然颜色是旧了，但是在这嘈杂中却有股肃然之气。门楼上是一块匾，上面书写着很遒劲的汉字。这四个字倒认识三个，"天下文"，然而最后一个却没见过，他想这是很关键的一个字。他在心里一笔一画描摹着这个架构巍峨的生字，心里有了被征服的感觉。

小韩说进去看看，就去买门票。他很奇怪这样的地方竟要门票，觉得自己朝圣的心情被辜负了。

小韩兜了一圈又回来，很失落地说，售票处的人说里面在修缮，竟不放游客进去。他倒不以为意，反而心里有些理解了：这庙虽然不像迪士尼那样是用钱堆起来的地方，却总要经费来维护。这门票就算是变了相的香火，孔老夫子总该能受用的。

两个人沿着河畔走着，说些闲话，说着说着也就沉默了。走到了一座石拱桥跟前，远远的一队人，红帽皂靴，穿着长袍一路吹吹打打地走过来，还有一顶轿子，在四个男人肩上颤悠悠地一上一下。这是极有中国特色的男女嫁娶的一幕，他看得愣了神，并不知道这队人只是当地一个酒厂的活广告。

待这队人锣鼓喧天地走远了，他也看够了。他看够了，回过头来，小韩却不见了。他四周张望了一下还是看不见，就跑到了刚才那座桥上，引了颈子望。他身形高大，动作又很夸张，这样望来望去，就好像一只神态焦灼的鹅了。

小韩是个没什么特色的人，穿了一件灰扑扑的夹克衫。他这么东张西望，一时觉得这密密麻麻的人群里，到处都是小韩，然而又都不是。

他失望得很，心里又自嘲，想不到才刚刚第一天，自己就演了出迷失南京的活剧。这时，他突然想起小韩其实给过他一张名片，上面有个手机号码。他心里得了救星似的，急急地下了桥来。

可是他并不知道哪里能找到可打的电话。路上散落着电话亭，他身上却并没有一张电话卡。他就循着沿街的商铺一路走过去，看见铺头里的小老板就比划着，用小指和大拇指作个打电话的姿势，然后冲着人家扬扬手里的十块钱。然而对方似乎不很明白他的意思，总是迅速地摇摇头。他就这样走到了一堵墙跟前。这墙上覆着青瓦，原本是古意十足的，却似乎刚刚修整过，刷得雪白粉嫩。墙上有一道拱门，门上写着两个字——西市。这两个字他都认识，他想“市”大约就是城的意思，这门里面，该就是一座城了。

他不自主似的走进去，跟着有些惊异了。外面是熙熙攘攘的，这里面却是十分的空和冷，似乎起了清寒之气。地上的路是大而厚的石板铺成的，他踩上去，觉得脚底有凉意袭上来。两边的房都是黛瓦粉墙，黑漆的门。门上浅浅地镌着浮雕，他看不清那图案，就觉得深奥。窗子也是镂空的。很阔大的檐从房梁上延展出来，一星半点的阳光要钻进门窗里去也变得艰难。往前走了几步，他看到一个中年女人站在门口，又弯下腰去，拿着个扫帚疙瘩洗刷自家的门槛。这动作在他眼里也是施施然的。他独自伫立在大片的阴影中，看着眼前的风光，以为自己误打误撞走进了守旧人家的大宅门。总觉得这里，该有个光艳的戏子唱着幽怨的戏。然后年华也在这咿咿呀呀的腔调里，身不由己地老去。这就是他想象的古老文明了，并不是因为无知，更多是因为天真。其实这古老里，是处处透着假，他却是看不出来。

他正冥想着，却听见似乎有人唤他。回过头去，看到刚才那个中年女人在和他说话。她说得很快，语调铿锵，和这氛围并不谐和。他并不知道她在说什么，她就指着她身侧的门。他走进去，才恍然。原来里面的陈设也是商铺，但是卖的东西却不同，有些字画和瓷器，还有形状怪异的古玩。他左看右看，只觉得这些东西珍奇，和自己却无太大干系。那女人就把手伸进玻璃橱，拿出一根透绿的链子在他眼前晃。他并不感兴趣，转身走出门去。

他又转进了另一个铺子。这铺子里坐着个神态阴郁的男人，看到他进来，脸上倒堆了笑。铺子里多是金属的物件。他看到门口的架上有只生了铜锈的器皿，模样十分庄重，他觉得眼熟，想了一会儿，想起这东西叫“鼎”，是古中国的饭锅。他敲了一下，当当作响，那男人就走出来，说了句什么，脸上的神情不甚好看。他赶紧停了手。这铺子里也有个玻璃橱，他在里面浏览，突然眼前亮了。这橱里有一只通体金黄的小鸟，张着翅膀，却长了一颗兽的头。小是真小，可以放在巴掌里，然而形态是气势汹汹，分明是头具体而微的大型动物。细节也很精致，身上有些均匀柔美的纹路，纹路间却有些发黑，他想这应该就是文物的标志。他指了指，柜台上的男人就拿出来。他捧到手里，竟就放不下了。他终于鼓了勇气问那男人，多少钱？他相信自己这句中文说得十分地道，因为他听说在中国这是句最实用的话，所以早就私下里操练了无数遍。那男人对他伸了五根手指头，说，五百。他是听懂了，很认真地摇着头对男人说，太贵了。其实对贵不贵他心里并没有底。这只是另一句他反复操练的话，因为他知道中国有着讨价还价的传统，这传统里蕴含着历史悠久的斗智斗勇。男人说，那三百。他愣了一下，说，行。这样速战速决出乎男人的意料，立刻换了很温存的神态，看着他摩挲了一下那只小鸟，然后把手伸进皮夹子里去。这时候他听见一个干脆的女声。他抬起头来，看到一个年轻的女孩子从柜台后面的小凳子上站起来。他很惊奇地听她对他讲起了英文。她的英文很流利，虽然发音不甚标准，但是他却十分清楚她是在阻止他买这只小鸟，告诉他这只不过是个不值钱的赝品。那男人看看他，又看看女孩子，茫然无措，没有了之前运筹帷幄的精明表情。当看他终于把已经拿出的钱又塞回了皮夹子，男人才明白过来女孩子搅黄了自己到手的生意，于是很恼怒地和女孩争执起来。那女孩倒是很镇定的样子，并不怎么还口，嘴角歪了一下，表示对男人的不屑。看他还愣在那里，那女孩就用英文对他说，还不快走，我哥他是想钱想疯了。他于是恹恹地出了门去，觉得所谓中国之行到现在为止总算不得很顺利。这时他突然想起自己还是个迷失的人。又想起了小韩，他慌了神，意识到自己似乎又在方才的闲适心情里浪费了大把的时间。他有些恼自己，现在到了走投无路的境地了。他站在原地，终于回转过身，又走进了刚才的铺头。他进了来，听到先前的男人用中文很凶蛮地对他说了句什么，他并不懂。倒是那个女孩子，问他又来做什么。他只好说了，想借他们的电话用一下。电话其实就在玻璃橱旁边的桌子上，他是看见了。那女孩侧过头去看了眼铁青了脸的哥哥，从口袋里掏出一只形状小巧的手机，对他说，打吧。他拨通了电话，很快就有小韩很激动的声音飞出来。他听到小韩问他在哪里，他茫然地向外面看了一眼，然后问那女孩，这是哪里。女孩笑了一下，从他手里拿过电话，利利索索地用中文说了两句话，又把电话给了他。小韩说，你就在那待着，可别再动了。这话说得很婆妈，好像出自一个饶舌又关切的母亲。他笑了笑，心里有些暖意。

等小韩的时候，他偷眼看了那女孩，才发现她其实是长得很好看的。只是打扮得很朴素，昏暗的光线似乎又吞噬了她另一半的美。女孩掏出了一个指甲钳子，剪起了指甲。他对那女孩说，他从苏格兰来，是留学生。那女孩却并不关心似的，也不搭话，仍旧剪她的指甲，剪好了就用小锉子一下下地磨。磨好了就将手抬起来迎着光看看，看了看又接着磨。

这时候，小韩两脚生风地走进来，嘴里大声地嚷嚷，说我都快急死了，你倒好，自己可着心乱逛。他还没有反应，女孩听到却无声地笑了。因为小韩并没有意识到这些话是用中文说出来的。他虽然听不懂，却也明白小韩语气激烈在责备他，他心里倒舒泰了。这说明这个中国青年不当他是国际友人了，只有对同胞和哥们儿，才会这样不加掩饰地气急败坏。他朗声大笑起来，小韩也笑了，一边笑一边嘴里还是嘟嘟囔囔的，仍然是中文。

N大学将他的住处安排在学校西侧的留学生公寓，后来当他知道同级的中国学生要八个人住上一间宿舍，才明白校方对他是何其的优待。

他登记的时候，看到他姓名旁边写着一个名字——马汀。这是他的同房。

马汀是个壮硕的新西兰人，长着一张通红的大脸，脸上密密地生着酒刺。每颗酒刺都危险地肿胀着，仿佛蓄势待发的小火山。然而马汀的为人，却似乎不及脸上的酒刺热情。他走进房间，马汀正坐在床上，抱着自己的一只脚浑然忘我地端详。他打了个招呼，对方只是冷漠地看了一眼新来的同房，就继续低下头去研究脚趾头。

他去淋浴间洗了个澡，裹了浴巾出来，打开箱子找衣服。穿好了一身短打终于往床上沉重地一躺，却发现马汀定定地看着他。马汀把头低下去，嘴里很小声地说，刚刚把你的球鞋放到门口去了，我对异味很敏感，我有洁癖。他嘴里连忙说着 sorry，然而心里却有些不适，觉得这话被马汀说出来似乎不怎么协调，好像一头几百磅的大熊非要踮起脚来走路一样。

他崭新的学习生活开始了，由于原来的大学不能完全认可他在中国所修的学分，所以他听专业课，倒有一半是旁听的身份。这样未免少了拘束，然而因为他是个性刻板的苏格兰人，有着闻钟起舞的良好习惯，所以并没有迟到早退过。他却因此要经常吵醒睡到日上三竿的马汀，心里多少有些过意不去。后者倒没有表现出什么抗议的情绪，只是有天睡觉前，他看到马汀耳朵上多了一对模样精致的耳塞。

这所大学表现出和国际接轨的雄心，所以很多主要的专业课是用英文授课的。上半导体应用课的老先生早年留学欧洲，英语地道，却有着很夸张的慵懒的喉音，呼哧作响。这声音有着很强的催眠功效，班上倒有一半同学昏昏欲睡。他强打起精神，把自己挺得笔直。

他每个星期照例要上三天的中文强化课。他们的语言老师是个声音响脆的女博士。语速很快，每个音都在唇齿间咬得粉碎，和在格拉斯哥教他中文的台湾人有着天壤之别。所以他时时泄露出的绵软的国语腔就经常遭到老师的批评。他偶然在课堂上碰到了小韩，小韩这时候的身份是他们的汉语辅导员。这是一份挣钱的差事，辅导一个钟头有八十块钱的酬劳。小韩经济状况不太好，似乎打了很多份工，很忙，所以他们就很少见到了。

有一次的中文实践课，老师给他们设置的是个购物的对话情境。他扮演一个买东西的顾客。一刹那间，他想起了来到中国的第一天，在夫子庙度过的那个下午。想到这里他未免有些分神，他指着面前虚无的物件问和他配合的法国女孩多少钱，没待对方回答，他就心猿意马地接上去，太贵了。台下就是一片哄笑。女博士也笑得花枝颤抖，说，许廷迈，你这会儿倒是像个地道的中国人。

他自然是想起了她，那个黄昏，站在浓稠暗影里的女孩子。他忽然发觉自己很想念她，然而仔细想想，却发现其实她并没有给他什么可资回忆的东西。

他能记得的，只是她脸上一种宠辱不惊的神色。这很有别于西方的年轻女人，她们太放任自己，像是随时敞开了的大衣橱，各色鲜艳的杂碎在里面一览无余。然而一旦敞开了，往往又忘记了关上，情绪不加控制地倾倒出来，你多看了一眼就觉出了乏味。而这个女孩子，是江南老院儿里西厢房的竹帘子，轻轻掀开了一角，没待你向里头看个仔细，她倒先静悄悄地合上了。

她对他构成了一种吸引，这吸引和他的生活若即若离。他也许是暂时遗忘了，而这时想起她来，思念却变得很强烈。

这个周末，他又来到了夫子庙。然而他再一次迷了路，转了许多圈，也没找到那个叫作“西市”的地方。不得已，他买了一份夫子庙的游览图，这地图是中英文注释的。西市，在上面是极狭窄的一个街，和这条街平行相对的，还有一条叫作“东市”的街道，两条街的尽头其实相连着。他发现夫子庙的布局其实极为规整，街巷脉络间呈现出的，是复杂的秩序，是一具肌体的血管，看似枝蔓无章，却是时时处处都畅通的。

他又发现,“西市”的旁边，用英文标了译名，Western Market，西边的市场。

他走进西市的时候，是正午。有些三三两两的游客模样的人。石板路上见了光的地方，也被晒得发了白。他找到了那个铺头，走了进去。这里面还是阴暗的。有零零碎碎的阳光拼了命要进来，又被窗棂格子筛了一回，投影到了放着博古架的那面墙上，微弱得只剩下星星点点，好像残了局的一盘棋。

那个男老板不在，他看到她趴在柜台上，支着下巴，在翻看一本书。她并没有意识到他进来。他咳嗽了一下，她这才警醒地抬起头。

她认出他来，并没有意外的神色，只是很温和地对他笑笑。她问他，想要些什么。这一问之下，他有些失望，事先想好的话也忘了。他终于对她说，那天，谢谢你。她愣了愣，说，不用谢，我们宰老外都惯了的，我也是偶尔良心发现一回。

他说，我，很像老外么？又指了指自己的头发，说，我和你是一样的。

她开始是笑而不答，过了一会儿终于说，你们在国外长大的，眉眼里有种呆气，我们做生意的人，可是世故惯了的。

看他还是不解，就用中文说，中国话里，这叫一方水土养一方人。他轻轻重复着，觉得这是在韵律上很美的一句话。

她看他仍旧呆呆地站着，终于问，你，还有事么？他听了点点头，又摇摇头。她倒有些无措了，说，你还真是个实心肠，就为了来道声谢么？不过，我可是要打烊了。

他看她把面前的书合了起来，原来是一本英文书。他看见了书名，是麦克尤恩的《时间中的孩子》。这是本内容惨淡的书，关于一个平凡男人的失与得。她又在面前的抽屉里翻了一会儿，翻出了一串钥匙来。她把钥匙对他晃了晃，说，你要是下午想来买东西，我哥在这儿。

他终于鼓起勇气问了她，可不可以给他留一个电话号码。她踌躇了一下，打开抽屉，拿出一本发票簿子。翻开一页，写下了一个名字和电话。他说他也想给她留一个，如果她有什么事情，可以来找他。他想要掀开另一页来写，她说，不用，就写在这一页上吧。他愣一下，想她可能出于节省的考虑，要将这纸撕成两半，就在她写下的字的另一边遥遥地写下：许廷迈……然而他写好了，她唰的一下将先前那页撕下给他，下一页仍然是两排清清楚楚的字。发票是双联的，前一页的背面其实是张复写纸。

他很欣赏她的聪明。做这些时，她并没有什么表情，撕发票的手势也是娴熟之极，好像他不过是个买东西的人。

他和她走出铺子，她轻轻掩上了古色古香的店门，拿一把大铜锁松松地扣住门环。扣好了，又用手努力地向门上够着什么。他伸长了手臂，轻轻地一钩，钩下了一道沉重的铝制的卷帘门。这是沾染了现代文明的东西，他觉得在这里煞了风景。她又将卷帘门结实地锁在了地上，把凝滞的时间一同锁在屋里了。

这时候他看清楚了她。她是个眉目疏淡的女孩，因此轮廓不是很明晰。在阳光底下倒没有了暗沉沉的风韵，脸上有些浅浅的斑。他还是觉得她很美，他是个先入为主的人。

她对他说了再见，急急地走了。他看见她窈窕的背影，在人群中穿梭，一忽儿不见了踪影。

回到公寓，他小心地从口袋里掏出那张发票，看了又看。她写下了一个英文的名字，Juliet，在他的印象里，这名字因为直白的浪漫，总有些俗艳。然而这时，他却觉得美得不可方物。漂亮的花体，在英语国家倒是很少人用了。J字被她签得繁复优柔，带着没落的美感。他再看自己签下的歪歪斜斜的“许廷迈”，心里不禁有些羞愧。

他出着神，并没注意到马汀走进来。马汀在楼下健身房做了运动，这会儿正咕咚咕咚地往嘴里倒矿泉水。看了他半天，他仍然没什么反应。

马汀终于开了口：你是恋爱了吧？这些中国女孩子，是会叫人上瘾的。他惊醒般抬起头。他虽然对这个同屋不存太多好感，然而直觉与洞见这类东西，总是叫人迅速地产生钦佩的情绪。

他没有想着去辩白，反而很虚心地问马汀：你和中国女孩子谈过恋爱么？那是什么样的？

这时候，马汀正对着镜子专心致志地挤着脸上一颗酒刺。听他这样问，手停了下来，有些不屑地笑了：恋爱倒是谈不上，我轻易不会恋爱。不过我可以和你说说她们的好处，这些女人，穿着衣服一个样，脱了衣服和你上了床又是另外一个样。所以她们总让人捉摸不透，这就很过瘾了。

他很厌恶地低下头去，觉得自己美好的心情突然间凋萎了。

马汀倒是不以为意，只管自己说下去，宝贝儿，别太天真了，谈情说爱虽说靠不住，也要选个合适的地方。

有些事情，是无法因地制宜的，譬如爱情。这是他的想法。

当这个电话号码烂熟于心了，他终于决定打出去。他又在心里操练了很多遍开场白，要把这句中文说得地地道道。然而，因为句子中间镶嵌了她的英文名字，他时时培养好的语感，屡屡会力不从心地脱了轨。他拨通了号码，问，请问是 Juliet 吗？末了是个滑稽的尾音，唐突得让他张大了嘴。那边愣了一下，然后一个男人的声音，很冷淡地说：你打错了。

他找出那张发票来，确信自己并没有打错。于是又打过去，这回那个男人粗暴地说，告诉你打错了，毛病啊。

他不太懂什么叫作“毛病”。然而他觉得这个男人的声音有些耳熟。

他再打过去，没有人接他的电话了。

他无端地有了很多的猜测，猜到最后，竟有些焦急了。他决定还是要去看个究竟。

她看到他，有了惊异的神色。这一惊，她的脸上就有了不同往日的生动。她回头看了看在暗影子里打瞌睡的哥哥，低低地问他：你又来做什么？

他竟不知道说什么。

看来，我哥的手机号码并没有拦着你。

他听她这样说，心里倒是恍然和释然了。他嗫嚅了一下，终于说，我只是想知道你还好。

她冷笑了：我好不好，和你有什么相干，我们并不认识。

他听她这样讲，缓缓地抬起了头。她躲过了他的眼光去，口气却比刚才自制了很多：我很好，现在你知道了，可以走了。

他深深地看了她一眼，像是要把她吸进心里去。他转过身去，走了。他走得似乎很果断，心里却发着空，并没有注意到阴暗里悬挂着一架藏羚头骨。他实实地撞了上去，是沉闷的一声钝响。他觉得眼前有些黑，站定了。他揉了揉自己的额头，没回过头去，嘴里轻轻地说，我还会来看你的。

她并不知道，自己把手边翻开的书页子已经揉皱了。他并不知道，这时候，她倚着镂花的店门，远远地看他，看他摇摇晃晃地走出了西市。

他决定了的事，往往就有了恒心，这恒心其实是英国人所固有的。没有课的时候，他就会瞅着空儿到夫子庙去。久而久之，就成了他生活的轨迹。然而，他又非一成不变的。他不会再迷路了。因为他有着年轻人的冒险与探索精神，他总是会在夫子庙一带任意寻找一个起点，往往是他自以为陌生的，然后七拐八绕地转悠，最后总能看到一处似曾相识的地方，凭着依稀的记忆摸到西市的门口。他对这件事有些乐此不疲的兴味，在中国实践着“条条大路通罗马”的真理。

开始去夫子庙，他总是坐出租车去。后来，他学会了省钱，坐 7 号巴士，站在飘荡着汗味的人群里。那时候这座城里的巴士还没有空调，车厢里的空气总是很热，他的情绪也被蒸发着，升腾起来了。

他走进清冷的西市，多少有些黯然下去。他的行为对于他自己，也是不可解的。他说去看她，竟是真正意义上的“看”。有时是走进店门去，晃荡了一下，眼光在货物上扫视，很认真地。然后目光最终的归属，总在她身上，只是一瞬，就收回去。转身就离开了，样子全然是个冷漠而矜持的顾客。有时候，他并不进去，只是隔着窗棂子看她，看阳光在她身上停停走走，一看就是很久。每次他来，她都是知道的，她并不恼他，因为没什么可恼的。由于这店铺门可罗雀，她哥哥也意识到了他在铺子里周而复始之存在，记得了这个消瘦的年轻人。然而也只是记得，仅此而已，因为他没有做什么越轨的事情。

他每次摇摇晃晃地走了，她并不知道他内心的波澜。他有着中世纪古老骑士的作派，西市是他眼里的一座城堡。他对于她，有一种浪漫的倔强。他总觉得他对于她，有着某种莫名的责任。这种责任根植于堂吉诃德式的悲壮传统，然而他的感情却是隐忍下去的，没有任何死缠烂打的嫌疑。这样久了，她心里虽不理解，终于有些欣慰。因为她知道，他做这些，到底是为了她。

这一日，店里只她一个人。他走进来，看她翘着手指头，在计算器上点点戳戳。看了一会儿，他看出这只是她百无聊赖的游戏罢了。这时候是南京的“秋老虎”，天闷热得莫名，是夏季气势汹汹的回光返照。虽然这店里说是阴凉的，却带了自欺欺人的成分。因为密不透风，偶尔有些流动的空气，也席卷着焦躁的热度。柜台上倒是有台电风扇，咔吧咔吧地运转着。那风吹动了她额前的刘海，像一排齐匝匝的摆动的流苏。有些风钻进了她的领口里去，粗暴地掀起了她衬衫领子的一角，她颈窝里就有大块的白皙的肌肤暴露出来。他把眼光收回去。这时候，她扳动了一个钮，原本定了向的电风扇就摆动起来，扇叶子将簌簌的风也朝着他吹了过来，虽然不凉快，却是很温暖的。他听见她说，天太热了，你不要老是来了。他听得出，这和先前的拒绝是不同的。

又过了一会儿，她说要打烊了。他其实总是奇怪着，觉得她打烊的时间比其他的铺头早了很多。本来是没什么生意可做，可是这样早，总好像有些自暴自弃。他帮她锁上了铝闸门，转了身要走。这时候她低低唤住他，问道：你胆子够不够大?

他茫茫然地点了头，她说，那好，跟我走。他就跟着她走。她走得疾，步态十分优雅，像是在闷热的气流中游动的一尾鱼。他因为个子高，步幅很大，却渐渐跟得有些吃力，觉得脊梁上有滚热的汗水流淌下来。然而，她却并没有回过头去关照过他。他们经过了很多地方，有些他觉得眼熟，有些就是很生的。他们走进了很长很窄的一条街道，道路两旁摆着大大小小的鱼缸和鸟笼，偶尔也有长相怪异的禽类嘎地对着他惊叫一声，就有各种各样的鸡鸣狗吠跟着呼应。他想这里应该是当地的一个宠物市场了。

终于走到了街道的尽头，她的步子也慢了。他看到有些高高低低的民房在他眼前错落地现出来。一色是灰蒙蒙的，混凝土的外墙往外渗着湿气。他抬头看了看，并不见一些阳光。四周林立的大厦，严严实实地造了一口深深的井。而这些民房的位置，好像就是在井底了。他跟着她在民房间穿梭，且左且右，渐渐地他又迷失了。他似乎闻到了一些污秽的气息，胃里有些翻腾。他们穿过了一条很深的小巷，眼前倏然开阔起来。

他们跟前，是一个巨大的垃圾场。

他从没看过这样像山一样的垃圾，很雄壮地，绵绵延延地阻塞了他的视线。它散发的气味，自然也是排山倒海的。旁边散落了一些起重机和推土机，都变得很渺小了。

他愣了神，她轻轻地催促了他。他继续跟上她的步子，跟着她绕过磅礴的垃圾山，看到了一座灰色的房子。这房子和先前的民房有些不同，高大了不少，好像是厂房，顶上覆着厚厚的石棉瓦。她走到房子门口，敲了三下门，又敲了三下。门打开了，开门的是个男人。男人留着很长的头发，遮住了眼睛，嘴上斜斜地叼了一支烟。看到她了，很热情地招呼着，声音是含含糊糊的，因为烟还在嘴里。眼光落在他身上，却很敌意了。她小声地对男人解释了一句，男人的眼光就软和下来，然而他还是能看得出，有些戒备在里面。

这房子里面，是比他想象的还要空旷，然而却被鼎沸的人声充盈了。他很惊奇地看着面前七八张半新的台球桌，四周挤挤挨挨地围了很多的男人。斯诺克在西方是很高雅的运动，玩的人举手投足中总带着中产阶级的矜持和自傲。而这里的游戏者，却是没有一丝庄重的意味的。他们穿的，都是很随便的家常衣服，现在已经被汗湿透了。有些人敞开怀来，有的人干脆脱了，赤了膊，浑身就只有一条松松垮垮的西裤吊在胯上。这男人浑然忘我地弯下身去，趴在桌面上击球。因为没有腰带，西裤就失控似的继续滑落下去，暴露出他发福的腰和背后一小段的臀沟。他们大声地为某个精彩的击打叫好，虽然在他看来，这一球的水平并没有可圈点的地方。他们似乎又会对一两个人群起而攻之，嘴里骂骂咧咧的。他看她暗地里皱了眉，那应该是一些不太干净的话。

然而，她在这群半裸的男人中间并没有太多的不适。很多人兴高采烈地同她打招呼，在他看来，她的回应也是很积极的。有个男人嬉皮笑脸地对她说了句什么，她佯怒着在这人肩头上拍打了一下。这个举动在他眼里是很轻佻了，他多少有些瞠目。而她转过身来的时候，又是一脸的肃然之气。

她走到房间尽头，那里有一张写字台。她拿钥匙打开抽屉，将自己随身的坤包搁进去，又取出鼓鼓囊囊的一个塑料袋。她对他招了手，示意他过去。写字台旁边还有一扇门，她站起身来拧开了门把手。然而，先前那个开门的男人却在她身后拦住了他。这时候，他看到她转了头，很冷淡地看着那个男人，说了一句话。他并没有听懂她说的是什么，好像里面有个“哥”字。男人嘴里还用方言争辩了一下，他也看得出这争辩是苍白的了。她使劲地打开了男人的手，把他拉进门去。这一瞬，他看到她向着男人的眼睛里，有些让他陌生的凶邪的光。他打了个寒战，只觉得有一浪凉气猛然向他袭过来。他定定神，看出这是被人为隔出来的一间房。凉气，是因为墙角里坐落着巨大的柜式空调。这房间里三三两两也有几桌人，与外面的喧嚣很不同，他们是默然的。他心想，这些人受到的待遇和外面的人也必然是不同的。他们在做的事他也懂，他们在打麻将。这是中国人发明的牌戏，也叫作麻雀牌。有人看见她进来了，扬起脸来和她打了招呼，也是静默的，只是点了下头。间或有人叫牌，也是细声低语。有一桌好像是刚刚和了牌，就有窸窸窣窣的洗牌的声音。他觉得那桌布是特制的，听起来好像蚕食桑叶。这房间里有个年纪很轻的男孩子，他看出来男孩警醒的眼神，似乎起着监督的作用。她走到男孩跟前，将那塑料袋解开，从里面拿出的，竟是一叠叠红红绿绿的筹码。她交代了那男孩几句。这时候有人叫她过去，那一桌只有三个人。其中一个男人，对她指了指身旁的空位子，又指着自己的手机，对她说什么，眼睛里是有些恼怒了。她笑着安抚他，打开自己的手机，和不知什么人讲电话，挂了电话也是无可奈何的神情。他渐渐有些看明白了，那一桌少了一个人，是缺了一只脚，这是很让牌客们心焦的一件事。这时候她远远地看见他，走过去，把他拉到牌桌前来，让他坐在那空位上。嘴里和那三个牌客说了什么，其中一个人撇了嘴，是很不以为然的样子。然而另一个却大声地笑了，只是做了个大笑的动作，并没有发出声音来。她回头用英文跟他解释，说，他们在玩一种中国的牌，缺了一个人玩不起来，我是不能上桌的。你来和他们玩，这牌的规则很简单，我来教你。那大笑的人看着他，又说了一句话，全桌的人都笑起来。她也笑了，对他说，他们知道你是外国人，说今天是不要赚钱了，打打国际友谊赛。另一个牌客又说了一句，几个人嘀嘀咕咕一番，对她说了。她听了似乎很兴奋，说，他们说钱还是要赚，不过你输了不要你给钱，赢了算你的，你要好好地为我争口气。她说得很郑重，他还是听出她玩笑的口气。

她很仔细地用英文跟他解释了牌的规则，有些地方觉得自己词不达意了，就拿出几张牌在他面前比比划划。旁边终于有人催促起来。她对他说，你先打起来，我在旁边看着，中国有句老话，实践出真知。她说完这些，他看到他们一气地对他宽容地笑了。

他开始打，其实是她在打，她叫他出什么牌他就出什么。她觉得出错了，竟然就从桌上拈起来收回去。他们任由她收回去，脸上的表情宽容得很。这样打了一圈，他看自己面前的筹码被呼拉拉地扫过去，知道自己是大输特输了。她倒是轻松得很，说现在你大概也会了，自己打吧。他就自己打，牌出得小心翼翼的，其他的人就耐着性子等他。这一局，是别人点的炮，他第一次没有输。有个牌客就冲他伸了大拇指，对他说了句话，他听出那话说得有些居高临下。她在旁边给他翻译，是夸你呢，说你一个老外比中国人学得还快。他张开嘴想对她说什么，然而别人面前已经麻麻利利地砌成一道墙了，就赶紧跟上去。这一局他又输了，输得还算小。她倒是有些为他紧张了，因为他面前的筹码已经所剩无几。新的一局开始了，她就又在旁边指指点点。然而，这回他却不听她的了，思考了一下只是打出了另一张牌去。她心里就小不痛快，觉得这个外国人的性格执拗得有些可厌。她就走开去，照看一下其他的桌子，心想让他自己折腾个鱼死网破好了。然而她回来的时候，恰恰看到他推倒了面前的牌，他赢了。

她看到他面前整整齐齐地做成了一道“清一色”。这是她没有教过他的。她自然大惊失色。旁边一个人对她说，自摸的。她在这人眼里看到了警惕和不解。他这回是赢得不轻，她知道，一定是有人怀疑自己参与了一个骗局，就将他从座上拉起来，对他说，不打了。然而一个牌客止住了她。她有些无奈地对他说，他们说没有赶庄家下台的道理。

他继续打，这回他摸的牌乱七八糟。她竟有些欣慰。她想，这样差的牌，总可以为他打打圆场。然而，当她看他不紧不慢地把牌做成了一道中规中矩的十三幺，眼里也有了恐惧。

这局他又是自摸的。

连着三局，他没有下庄。三个牌客和她一样不知所措，但是眼睛里比她多了浓重的敌意。她突然大笑起来，对那些人说了一番话，那些人表情平和了些，然而还是灰头土脸的。

接下来，这麻将牌筑成的一座城，第一个推倒了城墙突围的，倒十有八九是他了。

这样不知又过了多少时候，他听到叮的一声脆响，牌客们都放下了手中的牌。她走过来对他说，你到门口等着我，我要和他们结账。他看见牌客们拿着一堆堆的筹码，和她换了或多或少的一叠现金。这也是很平静地完成的，在十分井然的秩序里，她严肃地做着会计的工作。

到这时候，他已经很明白了，这是一个地下赌场。

他们出来的时候，外面已经是沉沉的夜。垃圾场的气味似乎有些收敛了。空气中飘散着若有若无的腥甜气息，是行将腐败还没有败尽的味道。

他们在夜色里走着，谁也没有说话。仍然是他跟着她。路过宠物市场，已经是寂然的一片。突然传来很锐利的一声鸟叫，在这夜里是不合时宜的，很快也被淹没在黑暗里了。他记起父亲曾经教给他的一句诗，“鸟鸣山更幽”，大概说的就是这个状况。他正想着，却听见她的一声惊叫。一只猫从临街铺子的顶棚上跳下来，很轻盈地落到了她的面前。它也许自以为这动作完成得十分优雅，然而听到她的叫声，却仓皇地逃去了。她余悸未消似的，只是站住不动。他走到她身旁，突然间，感到自己的手被握住了。他十分惊喜地在夜色里寻找她的眼睛，然而，那手只是握了一下，就松开了。

这时候，他听见她低低地说：今天的事情，你不想解释一下么？他有些局促了，好像在内心里做着挣扎，然后他终于告诉她，他是很小的时候就上了牌桌的。他的祖母，是个很顽固的中国老太太。祖父去世后，这老太太就不肯出门了，让父亲专为她布置了一间房，里面装满了从唐人街淘来的旧家具和摆设，还有一张巨大的花梨木牌桌。她就伙着一班和她一样顽固的老太太成日在她的世外桃源里打麻将。这老祖母是很爱他的。祖母是他有关中国文化最早的启蒙老师。她并没有教他麻将，实实在在是他自己看会的。他最先认识的五个汉字，东西南北中，也是在牌桌上认得的。他其实很缺少实践的机会，因为母亲禁止。一同被禁止的还有学他祖母的宁波腔，英语是他们家庭唯一的官方语言。除了特立独行的老祖母，没有谁拥有说汉语的特权。关于麻将也是，今天是他为数不多的几次实战演习，他是凭着记忆来的，也没想到会如此得心应手。

你倒是好，连我都骗了过去。他紧张了一下，却听出她的声音是快活的。他脸红了，说不想骗人，可是他一个外国人，如果说精于此道，倒真的像句骗人的话。所以，就不说了。

她听了，想了想说，是，有时候骗人也是不得已。

说完了这些，他们又沉默了下去。

这时候的夫子庙，也静寂下去了。路上偶然亮起的灯，也仿佛闪闪烁烁的惺忪的眼。她在一处灯光下停下来，这该是一间临街的铺头，已经关起了半扇门，是打烊的征兆。然而，她昂然走了进去。他在门口却没有动，她回转了身来，将他拉进去了。

他看清楚，这里面是一间食肆。整齐地排放着半人高的桌子，都很旧了。桌面上的红漆斑斑驳驳，透着不很干净的颜色。他们坐下来，她遥遥地对一个伙计模样的人招了招手，嘴里却轻声对他说：赌徒也总要吃饭的。她这句话说得俏皮，像一句精巧的西方谚语。

他这才觉出自己很饿了。在他格拉斯哥的家，按时吃饭是雷打不动的规矩。他好像一只摆钟，被严谨的家教上满了发条，按部就班嘀嘀嗒嗒。不出意外的话，每天做的每样事情都在时间的轮盘上各就各位。吃饭也是，是习惯与秩序，而非生理上的需要。他很久没有在这样饿的时候吃过饭了。

伙计走过来，和她是很熟稔的样子。他看她有些歉意似的和伙计说了几句，应该是些客气话。然后又接过伙计手里的单，很干脆地报了几样。

伙计走远了，她拿起茶壶，将自己面前的杯子倒了半满。晃悠了几下，又从筷笼里抽出一双筷子，就着面前的水盅，将杯子里的茶水顺着筷子倒下去。他知道，这是中国式的饭前清洁工作。他本来想如法炮制，她却把他面前的杯子拿过去，将刚才的动作又做了一遍。这一遍似乎做得慢了些，她的腕是很灵活的，水倒下来的时候，筷子在她手指的捻动间均匀地旋转。他在叮叮咚咚的水声里出着神，这时候却听见她说：你对我，倒像是好奇得不够。

他并不知道怎么回答。她就接着说，我带你去那里，原本不算个正经的地方，你倒是没有被这些不文明的东西吓住。

说到这儿，他却笑了，说，信不信由你，我是对那里有些喜欢。她也笑了，他这回才发现，她笑起来，就露出了两颗虎牙来。

他看得出，她这回的笑，是真正很松弛的。他们两个之间原本有层紧张的膜，在这笑容里融化了。

她说，这间赌场，原本是她哥哥从一个温州人那里接手过来的。她哥还有别的事要忙，她就负责帮他看看场子。其实也没什么可看的，客都是老客，主要还是要防警察。

她又说，今天那个男人是拦着你不想让你进去的。我就跟他说，这人连中国话都讲不利索，只怕见了警察也不知说什么。

她又笑了。这时候，伙计端了一个托盘过来，两只上了黑釉的大碗，还有一盘排得整整齐齐的饼。她说，你来了夫子庙许多趟，恐怕还没吃过地地道道的南京小吃吧。南京小吃里有“秦淮八绝”，这桌上的，倒是其中的两绝了。他听得有些瞠目，因为她把这个“绝”字，翻译成了 miracle，在英文里是“奇迹”的意思。他想自己是有眼不识泰山了，接着却很犹豫怎样将这“奇迹”吃下肚去。

她指着面前的大碗告诉他，这是“鸭血粉丝汤”，这里面漂着白色的东西是鸭肠。他一听顿时下不去筷子，胃里有些翻腾。他长了这么大，还没有吃过什么动物的内脏。这一碗热气腾腾的汤，在他眼里竟变得很血腥。她却有滋有味地喝了一口，看他不动，很奇怪了。他跟她解释，她有些为难地说，你们外国人就是穷讲究，不管你了，不喝你会后悔的。她大口地喝下去，脸上是很享受的表情，看得出也很饿了。他终于被她所感染，尝了一小口，竟是出奇鲜美。他就大着胆子喝下去。她看着他笑了，笑得虎牙又露了出来。另一道“鸭油酥烧”，咬起来是爽脆的，很香甜，他接受起来似乎并没有什么困难。

他的胃里终于装满了“奇迹”，身上也是大汗淋漓了。她把伙计叫过来要结账，他嘴里还鼓鼓囊囊地咀嚼着，手却赶紧拦住了她。她有些莫名其妙，等他终于把嘴腾空了，对她说，这是他们头一次在一起吃饭，理应由男士来请。她听了，很理解地点点头，说，你也够形式主义，不过对女人倒是不错。好，那就用你的钱。

她打开皮包，拿出一只信封，利索地抽出一张一百的，递给了伙计。然后把信封放在他手里，这是你的，你赢的。你今天战果辉煌，一共赢了 5K，五千块。

他有些吃惊，捏了捏信封，里面是有分量的一沓。他把信封推到她面前，说他不要。

她倒吃惊了，说，正正经经赢来的，劳动所得，为什么不要？他们并没有让你，后来我和他们说了，都是按老规矩来的，扣了本金，是硬碰硬的赢。

他摇了摇头。她很为难了，说你这个人，怎么这么不爽气，不是嫌这钱不干净吧？

他还是摇头。

她想了想，终于说，好，这钱还是算你的。搁我这儿，咱们想法子把它给洗干净。

他一听洗钱，很紧张了，说，犯法的事可不能干。

她大笑了，那倒不会。你一个老外，看不出倒是正儿八经的良民。不过，你怕犯法，今天就不该跟我去赌场。

他们走出来，到底是秋天了，晚上就有些寒意。他和她并排地走，彼此之间的距离近了些。这时候，有辆出租车过来了，她招招手，上了车。他也要上，说要把她送回家。她却犹豫了，说，你还是另外搭一辆吧。

他退出来，很绅士地给她关上了车门。

他从来没有这样晚回过宿舍。进了大门，守夜的老头儿正低着头打瞌睡，看他进来了，抬起眼睛，目光从眼镜片子上方冷漠地射出来。因为认出了他，没有多说什么。

电梯已经停了，他从楼梯爬到他那一层，已经觉得有些气喘。然而他在房门前掏出钥匙的时候，似乎听到房间里有人和他一样气喘吁吁。他并没有多想，打开了门。

房间里的灯大亮着，一个巨大的肉色的人形跳入他的眼睛。他愣住了，他终于看清楚那是个女人的裸体。女人有着白得耀眼的臀，那臀在马汀身体的中段一上一下地耸动着。女人的一只乳房也跟着在跳动，另一只正抓在马汀的手里。马汀喘息着，双眼紧闭，脸上的酒刺更红了，那是因为受到了兴奋的刺激。两个人都在忘我的境界，竟没有发现他进来。他把钥匙从锁孔里抽出了，那女人才惊觉。看见他，似乎并不怎么羞惭，倒是迅速地打了马汀一个耳光，说，你没告诉我他会回来。女人从马汀身上吃力地爬起来，他看到马汀的私处，那东西僵直着，和主人的脸一样丑陋地发着红。他低下头去，觉得自己进退两难。倒是女人开口说话了，你总该给我点时间把衣服穿好。

他于是退了出去，给他们关上了门。

他站在走廊的一隅默默地等，看女人出来了，在门口穿上高跟鞋。似乎踌躇了一下，又脱下来拎在手里，迅速地走远了。走得太急了，一只鞋啪的一声掉落到地板上。女人弯下腰去捡。在幽暗的灯底下，他又看到一个丰腴的臀部的轮廓，毛茸茸的带着光晕。

他望着女人的背影消失在楼道里，并没有立即走进房间。刚才的一幕，总有些尴尬。他不想这么快面对马汀。

他拧开门，屋里已经黑了。马汀轻声地打着鼾，沉沉地睡过去了。他想，这或许是个不太有心事的人。他没有开灯，坐在床上，走廊灯的光线射进来，把他的影子沉重地投到了墙上。他向那影子挥了挥手，影子也对他挥了挥手。

他摸着黑脱了衣服，裹着浴巾去盥洗间。很热的水从淋浴器里喷射出来，浇在他的头上、肩上和胸腹之间。他的心里也倏然有些发热，这热度在夜里形成了浓重的雾气，让他有些恍惚。恍惚间出现了刚才那个面目模糊的女人，好像是住在三楼的爱尔兰的苏珊或者十七楼的加拿大的斯蒂芬妮。然而这些都不重要，他的脑里，只充满了那女人沉甸甸的乳和肥白的臀。白的，散发着毛茸茸的光晕的轮廓。一瞬间，他眼前又出现了她。她的白色的腕，灵巧地转动着，她衬衫里忽明忽暗的白色的颈窝。他感觉到自己的下体无端地膨胀和坚硬了，刚才体内的热力，这时候冲击着他，搅扰着他。欲望升腾着，他无知觉间做了处在青春期的精力旺盛的男孩子会做的事情。那快感也是在一瞬间喷薄而出的。他微微地喘息，猛醒了。他带着深重的罪恶感，将还在缓缓流动着的浓浊的液体冲洗干净。眼前的雾，渐渐地散了。

他躺在床上，心里突然感觉到一种满足。他深深地叹了口气，闭上了眼睛。

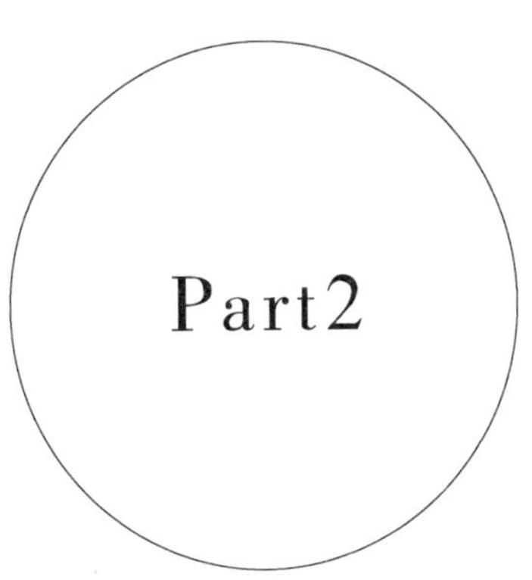

Part2

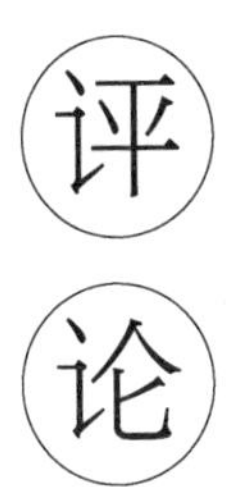

评论

淡笔浓情

——葛亮的《谜鸦》

李奭学

葛亮何许人也？这个问题，台湾读者恐怕回答不易。他在2005年勇夺第十九届《联合文学》小说新人奖的首奖，名声在台始播。但说葛亮是“新人”，即使在2005年恐怕也难称尽然。葛亮或许尚未名扬四海，可早也是文坛常客，文学杂志与报纸上常见所作。小说之佳，尤其引人注目。

和多数台湾读者一样，我在读毕《谜鸦》这本小说集之前，对葛亮几乎一无所知。不过展开《谜鸦》诸篇，我们读来每每眼睛一亮。葛亮擅长在氤氲迷离中营造抒情，在萧瑟的氛围里产制高潮。《谜鸦》在台湾出版，我相信可为此刻混沌的文坛注入一股清流。葛亮的抒情让他惜字如金，要求读者自行构想。这种慧巧，总之不会让人读其书而不费力气。葛亮也爱布迷阵，我们得智取才能见其小说的真章，从而体会故事的来龙去脉。写作有年，葛亮早已养成“拦腰起述”（in medias res）的手法，经常无厘头就把读者往故事中推，希望他们自行揣摩，然后从“中”顾后瞻前，自行拼图，整齐故事。这种荷马式的史诗章法——讽刺的是——葛亮很少拿来处理家国之变或万里征行。他反而取为儿女私情之用，铺陈的是家事或个人琐事。

话说回来，上面所谈并不代表葛亮一无见识。生命无常，人性矛盾，葛亮体之甚深。书题篇《谜鸦》是葛亮的得奖力作，我颇同意施叔青的见解，小说在俏皮的文字中开展，演示人类自以为沉稳的世间“亚迭”（at?）。后一名词是我自己添上的，出自希腊，指悲剧中常见的摧毁力量。不论理性与否，冥冥中就是有一股和人作对的自然灵异，我们力难抵挡。《谜鸦》一篇，葛亮由希区柯克开场，继而转入爱伦坡式的心灵魅魈，企图所在，正是生命的脆弱与理性的毫无理性。小说寓大义于微言，寄讽谏于幽默。葛亮得奖，实至名归。

像《谜鸦》一文的谋篇之密与布局之奇，《谜鸦》一书中颇不乏见。《37 楼的爱情遗事》写女偿父债的故事，看来也有如自希腊悲剧迢递衍成。太阳底下，父债女还并非新鲜，葛亮创意与讽喻兼具的是所偿之“债”居然是“债主的男嗣”。女角必须私通债主后代，产下一子，才能了还父亲在破四旧的时代误杀对方之子的“旧债”。小说从此也带出家庭因罪愆而衍生的隔代“亚迭”，令人颇兴阿加敏侬（Agamemnon）老矣之叹！《谜鸦》之中，《37 楼的爱情遗事》是唯一涉及“文革”的小说。这场世变，或许因为年轻，葛亮写来已云淡风清，但他糅合时局与传统的“债”与“偿”的观念，落笔不俗。1976 年迄今，以“文革”为背景的小说一夕数变，葛亮所写则一反“传统”。他既不臧否人事，也不故作控诉之状，但荒谬惊懵中字字血泪，可谓前所未见。《谜鸦》几乎篇篇都有性事叙写，有些还是葛亮搦管本意。若谓全书有瑕疵，毛病正在性事刻画。葛亮之笔如出一辙，始则令人称奇，继而利多出尽，奇已非奇，最后则下笔几乎可期。这不是高明作家应有的水准，葛亮得为小说再出奇兵。

除了《37 楼的爱情遗事》等篇，《谜鸦》的高潮应该是《私人岛屿》。此篇篇幅已近中篇，写来功力不凡。在台湾，我们时常闻得台商在中国“包二奶”，《私人岛屿》所写则是港商。篇中女角似乎不以有名无分的二奶为意，她在“包养”中体会爱情的喜悦，也在“被包”中感受到女人主体性的层层剥落。生如蝼蚁，命如蜉蝣，而主体性的剥落正是生命难以抗拒的毁灭力量。《私人岛屿》中，性爱可想是葛亮的写作重点，但是身为二奶最大的无奈却在受孕而后堕胎的过程。葛亮笔下绝非有欲无爱，但读者在这爱欲起伏中感受到的是命运不定。欲海春秋，情关劫掠，至此都像风中狂絮，化为宿命。二奶和大奶的分际，便在前者可因男性主体兴到而受孕，也可以因男性主体的顾虑而随时得将胎儿拿掉。二奶是缺乏主体性的所谓“人妻”，葛亮在故事中另寓故事，读来凄凉而又感叹。“妾者接也”，想不到中国人伦还有这么脆弱的一伦。

我知道葛亮生于南京，研究所的教育都在香港大学度过，博士学位如今唾手可得。《谜鸦》诸作，写来确也有点学院派小说的味道，但比起 20 世纪 60 年代在台湾崛起的学院作家，葛亮绝对有异。他有实验倾向，不过时常呵护读者，务使“实验”的重量不至于难以负荷。葛亮年轻，创作前景却不可小觑。他总是近树浓墨，远山淡笔，希望在轻盈的字句中微其言，大其义。信不信由你，“淡笔浓情”这个矛盾语正是《谜鸦》全书最大的特色。不论在中国内地，还是在香港和台湾，我看“学院作家”都后继有人，而《谜鸦》一书正是中文世界新派学院小说最佳也是最近的代表，值得你我细品慢嚼。

李奭学，台湾“中央研究院”中国文哲研究所研究员
本文为葛亮短篇小说集《谜鸦》台版序言

归去未见朱雀航

——葛亮的《朱雀》

王德威

朱雀是南京的地标之一。在上古中国神话里，朱雀被视为凤凰的化身，身覆火焰，终日不熄。根据五行学说，朱雀色红，属火，尚夏，在四大神兽中代表南方。

早在东晋时期，朱雀已经浮出南京（建康）地表。当时秦淮河上建有二十四航（浮桥），其中规模最大、装饰最为华丽的就是朱雀航。朱雀航位居交通枢纽，正对都城朱雀门，往东有乌衣巷，东晋最大的士族王、谢的府邸皆坐落在此。多少年后，王、谢家族没落，朱雀航繁华不再，唐代诗人刘禹锡因此写下：

朱雀桥边野草花，乌衣巷口夕阳斜。
旧时王谢堂前燕，飞入寻常百姓家。

葛亮选择《朱雀》作为他叙述南京的书名，显然着眼这座城市神秘的渊源和历史沧桑。南京又称建业、建康、秦淮、金陵，曾经是十朝都会；“金陵自古帝王州”，从三国时期以来已经见证过太多的朝代盛衰。而南京的近现代史尤其充满扰攘忧伤，《南京条约》、太平天国、国共斗争以及南京大屠杀，无不是中国人难以磨灭的记忆。

然而《朱雀》又是一本年轻的书。葛亮生于南京，此作付梓之时，刚刚跨过三十岁的门槛。他写《朱雀》不仅摩挲千百年来的南京记忆，更有意还原记忆之下的青春底色。小说横跨 20 世纪三个世代，但葛亮要凸显的是每个时代里的南京儿女如何凭着他们的热情浪漫，直面历史横逆，甚至死而后已。神鸟朱雀是他们的本命，身覆火焰，终生不熄。

在古老的南京和青春的南京之间，在历史忧伤和传奇想象之间，葛亮寻寻觅觅，写下属于他这一世代的南京叙事。而连锁今昔的正是那神秘的朱雀。仿佛遥拟六朝那跨越秦淮河的朱雀航，葛亮以小说打造了他的"梦浮桥"——跨过去就进入了那凌驾南方的朱雀之城，进入了南京。

一

葛亮是当代华语文学最被看好的作家之一。他出身南京，目前定居香港，却首先在台湾崭露头角，2005 年以《谜鸦》赢得台湾文学界的大奖。这样的创作背景很可以说明新世代文学生态的改变。《谜鸦》写一对青年男女因为饲养一只乌鸦而陷入一连串的离奇遭遇，葛亮以流利世故的语气描绘都会生活，对一切见怪不怪，却终究不能参透命运的神秘操作。这是一则都市怪谈，有谜样的宿命作祟，也有来自都会精神症候群的虚耗，颇能让我们想起 20 世纪 30 年代上海新感觉派作家如施蛰存的《梅雨之夕》《魔道》一类作品。诚如葛亮所说，他想写一则关于宿命的故事。这样的故事，剔除了传奇的色彩，其实经常在你我的周围上演。它的表皮，是司空见惯的元素与景致，温暖人心，然而，却有个隐忍的内核，这是谜底的所在。①

① 葛亮：《谜鸦》（中国台北：联合文学出版公司，2006），第 253 页。

同《谜鸦》收入同一小说集（《谜鸦》）的作品，如《37楼的爱情遗事》《私人岛屿》《无岸之河》等或写露水姻缘或写浮生琐事，就算是光天化日，总是隐约有些不祥的骚动。而那“隐忍的内核”成为叙事的黑洞，不断诱惑作者与读者追踪其中的秘密而不可得。

葛亮的下一本小说集《七声》以白描手法写出七则南京和香港的人物故事，包括了外祖父母毕生不渝的深情（《琴瑟》），一个木工师傅的悲欢人生（《于叔叔传》），一个叛逆的女大学生素描（《安的故事》），一个弱智餐馆女工的卑微遭遇（《阿霞》）等。葛亮不再诉诸《谜鸦》的神秘奇情，转而规规矩矩地勾勒人生即景；故乡南京的人事尤其让他写来得心应手。他的叙事温润清澈，对生命的种种不堪充满包容同情，但也同时维持了一种作为旁观者的矜持距离。

《谜鸦》和《七声》代表葛亮现阶段的两种写作风貌，一方面对都会和人性的幽微曲折充满好奇，一方面对现实人生做出有情观察，而他的姿态始终练达又不失诚恳。有了这样的准备，葛亮于是放大野心，要为南京城的过去与现在造像。

《朱雀》的故事发生在千禧年之交，苏格兰华裔青年许廷迈回到父亲的家乡南京留学，在秦淮河畔邂逅了神秘女子程囡，由此引生了三个世代的传奇。

葛亮的文字工整典丽，叙述各条线索人物头头是道。饶是如此，他的故事缠绵曲折，让读者兴味盎然之余，也许会陷入叙事的迷阵里。但有没有另一种方式来看待《朱雀》里众多的巧合和繁复的结构？

《朱雀》以时势动荡为经，家族三代的历练为纬，其实是现代中国历史小说常见的公式。但仔细读来，葛亮又似乎架空了这样的公式。南京大屠杀、国共内战、“文革”、唐山大地震、毛泽东逝世等历史充塞在小说之中。然而历史事件毕竟只是《朱雀》里人物——尤其是女性人物的背景，她们以个人的爱恨痴嗔将大历史性别化、民间化。这一部分葛亮显然呼应了张爱玲（《倾城之恋》）和王安忆（《长恨歌》）的传统。但我更要说在此之外，葛亮还在思索一种另类的历史，而他的女性角色也只是这“另类”历史的载体而已。

我们不禁想起葛亮写作《谜鸦》的动机是要诉说一个“关于宿命的故事。这样的故事，剔除了传奇的色彩，其实经常在你我的周围上演”。在《朱雀》里，葛亮为他“宿命的故事”找到了一个坐标——南京。南京“作为”一种历史，意味着千百年来一再重复的兴衰故事：六朝的帝都，太平天国的天京，南唐在这里风流过，南明在这里腐朽过。比起来，国共政权所铸造的南京只能说是瞠乎其后。正因为曾经过太多沧海桑田，在南京，野心与怅惘、巧合与错失层层积淀，早已经化为寻常百姓的集体经验了。

正是在这一意义上，《朱雀》里的种种因缘奇遇纷纷归位，成为南京历史轮回的有机部分。葛亮对故事情节刻意求工，加倍坐实了在神秘的历史律动前，个人意志的微不足道。故事里的女性角色都有敢爱敢恨的特性，生死在所不惜。但与其说她们凸显了什么样的主体意识，不如说她们的“身不由己”才是关键所在。她们是朱雀之城的女子，注定惹火上身，而我们记得神话里的朱雀是火鸟，身覆火焰，终生不熄。

同样值得注意的是葛亮对青年雅可的塑造。雅可耽美敏锐，染有毒瘾。葛亮有意将这个角色和苏格兰回来的许廷迈作对比，后者的纯洁正照映了前者的颓废。雅可我行我素，出没有如游魂，和程囡正是一对当代南京的惨绿男女。雅可的欲力虽然摧枯拉朽，终究气体虚浮，他最后的死亡几乎是顺理成章。但对葛亮而言，惟其如此，雅可才体现出这座城市一种虚无失落的悲剧性底蕴。

但宿命传奇只是《朱雀》的一部分。葛亮同时反其道而行，深入南京日常生活的肌理。他明白南京在外人眼中所呈现的反差，《七声》里就写道，南京虽号称古都，但却“好像是个大县城”。“南京人过日子大多时候，是很真实的，因为日子过得很砥实，对未来没有野心，所以生活就像被砖块一层一层地叠起来。”（《洪才》）[①] 借着许廷迈局外人的观点，葛亮写南京人“大萝卜”般的质朴，足球的狂热，熙攘的喧哗。回看历史，他强调笔下那些女性人物哪怕命运多舛，却都是过日子的能手。妓女程云和解放后洗尽铅华，成为称职的主妇和母亲，程忆楚和老情人幽会的同时不忘生火造饭，甚至程囡经营她的古玩铺和地下赌场也似乎就当作家常营生。

葛亮细写这些情节，很有些动人片段。而他又提醒我们逆来顺受的生活毕竟不能掩盖蛰伏其下的情绪。“它的表皮，是司空见惯的元素与景致，温暖人心，然而，却有个隐忍的内核，这是谜底的所在。”这不仅显现在主要人物的遭遇上，甚至小说里的配角也莫不如此。语言老师李博士风姿绰约，却不知怎的爱上了个非洲来的学生，因此红杏出墙，酿成大祸。从故事结构来说这不是必要的插曲，但葛亮必定以此暗示在南京普普通通的日子下，永远暗潮汹涌。

就着雅可和他周围的人物放浪形骸的生活，葛亮写出南京的颓废面。但所谓的放浪形骸也有它不得不然的历史因由。南京“这城市的盛大气象里，存有一种没落而绵延的东西”。这东西兀自在城市的边缘或底层生长繁衍——

或许，是见不到光的，并非因为惧怕，而是为了保持安稳的局面。因为，一旦与光狭路相逢，这触须便会热烈地生长，变得峥嵘与凶猛。

南京仿佛养着一道心照不宣的伤口，岁岁年年，把日子过下去。但隐忍甚或颓废的另一端是暴烈，而且每每一触即发。这是南京历史的吊诡，也是《朱雀》希望传达的魅力。

---

① 葛亮：《七声》（中国台北：联合文学出版公司，2007），第 32 页。

二

作为一本关于南京的小说，《朱雀》不能自外一个巨大的书写传统。早在中世纪左思《三都赋》中的《吴都赋》就描写了三国时代南京（建业）的风貌；庾信有名的《哀江南赋》则写于“大盗移国，金陵瓦解”的侯景之乱后。明清以来孔尚任的《桃花扇》、吴敬梓的《儒林外史》都是以南京作背景。而又有什么作品能够超越《红楼梦》对南京——金陵的追怀？

1923年朱自清、俞平伯夜游秦淮河，各写下一篇《桨声灯影里的秦淮河》，开启现代文学的南京想象。1932年鲁迅回到曾经求学的旧地南京，有了“六代绮罗成归梦，石头城上月如钩”之叹；到了1949年，人民解放军占领南京，毛泽东一句“天若有情天亦老，人间正道是沧桑”，顾盼之际，道尽历史天翻地覆的感怀。

当代的南京作家书写南京最负盛名的首推叶兆言。他的《夜泊秦淮》遥想民国风月，戏拟鸳蝴说部，很能托出南京那股新旧时间错置的暧昧感触。但《夜泊秦淮》只是短篇合集，未能成其大。其他如稍早的朱文（《我爱美元》）和当红的毕飞宇（《推拿》）则写出了当代南京的平民风情。至于苏童，虽然不以南京为小说题材，作家本人却在南京定居多年，耳濡目染，已经成为南京书写的另一种代言人了。

葛亮其生也晚，连“文革”都没碰上，何况更早发生在南京的风风雨雨。然而在世纪之交成长，葛亮毕竟有他独特的经验，如何将其融入古老的记忆，是《朱雀》最大的挑战。葛亮更有兴趣的应该是召唤一种叫作“南京”的状态或心态；南京于他与其说是怀旧，不如说是近于耽美的向往。当小说写到叶毓芝的父亲在船头吹着箫来到南京，当许廷迈和程囡在明代陵寝废弃的石碑顶上做爱，我们不禁要会心微笑：青春的想象如醉如痴，可以让任何沉重的历史多情起来。就此《朱雀》延续了当年钟晓阳《停车暂借问》的特色。

更进一步，葛亮要说南京是一种“瘾”，而且这瘾可能是有毒的。作为南京的魂魄，雅可在喷云吐雾中方生方死。许廷迈初尝南京有名的咸水鸭头，一上口就欲罢不能——我们后来才知道炮制鸭头的秘方不是别的，是罂粟。

在这一方面，《朱雀》的两个男性角色——许廷迈和雅可——值得我们再思。许廷迈是有着南京血统的异乡人，雅可则是古城最新一代的“遗少”或“废人”。一个站在南京的外围雾里看花，一个陷在南京的内核里难以自拔。葛亮对这两个角色都有偏爱——他们都是作家的分身，有意无意间他们尴尬的处境也投射了葛亮本人的两难。我们的作家其实错过了南京的辉煌与堕落，是个实实在在的后之来者，但生于斯长于斯，南京又是他与生俱来的存在经验。借箸代筹，我以为葛亮可以由这两个角色经营更有张力——或更有反讽意味——的南京叙事，《朱雀》的面貌或许又有不同。

《朱雀》里的南京虽然未必令人发思古之幽情，却突出另一种空间的辐辏力量。南京特殊的吸引力让一批又一批的外来者到此一游，以致流连忘返。苏格兰的华裔青年，日本的艺术家，美国的间谍，俄国的妓女，南洋的归国华侨，非洲的、新西兰的留学生轮番出现在葛亮的小说中。而南京经验流散出去，可以在加拿大、在苏联、在北欧激起波澜。南京的“瘾”是会蔓延的。

葛亮以空间辐辏的概念写南京，看得出香港和台湾经验给予他的启发。南京无论如何保守，毕竟进入了新的世纪，所谓历史长河到此漫漶出去，成为一种穿梭空间、湮没边界的体会。如此，葛亮将六朝风月与后现代、后社会主义的浮华躁动并列一处，或糅合、擦撞种种人事巧合就显得事出有因。叶毓芝和日本情人芥川在抗战前夕恋爱不奇怪；芥川的子女在南京大屠杀七十年之后，成为救赎原罪的奔走者，同时叶的外孙女程囡又和芥川的儿子相互有了性的吸引——这几乎已经到了隔代乱伦的边缘。相似的例子是程忆楚异母异父的哥哥暗恋妹妹，甚至向她求婚。历史在南京的离散与聚合如此盘根错节，以致失去了原有一以贯之的正义诉求或伦理线索。南京的“谜底”深邃不可测，这是葛亮的用心所在了。

葛亮似乎与鸟有缘，从《谜鸦》到《朱雀》，短短几年的成绩令人惊艳。徘徊在南京的史话和南京的神话之间，《朱雀》展现的气派为葛亮同辈作家所少见。在长篇叙事的经营和历史视野的构筑上，葛亮不妨与当代书写城市的小说名家继续对话。

比如王安忆的《长恨歌》写上海六十年的沧桑变幻，古典诗歌里感天动地的情史化作十里洋场的欲望传奇，海上风华的诱惑与怅惘也以此展开。又如贾平凹的《废都》写当代西安的声色犬马，极颓废也极感伤。长安的气象在盛唐过后就每况愈下，废都之“废”因此不是一时一地的感慨，而是积压千年的块垒。台湾的朱天心在二十世纪末以台北为背景写下《古都》。对朱而言，台北毫无历史或历史感可言，但借着召唤一个海市蜃楼般的古都台北，作家写出了她无处感怀的怀旧，难以发泄的忧伤。香港的董启章创作了《地图集》和《V城繁胜录》。前者有卡尔维诺式“看不见的城市”的政治隐喻，后者则谐拟宋代孟元老《东京梦华录》笔意。旅美的施叔青曾有“香港三部曲”以女性眼光看香港百年起伏，但张北海的《侠隐》才更出奇制胜，沿用会党侠情小说的形式，为七七事变前的故都北平写下回光返照的一页。

这些作家各自为心仪的城市述说故事，也因此延续了每个城市的“神话”氛围。葛亮写《朱雀》想来也抱有同样的野心。就此我们回到小说最重要的意象——朱雀，以及一只朱雀形状的金饰。这只金饰朱雀曾被叶毓芝、程忆楚、程囡三代母女彼此流传，而朱雀又随着女人们的情爱对象不断转手流浪。朱雀的“旅行”，从家人到情人，从南京到北大荒，甚至到了加拿大，一方面诉说世事无常，一方面暗示因缘巧合，南京和南京人谜样的命运也随着朱雀的线索迤逦展开。小说最后，朱雀的来源真相大白，我们这才理解所谓偶然和必然，冥冥的宿命和人世的机巧其实此消彼长，一件民间工艺品竟是见证——甚至救赎——历史混沌的最后关键。

在写作的层次上，葛亮可以更为自觉地作为说故事人，但他更像是个打造朱雀的手艺人，他的小说就是那神鸟又一次的神奇幻化。如此，他的叙事更有可能将上古的神话嫁接到后现代的"神话"上。这让我们想起小说最后，许廷迈遇到朱雀最原始的主人时的一段描写。后者端详多年以前的对象，不胜唏嘘，他于是在小雀的头部缓缓地锉。动作轻柔，仿佛对一个婴孩。

铜屑剥落，一对血红色的眼睛见了天日，放射着璀璨的光。

朱雀开了眼，南京的"谜底"灵光一现，这是小说最动人的时刻。而如何持续打磨自己的记忆和技艺，让作品放出"璀璨的光"，也应该是葛亮最深的自我期许吧。

《朱雀》结尾相当耐人寻味。程囡知道自己怀孕，决定生下无父的孩子。她与远在太平洋彼岸的许廷迈联络，廷迈兼程赶回南京。到了"西市门口，他默然站定，觉出脚底有凉意袭上来"。他为什么回来？果然会和程囡重逢么？回到了南京他会就此待下来么？

这最后一章的章名是"归去未见朱雀航"。游子归来，一切恍如隔世，但一切似乎又都已注定。那曾经绚丽的神秘的朱雀何在？早已消失的朱雀航可还有迹可寻？命运之轮缓缓转动，南京的故事未完，也因此，《朱雀》不代表葛亮南京书写的结束，而是开始。

王德威，美国哈佛大学东亚语言及文明系 Edward C. Henderson 讲座教授

本文首刊于《文艺争鸣》2009 年第 8 期

有风自南

——葛亮论

金 理

《谜鸦》是葛亮的成名作之一，致敬希区柯克，同时也混合着爱伦坡的风味。类似题材往往是在理性无法诠释的疆域内渲染超自然的神秘力量，葛亮的高明之处在于，“大胆”地将感染弓形虫病的医学解释引入文本，但科学与理性的到场并未拂去读者心头的宿命感与惊悚。

据云，朱天心曾笑说葛亮有颗“老灵魂”，王德威也指出《谜鸦》之类的作品“颇能让我们想起三十年代上海新感觉派作家如施蛰存的《梅雨之夕》《魔道》”[①]，方家之言，此之谓也。青年作家都必须面对如何处理断裂和延续的问题。一方面是刺穿主流文学坚固的肌体并在其“井然有序”的内部引起震撼；另一方面，异质性的因素终将回复到文学传统的脉络中，此时就应容纳昆德拉所谓“小说精神”的“延续性”：“每部作品都是对它之前作品的回应，每部作

① 王德威：《归去未见朱雀航——葛亮的〈朱雀〉》，作为“序言”收入《朱雀》，作家出版社，2010 年 9 月。

品都包含着小说以往的一切经验。”[①]与同代作家相比较，葛亮在初期的写作中完成的主要是后一方面的工作。以其个人而言，葛亮是世家子弟，一招一式法度谨严，家学、师承隐然可辨，却让人更多期望眼前一亮的新意。读完《谜鸦》等篇之后，我在等待一部神完气足的作品。

“最早写小说时，我比较重视所谓‘戏剧性’元素的存现。并且，对于实验性的写作手法，也有付诸实践的愿望。这些都是形式层面的东西，甚至我有篇小说，标题叫作‘π’，可以说，是对这一时期写作取向的概括：未知，开放，交错，无规律，是我当时对文学乃至生活的认知。到了《七声》，首先我在文字审美方面有了新的转折。这也决定了我叙事的态度，更加接近一种真实可触的、朴素的表达。”[②] 为什么到了《七声》阶段，一个一度热衷于戏剧性、形式实验的作家开始变得“素面朝天”？

读者都会觉得《七声》是部“自传”或“准自传”，我想葛亮不会否认这样的说法。写自己的家庭、成长环境，成长路上遇到的人和事，他们往来于毛果的生活，一方面见证着毛果的成长，另一方面，毛果又以“一双少年的眼睛”记录一切变化与沧桑。回到“真实可触的、朴素的表达”并不只是外在叙事技巧上的关怀，而是寻向自身时的“复得返自然”。文学作品并非“如是我闻”的实录，并非经验的透明呈现，不过《七声》确实有着更为根本、内在和诚恳的精神需求，走到这个阶段，温习个人生命发展路途中的历史和现实。今天不少作家笔下的自我形象往往显得很单薄，当然这一“单薄”是历史性的“单薄”。伴随着“总体性社会”的解体，在当下世俗生活中，人不仅在精神世界中与过往的有生机、有意义的价值世

---

① 昆德拉：《小说的精神》第 24 页，董强译，上海译文出版社，2004 年 8 月。
② 葛亮、张昭兵：《创作的可能》，《青春》，2009 年第 11 期。

界割裂，而且在现实世界中也与各种公共生活和文化社群割裂，在一个以利益为核心的外部世界面前被暴露为孤零零的个人。不过除开外部原因之外，自我形象的单薄、狭隘、缺乏回旋空间，也与写作观有着莫大关联。葛亮对此是有自觉的。一均之中，间有七声，“他们在我身边一一走过，见证了岁月的变迁。我愿意步履我的成长轨迹，用一双少年的眼睛去观看那些久违的人与事”①，葛亮以这种方式敞开自我，与“有意义的他者”不断对话、同忧乐、设身处地思考对方的处境，由此记录、也促成“生气勃勃的相互渗透关系”。

细察这组“有意义的他者”形象，无不是普通人，从底层市民到打工者、上访者、偷渡客、妓女、小贩……他们有各自的隐痛，在生活的波折中浮沉，也在瞬间迸发出人性光辉；他们有性格缺陷，却都兢兢业业地去承担自己的责任。这个时候，任何平凡人的生命都会禀有一种不平凡的庄严。葛亮倾听着他们的悲喜投入洪流时激起的细微声响，小弦切切，自然比附不得黄钟大吕。“他们的声音尽管微薄，却是这丰厚的时代最为直接和真实的见证……这些人‘正是行走于街巷的平凡英雄’，他们的伤痛与欢乐，都是这时代的根基，汇集起来，便是滚滚洪流。”②

《七声》中的毛果很自然地被理解为一个“取景器”，由“我”的视野管窥天地万物。葛亮的近作《问米》可说是这一意义上的某种延伸。主人公阿让是位通灵师，作者将之置于叙事人“我”的观照之下。此篇可以有多种解读，主题跨越边界。这里的边界是多重的。首先是“虚与实”。“我”的职业身份是摄影师。摄影复制的似乎是一个不能被否定的真相，如罗兰·巴特所言：“我把真相和现实融合于一个独特的情感中，我也在这里看出摄影的性质和精髓，因为

---

① 葛亮：《七声》“自序”，作家出版社，2011 年 3 月。
② 葛亮、马季：《一均之中，间有七声》，《大家》，2009 年第 3 期。

没有一种绘画的肖像——就算它如何‘真实’——可以说服我而去相信那个所指是一定存在的。”然而，正由于直接复制现实，现实的独一无二性恰容易被混淆，恰可以通过镜头后的“表演”以重新构造人们所需要的现实。在这一意义上，作为现代性与科技力量象征的摄影，可以和神秘而古老的通灵术相比附——都徘徊于虚与实的边界上。通灵的法术被揭穿了，但是谁能忘得了那对华人夫妇“问米”后的反应呢？通过阿让作法，他们与地下的儿子相会，父亲“老泪纵横”，母亲“支撑着自己的身体，站起来，一把抱住阿让”……此情此景，纵是虚（假），却也喷薄出“以虚击实”的力量。其次是“生与死”。生而不可恋，阿让偶发的恶念酿为波及数人的悲剧，终于以后半辈子的人生偿还。这结局，外人看作“罪与罚”，对于阿让则不乏得偿所愿的意味。阿让的职业身份是通灵师，却向我自白:“我只是会演戏，会察言观色，会看客户的facebook，会收死人对头的‘水底’。”通灵师并无异秉，无法跨越生死边界。但是我们知道，跨越生死边界实则还有其他媒介。《牡丹亭》告诉我们，情之至也则“生者可以死，死者可以生”。小说走向高潮，桐油气与药水味的“漫泻”中，阿让的“一线温柔”，目光落在床底下“一具漆得很厚实的黑色棺材”上……在生与死的边界上，钟情一点，幽契重生。第三重边界是人与鬼。《问米》安插了一个“戏中戏”——《追鱼》。中国传统戏曲中不乏人鬼/妖相恋、异类交合的情节，这些越轨的笔致之所以代代传诵，正是表达了人类发自内心、不可遏抑的爱欲想象，与现世社会基础之间的违逆、羁绊与纠缠。这一社会基础映现在阿让的故事中，则体现为年龄、社会规范、舆论环境等。如《追鱼》这般跨越人妖边界的故事之所以动人，正因为彰显了人类在突破种种束缚与枷锁的过程中，为爱献身的精神超越性。我们把阿让的故事与小说开头老凯丈母娘丧礼上各色人等的表现一对照，自有体会。

换一个角度来看,“问米”也可视为出自民间的一门“手艺”。《七声》中写到不少手艺人，泥人彩塑、木匠活计，所谓“一技之长可以防身”，不是文人雅士“无用大用”的艺术。所以当爸爸看到泥人尹摊子上的货品，不由赞叹“这是艺术”，尹师傅却“沉默了一下，手也停住了。说，先生您抬举。这江湖上的人，沾不上这两个字，就是混口饭吃”。手艺是切身的，天天上手，内在于日常生活，是一个人与世界最基本的打交道方式。也借此方式置身在日常世界中，养家糊口之外，同时得到自身应对命运的、不息流转的力量。由此手艺紧密附着于百姓日用，又多少含有安身立命的味道了。所以手艺与艺术其实也有沟通，投入的都是制作者有情的生命全体，如沈从文所说:“看到小银匠捶制银锁银鱼，一面因事流泪，一面用小钢模敲击花纹。看到小木匠和小媳妇作手艺，我发现了工作成果以外工作者的情绪或紧贴，或游离。并明白一件艺术品的制作，除劳动外还有个更多方面的相互依存关系。”① 葛康俞先生是著名的艺术史学者，葛亮几乎每部创作都不忘题献给这位祖父，自小耳濡目染，我想他肯定体会得到沈从文的意思。除开泥人尹、于叔叔之外，我们切莫忘了《朱雀》中出场不多的“关键人物”洛将军——原也是位手艺人。

“在意识深处，南京是我写作的重要指归。我初开始写作的时候，就想写一本关于南京的小说。我对南京有一种情感的重荷，仿佛夙愿。当我写完《朱雀》，在心里几乎等同于完成了一桩债务。”② 对于葛亮而言,《朱雀》无疑是一部“不得不写”的作品。宇文所安有言,“诗人可以通过对一个地方进行不同凡响的描述来‘占据’一

① 沈从文:《关于西南漆器及其他》,《沈从文全集》(27) 第 22 页，北岳文艺出版社，2002 年 12 月。

② 葛亮、张昭兵:《创作的可能》,《青春》，2009 年第 11 期。

个地方”[1]，这在中国文学史上具有悠久的表现传统，延及当代依然不绝如缕。据说刘禹锡写下“潮打空城寂寞回”“朱雀桥边野草花”这组《金陵五题》，竟然还在他本人游历南京之前。可见“对空间进行想象的诗意占有”这一传统既是浪漫的遐思，其中又不乏野心。现在，葛亮要在纸上矗立起一座他的城池。

有学者曾以晚明之南京图像为据，考较“南京作为一个城市在时人心中的特殊”，关于这座城市的想象既独树一帜又源远流长，“当苏州仍是清雅脱尘的太湖水乡，杭州不离景致优美的西湖风光时，南京已是红尘俗世，已是一个立足于现世、欢乐繁荣的城市”[2]。覆盖在这座城池之上的“联想之网”实在太悠久、太绵密：秦淮风月、笙歌夜饮、甲第连云、选色征歌，还有“二水中分白鹭洲”“乌衣巷口夕阳斜”……然而千年以来，南京又和“亡国”意象发生紧密联系，逸乐之都一晌贪欢的背后，反复演绎的是“南朝自古伤心地”。在《朱雀》从民国到千禧年的时间跨度内，也迭现着沧桑变故。葛亮在香港写南京，抛却几分“只缘身在此山中”的熟稔；又特意虚构出生于苏格兰的华裔青年一双外来者的眼睛，尽量以“陌生化”的视角小心翼翼地探入城市的腹腔。“他茫茫然地点了头，她说，那好，跟我走。他就跟着她走。”《朱雀》的第一幕故事：外来的年轻男子，被陌生的城市所引诱（此时城市具备典型的性别构形：一个神秘不可知的女子），在探险中体验快慰与幻灭。“城市不只是一个物理结构，它更是一种心态，一种道德秩序，一种态度，一套仪式化的行为，一个人类联系的网络，一套习俗和传统，它们体现在某些

① 宇文所安：《特性与独占》，《中国“中世纪”的终结：中唐文学文化论集》第25页，陈引驰、陈磊译，生活·读书·新知三联书店，2006年1月。

② 王正华：《过眼繁华——晚明城市图、城市观与文化消费的研究》，《中国的城市生活》第38页，李孝悌编，新星出版社，2006年10月。

做法和话语中。”[①] 尽管“他”是“外来”的，然而当许廷迈开始习得“大萝卜”等当地民谚俗语时，无疑也在进入“心态”“道德秩序”“习俗和传统”等编织的“联想之网”中。相反，“她”带着“他”在明陵的碑石上大行云雨之乐，简直放肆，却恍若仪式一般，粉碎着外来者的传统“联想”，而萃取出对城市的纯粹体验。葛亮用感觉和观念、经验和反思的辩证视野，来搭建他的“城之像”，更以此来观察沧桑变故底下人的承受力，“人在不同的时代压力之下，包括常态的和非常态的，会有一种什么样的反应与取向”[②]。

说到人物，毓芝、楚楚、程囡母女三代人其实讲述着同一个“关于宿命的故事”，在王德威看来，“她们是朱雀之城的女子，注定惹火上身”“身覆火焰，终生不息”[③]，耽于感伤、情欲的煎熬，固执、认定的事情绝不肯轻易回头，并无主动挑衅的企图却又每每“咎由自取”般触碰到每一时代的“底线”。与毓芝等三人以及作为意识形态象征者的赵海纳相比，最让人过目难忘的其实是程云和：治世或乱世都处变不惊，识大体，有谙熟世故的智慧，又保持最基本的做人的良善、悲悯。云和包容了各种肮脏污垢，但却护佑着身后世界的清白，同时自身发出一道粼粼的光泽：在艰难而肃杀的岁月里，她能为楚楚打出香甜的九层糕，也能端来让赵海纳潸然泪下的松鼠鱼。在云和身上，几乎所有普通人性的因素如羞耻、自尊、道德、欲望都淡出，个人归化到一个大的道德范畴里去，这正是民间的真正精魂与力量所在。陈思和认为，“这种力量犹如大地的沉默和藏污纳垢，所谓藏污纳垢者，污泥浊水也泛滥其上，群兽便溺也滋润其中，败枝枯叶也腐烂其下，春花秋草，层层积压，腐后又生，

---

① 张英进：《中国现代文学与电影中的城市》第 1 页，秦立彦译，江苏人民出版社，2007 年 4 月。

② 葛亮、马季：《一均之中，间有七声》，《大家》，2009 年第 3 期。

③ 王德威：《归去未见朱雀航——葛亮的〈朱雀〉》。

生后再腐，昏昏默默，其生命大而无穷……大地无言，却生生不息，任人践踏，却能包藏万物，有容乃大”①。云和起于秦淮旧院，在教堂被日本人发现，掳去三天，其间所受折磨可想而知，想不到的却是她竟从血泊中站起，“形象依然齐整”“从车上走下来，有着万方的仪态”……这盈盈而起的，正是民间生命力的绵长，及至末了主动赴死，也是为了护犊，延续生命的精血。如果说城市与人可以互为映照，那么挑出一位作为这座城市的代言，你会选谁？在象征符号的意义上，是朱雀见证了宿命的因缘与轮回；可到底是谁在救赎历史混沌与风雨如晦？某种意义上，毓芝、楚楚、程囡母女三人与云和恰好形成对位：前者是朝朝暮暮花开花又落，而云和洗尽铅华后化作一抔春泥；前者又仿佛江水流不尽，蜿蜒多姿；而云和是水中的石，承受着冲击，时或湮没不见，但她坚韧，进而规范着水流的方向，是不绝长流中“人生安稳”的基石。

南京是千年古城，却不是树静风止的寂灭，莫说从后现代漫漶出去而淆乱了边界，其实历来承受着外来力量的碰撞、磨砺。还是借王德威的话说，“南京的‘谜底’深邃不可测”。要探测这深邃的谜底，必须经营长程的历史视野，做足细致的资料准备。第六章一段写云和：

> 在行李中找出自己的琵琶，调了弦。过了这些粗日子，早没了指甲，就又翻出一副赛璐璐假指甲戴上，弹起一支《昭君怨》。弹了一段，自己觉得太悲，就又换了一首。她是什么都记得。就这一曲，当年绝倒了秦淮两岸。多少权贵千金一掷，就为了她程云和的一曲《夕阳箫鼓》。这琵琶亦是矜贵，面板是上好的兰考桐木，象牙山口紫檀背，是个年老恩客的赠与。这客风雅，说“琵琶幽怨语，弦冷暗年华”，这家传的琴，在家里闲

① 陈思和：《谈虎谈兔》第216页，广西师范大学出版社2001年6月。

着，不如奉送佳人是正相宜。一同赠了一本乐谱，沈肇州编的《瀛洲古调》。

这一路写来，器物与出典左右并进，且与人物经历、心理相配合，自然嵌入行文之中，既见出作者的功底与积累，又无生造玄学之态。作为后来者，葛亮确实只能依靠历史材料进入历史空间，我觉得他的尝试有意义，不在于同龄人大多沉迷于当下经验而他却经营起跨度六十余年的长卷（题材向来不能决定文学的成败），也不在于一般年轻作家只能调动红酒、咖啡、名车等时尚元素（其实这些葛亮也在行），而他却对古色斑斓的器物、舆地、典章制度如数家珍（即便凭借这些接续上历史脉息，也未必就能为小说增色）；而是通过熟悉这些材料，“遥体人情，悬想事势，设身局中，潜心腔内，忖之度之，以揣以摩，庶几入情合理”[①]，由此建立起基本的历史想象力。“了解史料的东西对我而言是一种情境元素的建构，而不是一定要把它作为写作的直接元素放在里面。对一个东西足够地了解，情境建立起来时，你就像那个时代的人一样，所以写任何一个人都是一种非常自由的状态，不需要考量他符不符合，而是他作为一个人物在这个情境里是否成立。我不会特别想他的细节：生活习惯，衣着，待人接物的方式是不是那个时代的，因为到后来就自然而然了。”[②]葛亮这番话是见道之语。任何得自史料的记载与细节都无法作为外来的“素材”或“点缀”，直接进入小说以强化所谓“真实性”。作家必须通过熟稔与揣摩，获得一种历史想象力，将外在的材料“揉碎”，内在地为写作建立起历史情境。王德威先生说得很到位：

---

① 钱锺书：《管锥编》（一）第 317、318 页，生活·读书·新知三联书店，2001 年 1 月。“遥体人情”云云自是“史家追叙真人实事”的方法，但钱先生特为指出，“盖与小说、院本之臆造人物、虚构境地，不尽同而可相通”。

②《葛亮：我要在纸上留下南京》，《经济观察报》，2011 年 5 月 24 日。

“召唤一种叫作‘南京’的状态或心态。”① 这种想象力，以赛亚·伯林谓之“一种移情地理解异己的历史情景、价值和生活形式之‘内在感觉’的能力：对一种既定境遇的独特风味及其各种潜在可能的感知”②。

“这城市的盛大气象里，存有一种没落而绵延的东西”，城市的精神内核，一并体现于王谢堂前和寻常百姓的饮食起居、言谈举止、民俗风习之中，有损益，又不绝如缕，并不会随改朝换代而断裂。恰似小说末了朱雀那对红玛瑙的眼睛，终归铜屑剥落，重见天日；它见证了几代人的聚合流离，又终于涅槃再生如“一个婴孩”，“放射着璀璨的光”，阅尽沧桑而历久常新……

设若我们熟悉柳宗元的《钴鉧潭西小丘记》，柳宗元甚而突发奇想，要将小丘移到京都去，把占有物向他人展示，“以兹丘之胜，致之澧镐鄠杜，则贵游之士争买者，日增千金而愈不可得”。文学自然离不开精心的策划与虚构的展演，在其“诗意占有”的城池内，作家是享有规划权的主人。不过我想作家应该明白在自然与人工之间有着辩证而丰富的层次：二者既相合又相离，相合时纵使相得益彰，相离时肯定有“只取一瓢”、不及其余的可能；“嘉木立，美竹露，奇石显”在柳宗元看来是人力施于其上之功，然则这在多大程度上是“巧夺天工”，多大程度上是“刻意求工”呢？柳宗元初见小丘发生的是野生动物的联想，“若牛马之饮于溪”“若熊罴之登于山”，这是随物赋形，而“把它打上自己的印记”之后再回顾，大自然转化成了“为主人献艺的表演艺术”，这多少有点“曲意逢迎”的味道；还有，所谓“其乐陶陶”，到底出于静默的欣赏，还是“想象的占

① 王德威：《归去未见朱雀航——葛亮的〈朱雀〉》。

② 艾琳·凯利（Aileen Kelly）：《一个没有狂热的革命者》，《以赛亚·伯林的遗产》第16页，马克·里拉（Mark Lilla）等编，刘擎、殷莹译，新星出版社，2006年5月。

有”，抑或“是把占有物向他人展示”……幸好葛亮是明白的，《朱雀》“后记”最后一句话写：“始终需要心存感恩的，是这城市的赋予，在我尘埃落定的三十岁。”驻笔之时，他想到的是“城”对“我”的“赋予”，并非“我”对“城”的占有，就仿佛回到柳宗元与小丘劈面相逢时“争为奇状者，殆不可数”的惊喜，回到葛亮流连于古城闾巷间初心萌动的那一刻……

近闻《朱雀》之后，葛亮耗时七年，完成了长篇小说系列“中国三部曲”的第二部《北鸢》，各方期待。近年来，葛亮频繁获奖，声誉鹊起、一片叫好声中，勤奋的写作者不妨驻足思考：是否找到了文学的普遍价值？这种“普遍”与一己创作的独异表达如何构成辩证？抑或在各种写作元素的博弈中检寻到了最具通约性的符号？葛亮是有慧心的写作者，我想他能处理好几者的关系。

极喜欢陶渊明的四言诗，“有风自南，翼彼新苗”。读到同代人中青年作家的出手不凡，有时就会想起上面的句子，清风从南方吹来，禾苗欢欣鼓舞，一片新绿起伏不停。也算是私心里表达的期望吧，期望永远有机会见证这气象中的阔大、平和与新机勃发……

金理，复旦大学中文系副教授

本文首刊于《当代作家评论》2013 年第 1 期

光景里的声音是怎样流淌出来的

——葛亮的《七声》

张学昕

一

就在两三年前，最早读到过葛亮的几个短篇小说，竟然感觉葛亮像是一位经历过世间风霜的老者，趟过了许多磕磕绊绊，日渐变得从容不迫。然后，他开始选择文学叙述，选择一个正在成长的少年的视角，开始讲述一些令人感动的故事。叙述的文字，平实而老到，清淡的故事中还透出沉郁，人生的些许况味尽藏其中。尤其，字里行间仿佛流淌出丝丝缕缕的声音，像是水里的声音，也像是静夜里树木的婆娑，有时疏朗，有时稠密，有时清脆，有时洪亮，有时青涩，也有时嘶哑。阅读的时候，会在文字所呈现的图像和风景中，辨别出不同奇妙的声音和旋律，我感到，这不是一种简单的可以被称为“通感”的东西，而是一种新的叙述、呈现生活的方式。这种感觉，在我还是第一次。我感到，这些小说中，能够牢牢地抓住我们内心的东西，不是别的，而是不同的、丰富的声音。小说的作者，文字叙述的感觉、文学的感觉是如此之好，如此老到，我想，必定是一位娴熟的隐匿许久的老作家。现在，我知道了，葛亮，原来是一位非常年轻、俊朗的葛亮，饱含才情，叙述文字同样质地绵密，激情内敛。这使我一下子将他与二十世纪八十年代成名的苏童联系起来，当时也居住在古都南京的二十六岁的苏童，一上手就以娴熟、老练的笔法，写出了具有“先锋”意味的《妻妾成群》和《红粉》，堪称杰作。我在葛亮的小说中，看到了当年苏童的影子，看到了一个文学信徒对自己文字的虔诚经营和快乐向往，优雅的姿态，神圣的情感，没有太多的矛盾与残酷，没有孤独的深层结构。我意识到了他正不断地在写作中放大自己的目光，正从一个与苏童那一代作家所不同的起点上，迈开自己的步伐。

近些年，不断有年轻的、更年轻的小说家出场，而现在的情形是，许多这样的小说家和作品，常常是被裹挟着，在时间的激流中冲撞和震荡。一些人成了名，作品却可能从此平庸下去；另一些人，在自己年轻的、还没有立稳脚跟的文学中，用鲜活的、充满生命力和颖慧的文字尽显天赋和才华，其中，文本里还有许多赋予他的独创才能的深刻印记。而葛亮没有轻飘如云一样的“青春写作”的逃逸感，也没有超现实的虚拟意识，却有脚踏实地的扎实和执着。在我们这个时代，能有这个年龄段的作家追求这样的写作风范，那么，这样的作品和作家，即使在时间的流逝中也不会从我们的记忆中轻易滑过去。我敢断言，葛亮最有可能成为这样的小说家。

葛亮将他的小说集命名为《七声》。我忽然想起葛亮这位年轻的叙述者，他所感受和讲述这些故事的年龄，早已离我而去，那么，现在，我何以能在想象的图像里发掘出“声学”的价值？这些小说，这些零落的声响，如何才能凝聚为大的和音？也就是在这次集中阅读他的短篇小说时，我在其间捕捉到一种新的小说叙事美学，虽然一时很难用几句话来概括和归结，但使我想到许多问题，也唤起对小说写作的种种猜想和兴趣。我们在小说里，究竟想看到什么？想听到什么？而且，又真正能够看到什么或听到什么？

前几天，读批评家张新颖的随笔集《此生》，有一段文字令我着迷和喜爱。新颖描述他三岁的儿子张健尘，比比划划对他无意中说出的让我们瞠目结舌的话："你知道水的形状吗？用瓶子装水，瓶子的形状就是水的形状。瓶子是圆的，水就是圆形的；瓶子是长形的，水就是长形的。"被问的人是个书呆子吗？在他还没有回过神来的时候，三岁的小屁孩又问："水在水里是什么形状呢？你知道吗？"小孩其实不需要你来回答，自己就说了："水在水里，就是水的形状。"我联想到小说的形状。那么，小说究竟是什么形状呢？我仿佛像三岁的小孩一样发问了，接着，又自己回答：生活、经验、故事或者情感，装在了小说里，于是，就推导出小说的形状就是生活的形状。生活是什么形状呢？我就实在是说不清了。但我还是愿意找到并描述出一个作家写出的那些小说的不同"形状"。可是，我们可能会猜测或玄想，形状的最高境界是无形状，所谓"大音希声""大象无形""大道无门"，人们一下子就把某种具象的比拟或隐喻提升到哲学的层面。实质上，这与小孩子张健尘对事物的感觉在智力和悟性上并没有多大差异，只不过在抽象事物的目的上有些大相径庭而已。在这里，我们成人世界的很多纠结，常常被孩子的单纯和简洁映照得羞愧难当，甚至很轻易就会被自我解构。这似乎不是一个智力问题，仅仅是一种近于宿命的选择而已。

这时，我感觉自己及小说家们，有时真的就会像孩子一样自以为是，有时会将简单的事情想象得很复杂，也常常将复杂的事情想得过于简单了。在一个独自拥有的世界里，无中生有，似有还无。但仔细想想，这些，都没什么不好，都对。其实，许许多多的小说家，已经给我们建立了大量的有说服力的例子。

葛亮的小说必然也有自己的"形状"。葛亮将自己的第一部小说集取名《七声》，就是想为自己的叙述找到一种形状，他可能没有想到，声音会成为影响他小说风貌的重要元素，于是，这种声音就产生了形状。这声音并非来自葛亮，而是来自葛亮所描述的生活，来自他所看到和选取的世间的种种光景。有人在评价他的小说时，用“写人生的一个小小的光景”来界定他小说的整体面貌。他对此表现出一种颇为满足的心境:“光景一词我认为用得很不错，因为光景总是平朴的，没有大开大阖，只是无知觉地在生活中流淌过去，也许就被忽略了，但确实地存在过。人生也正是由一连串的光景连缀而成的，虽然稍纵即逝，确实环环相扣，周而复始。”“目光所及，也许亲近纯净，也许黯然忧伤，又或者激荡不居，但总有一种真实。这种真实，带着温存的底色，是叫人安慰的。”读到这些话的时候，我听出了沉重的沧桑感。因为我们在光景里听到或者“看到”许多渐渐发出的声音，这些声音，被葛亮自己描述为“一均之中，间有七声”。“七声”里面包含多少种声音，肯定不是一个定数，必然是驳杂、交错、舒展、急促或乖张、幽远、浩渺的集合，以声音论短长，以品质论高雅与粗俗，以气势谈沉重或飘逸，都可以管窥豹，但只要想充满生气，都需要赋予现实以浪漫的奇想。这样，声音在文字里和感觉里迅疾就变成了“生音”。生的光景，里面的意义和无意义都会噼啪地呈现出来。想想看，光景是没有形状的，声音也是没有形状的，光景是时间和空间的聚合与弥散，流动的生命汁浆在其中冲突、溢涨，浮生的人间烟火，平实与苍凉、绵长与急促，都在字里行间丝丝缕缕，从容地铺展开来。

二

我感觉得出来，《泥人尹》和《阿霞》是葛亮最用心也一定是他自己最喜爱的两个短篇。如果以前文提到的，以声音或者“生音”的视角来诠释这两篇小说的话，《泥人尹》和《阿霞》的主人公都是有微弱声音的顽强发声者。《泥人尹》中的尹师傅，算是一个有沧桑感的“古旧人物”。这个泥塑民间艺人，有着坚韧、清冷的性格和品质，他的存在让人感觉有种力量，他做人极其克制，隐忍这个词，一定能够彰显出他的某种力量，平凡且坚忍不拔。也许很难想象，具有这样性情的人，他手中的泥塑作品，竟然可以呈现出“江湖”形形色色的风貌中最有风骨的姿态，尽管细小、卑微，但面貌、气度、精神、意象杂糅合一……

《阿霞》是一篇令人感到酸楚的小说。这种酸楚，伴随着一种意想不到的叙述的跌宕。其中的主人公阿霞，在今天，可能会被看作一个极容易被生活淹没的人。容易被淹没的人，也会发出意想不到的声音，或者微弱，或者顽强，或者诡异，或者尖利。这种声音可能从很小的、很狭窄的空间里发出，有的时候，它的意思也许我们一点都不懂，但我们又必须面对，必须倾听。“缺了一根筋”、有些病态的阿霞，究竟算是怎样一个人物呢？在一个非常世俗的社会和群体里面，究竟是阿霞有一个病态的神经呢，还是我们原本就是一个病态的人群？而没有什么文化修养的阿霞，显得特立独行，她很认真地面对一切人、一切事情，经常发出理直气壮的声音，“一种孩童式的理直气壮”的声音，包括她不够斯文地大口地吃饭、喝汤的声音，都显示出她一种游戏的性质。一个小餐馆的弱者，她在人群里却能以某种规则建立起自己的权威，让人无法忽略她，小视她。她可以为同伴安姐挺身而出，仗义执言，用刀砍伤虐待安姐的安姐丈夫，但也会对安姐无奈的偷窃行为丝毫不留情面。仔细想想，究竟是谁不正常呢？至少，我们现在不该完全用对待正常人的标准来判断阿霞，可是，我们有多少所谓正常人，能够像阿霞那样明了是非曲直，并且敢于担当呢？至于阿霞的偏执倾向和缺乏主体意识，我们可以暂且不论，仅就她内心的善良、直率、勇敢和仗义，不计得失而言，我们这些正常的心理健全者，也是应该感到汗颜的。

我在另一个短篇《琴瑟》里，读到了一种绵长、悠远的声音。表面上看，这是一则写老夫老妻恩爱相伴、安度幸福晚年的故事。

对于早年的外公外婆，究竟有怎样的情景，过怎样的生活，小说只做了简单的交代，叙述的重心定然是要放在主人公生命的后半段旅程上的。特别是在进入老迈之年、外婆生病之后，外公如舐犊之情般的精心呵护，正是人间的大暖。外婆的身体虽每况愈下，但外公的耐心和乐观积极的心态，成为人生路上美好、难忘的风景。这种平和、默契的爱，被葛亮细腻地描摹，小心翼翼且游刃有余。读到这样的爱情故事，尽管平凡，没有特别的新奇，但仍会觉得了不起，令人敬畏和欣慰。一个男人和一个女人的一生，如果是美满和谐、默契恩爱的话，可以用很多事物进行比喻，古今中外佳句佳话数不胜数，但细想想，实在是没有“琴瑟”这个词更贴切了，因为，唯有这两种事物，才可能一起奏出不离不弃的和声。葛亮自己也说：“这样的声音，来自这世上的大多数人。他们湮没于日常，又在不经意间回响于侧畔，与我们不离不弃。这声音里，有着艰辛的内容，却也听得到祥和平静的基调。而主旋律，是对生活的一种执着的信念。因为时代的缘故，这世上少了传奇与神话。大约人生的悲喜，也不会有大开大阖的面目。生活的强大与薄弱处，皆有了人之常情作底，人于是学会不奢望，只保留了本能的执着。”

尹师傅是执着的，阿霞也是执着的，《琴瑟》里的外公和外婆也是执着的，只是他们每个人又都兼有别样。也许，正是在这许多种执着里，才有了多姿多彩的人生和生态。虽然，葛亮的文字里面很少形而上的意味，但却蕴蓄着一股强大的、与生俱来的生命力量，而小说也就是在这个时候开始叙述，开始让那些无声的文字说话，显示这种力量。

三

我始终对短篇小说情有独钟，尤其敬畏那些优秀的短篇小说家。

我对短篇的理解是，它的写作难度远远大于长篇。就像我在前面说过的，短篇小说这种文体，因为容量与体裁、题材、故事、人物的紧张关系，可能很难将事物或生活界定为某种形状。美国年轻的短篇小说家威尔斯·陶尔，在接受采访时被问到这样的问题：从短篇小说到长篇小说的转换是不是一个作家创作生涯的必由之路？陶尔的回答是："不。我知道一般人都看重长篇小说，说如果你是一个真正的作家，你最好着手写长篇小说吧。但我认为，在某种程度上，写一篇成功的短篇小说更为困难。"

我们这个时代似乎也更加青睐长篇小说的热闹非凡，许多人情绪高涨地写作长篇。我常常想，究竟是谁更聪明，更智慧？一个用心选择并认真写作短篇小说的作家，一定是一位对文学怀有敬畏和朴质之心，能够沉潜文本的作家，他也必然会在文本中追求小说精微、整洁的质地。这时，他的写作也就不会畏惧"小"和"细"，深入到生活或者事物的肌理之中，让叙述形成一种很大的张力。葛亮显然是一个钟爱短篇小说、相信短篇小说可以创造出巨大能量的小说家。

我记不清楚纳博科夫在什么时候，在什么情境下曾讲过的一句话："拥抱全部细节吧，那些不平凡的细节。"其实，在一个短篇里，能够拥有一两个精妙或有震撼力的细节，就已经不容易了。谁能够发现一种富于个性的细微的声音，谁能洞悉到一个个生命方向上的正路、岔路、窄路和死路，谁能在一个大的喧嚣的俗世里面，感受或者感悟到一个普通心灵的质地，谁就可能产生一种驾轻就熟、举重若轻的大手笔。这是一种能剔除杂质的目光，只有这种目光才会发现一种眼神；这是一种大音希声的声音，只有这种声音才能传达细节的气氛和气息；这也是一种大象无形的抚摸，这种抚摸会在一种事物上面感知大千世界、万物众生。这样的话，作家的写作，他的叙事，就不必担心细小和琐屑。世界就是由无数琐碎的事物构成的，作家点石成金般的才华、质朴、心智、关怀和良知，与现实生活中无数细小的东西连起来，就会形成一个巨大的张力场，作家在这样的场域中写作，给人的感觉就会非常特别。葛亮的小说，常常有许多耐人寻味的细部和细节，这是最见作者真功夫的地方。《洪才》在写两个少年养蚕采桑时，情节从粗到细，孩子和蚕之间，仿佛正透过桑叶，亲密对话，入微入理；《琴瑟》中，外公在外婆病痛时，为转移外婆的注意力，为她清唱《三家店》，哄睡了外婆后，外公眼睛里混浊的灰，在眼角荡起有些清凉的水迹；阿霞的种种“粗放”，更是通过展示、凸显她的“细”来实现的。一个年轻的小说家，一上手就注意细致地梳理生活，寻找能支撑结构的坚硬物质外壳，可谓踏实勤勉，令人钦佩。

葛亮的诸多短篇小说中，总有一个童年或者少年的影子。葛亮在小说集正文前的留言页上，写着这样一句话：给毛果及这时代的孩子们。我想，毛果，也就是葛亮这一代人，他们从十几岁开始到三十几岁，经历了历史转型期的某些变化。那么，这一代人会怎样看这个世界，判断这个时代的生活呢？这时的葛亮，似乎首先走回了童年、少年和正在蓬勃生长的青春，走回了自己所处的生活。雷蒙德·卡佛曾经说过，所有的小说都与他自己的生活有关。其实，对于每一个作家而言，他的写作无不与其生命经验和经历存有一定的联系。葛亮在他的许多小说里，都选择毛果作为一个故事的参与者，在小说里自由来去，进行着与成人世界不尽相同的种种体验。有时他作为角色在文本中发出声音，有时静静地倾听人物的声音。世道的复杂、人生的曲折、人心的幽微、人性的机变，他能听出这其中的玄妙和单纯吗？葛亮不停地尝试着让毛果代替他倾听，很少让他轻易地与人物对话和交流。这个人物是个毛头少年，可是一点儿也不觉得他形同虚设，反而像是一副目光，或者两只耳朵。

在葛亮的小说里，我看不到伴随着这个时代的焦躁一起肆意生长的种种欲望，更多的是，人物的顺其自然或者任劳任怨的生活常态。即使偶尔表现人物的欲望，葛亮似乎也能够从人性最根本、最柔软的地方入手。葛亮在将目光不断地位移到像尹师傅、阿霞、洪才等这些小人物身上的时候，他就是在用心地触摸那种人世间和人性中最柔软的部分。同时，他也在有意地向人物貌似熟悉，实则是新的、陌生的领域拓展开来，让人物身上最细微和羸弱的部分潜入我们的内心。这样，实际上是一位作家通过写作，通过文学的媒介，以一种对生活世界的谦逊的态度，发现生命存在的真实及其真实的声音，呼唤出生活世界和人性深处最具震撼力的真实。阿霞这个人物，在给我们以真实和感人感觉的同时，也令我们心悸和无奈，我们的感觉，可能来自生活，也可能来自关于命运的猜测，在这个奇妙的过程中，完全是文本内部的力量牵动着我们激动。尹师傅的故事，跨越了几个年代，葛亮寻找着这个人物在几个不同年代里的“不变”，描摹着人性最本质的那部分。他愿意将他们的人生，他们已经是水落石出的格局，他们经年的快与痛，转化成一波微澜，涟漪泛起，撞击心灵。其实，一个人依赖的生命本质，只是一个点，并没有太清晰的方向，葛亮就是想把生命里最核心的部分表现出来，发掘出他们内在的力量。由此，在小说文本和生活世界之间，在写作和阅读之间，正是因为这种平实的、隐喻的、暗示的、延续的关系，才产生了种种意味。这里，叙述的个人性、“陌生化”，以及独创性和叙述、结构的相对自足性，都是有理由和出处的生活元素的再现，在任何时候，作家对生活和经验的依赖，都是写作的源泉。只有这样，通过叙述、虚构，才能真正打通文本和生活世界的真实关系，才能让我们产生对文本的信任感。这一点，也是我之所以喜欢葛亮小说的重要理由。

无疑，葛亮是一个让我们信任的作家。看得出来，他在写作小说时用力的方向与众不同。他聚焦小人物，耐心倾听他们的声音，倾听来自生活世界里说话的声音。他没有心高气傲和自以为是地对待他笔下的人物，对人物的角度也是平起平坐的，是平视或者仰视的。另外，他没有对文本之外的小算计，很早就学会降低自己的调子，很谦卑地叙述。让我们听到说话的声音，这本身就是一种角度的选择。现在很多小说为什么难以卒读，一个很重要的原因，就是我们听不到人物说话的声音，也听不到作家与人物之间内在的交流的声音，而只是作家一个人喋喋不休、自以为是、非常霸权地叙述，文本变成话语的肆意泛滥……在小说文本里，声音和文字，说话和写作，在它们之间应该自然、默契地有交流，有过渡，有交叉，有影响。我们应该在文本中听到丰富的、各种说话的声音，时而舒缓，时而急促，时而清凉，时而喧嚣，当然，有时也会寂静无声。我们在年轻的小说家葛亮的文本世界里，从其中呈现的一个个光景里，清晰地听到了丰富、细腻而逼真，令人心动又感动，充满了回响的声音。这个回响里面，呈现出一个更年轻的南方作家在“更南方”的地域，与苏童那一代作家相承接的“南方想象”形态。这种形态包括文化上的、地理上的，还饱含日常的生活状态，每一个生活的细节，以及与之相映的美学风范。这种气质和风范，也成为贯注葛亮写作的内在基调和底色，形成别具风貌的文学叙事。我们期待，也相信葛亮，在彻底度过了写作的“青春期”和“膜拜期”之后，将会在未来的写作中，衍生出一个自由宽广的创造领域，建立起自己不同凡响、日臻至境的小说世界。

张学昕，大连理工大学人文学院教授

本文首发于《当代作家评论》2013 年第 1 期

此情可待成追忆

——葛亮的《北鸢》

陈思和

葛亮的新作《北鸢》，虽然是一部以家族史为基础的长篇小说，但虚构意义仍然大于史实的钩沉。尤其让我感兴趣的是，这又是一部向《红楼梦》致敬的当代小说。小说第一章第一节《孩子》，描写了卢文笙来历不明地出现在襄城大街上，被卢氏昭如收养；小说的最后一章最后一节《江河》，又写了卢文笙与冯仁桢未结婚先收养亡友的遗孤。用非血缘的螟蛉故事来构成整部小说的叙事框架，似乎已经在进行消解家族史记忆的预设。在小说第八章第三节，以作者祖父为原型的毛克俞对未来的亲家、即以作者外祖父为原型的卢文笙说："我们兄弟就先说好了，将来，你们有了孩子，如果是男孩，就叫他与念宁结为金兰。若是女孩更好，我们就做个亲家吧。"小说中的念宁影射作者的父亲（小名"拾子"，取《满江红》"待从头，收拾旧山河"之意）。毛克俞这段话显然是作为家族史隐喻的点睛之笔。但是小说的结局并未写出卢文笙与冯仁桢结婚生女的大团圆，反而让他们领养了一个孤儿。这样就生出了未来的多种可能性，形成一种假语村言式的自我解构的张力。其次是，这部小说名之"北鸢”，直接来自曹雪芹的《废艺斋集稿》中《南鹞北鸢考工志》篇，更深的一层意思作家已经在自序里说得明白：“这就是大时代，总有一方可容纳华美而落拓的碎裂。”而《考工志》终以残卷而见天日，“管窥之下，是久藏的民间真精神”。暗示这部小说以虚构形式保存了某些家族的真实信息，所谓礼失求诸野。而从一般的意思上来理解，这部小说正好与作者的前一部小说《朱雀》构成对照：“朱雀”的意象是南方，而“北鸢”则是北方，南北呼应；与《朱雀》描写的跨时代的金陵传奇相对照，《北鸢》是一部以家族日常生活细节钩沉为主要笔法的民国野史。

这也是典型的《红楼梦》的写法。真实的历史悼亡被隐去，满腔心事托付给一派假语村言。小说时间是从 1926 年（民国十五年）写起，到 1947 年戛然而止，应该说是以半部民国史（1912 年到 1925 年的历史阙如，1947 年以后的历史也未展现）为背景。但是民国的意象在小说里极为模糊。有一处，作者写到毛克俞为儿子取名念宁，卢文笙问：“念宁这个名字，思阅是金陵人，你还挂着她。”这吴思阅是毛克俞的女友，后来参加了共产党领导的抗日活动，失败后离开毛克俞，不知所终。另外一处，写吴思阅从重庆来到天津，动员毛克俞、卢文笙他们参与抗日活动，她对着他们念了自己写的旧体诗，卢文笙听下来，首首都是关于南京的风物。思阅念罢，卢文笙在她眼睛里看到了浓重的暗影。于是他想着南京这个城市：“这是他未去过的城市，中国的首都，是思阅的家乡。”两处连起来理解，不仅点明思阅是南京人，而且南京还是“中国的首都”。但是小说里写到思阅念诗的细节，发生在 1941 年皖南事变的那一年，南京早就不是国民政府的首都，而是汪伪政府的“首都”，所以思阅写诗是在悼亡沦陷并经历了大屠杀的南京，那是她的家乡。而对于不明事理的十五岁少年卢文笙来说，南京只是一个让他感到陌生的抽象地名，“中国的首都”是一个已经不存在的所指。所以，从思阅到文笙，南京的意象已经发生了变化，从具体的故乡变成了一个抽象的国家的象征。所以卢文笙解释念宁这个名字时，不说是南京人却说是金陵人，这就把吴思阅家乡的“金陵”与中国首都的“南京”分别开来。这里埋伏了一个隐喻。不过故事发展到最后就比较写实了，又一次出现南京这个城市的名字，是冯仁桢走她姐姐的道路参加反对内战的请愿活动，在南京被警察打伤而归。这时候的“中国的首都”已经成为学生爱国民主运动的对立面，已经被青年一代所抛弃。

我之所以要这样来分析小说中的南京/民国意象，是有感于作者自序里的一句话:“这本小说关乎民国。”这是一个含糊的说法，我们究竟是在哪一个层面上理解小说所“关乎”的民国？似乎可以断定，小说的故事时间虽然发生在1926年以后，作者却无意表现国民党统治的“民国”。小说里几乎没有提到国民政府的事情，甚至连南京被屠城都轻轻一笔带过，马上转入了山东临沂地区人民遭遇的惨案。在描写抗战岁月的篇幅里，作者林林总总地写到地方土匪活动，写到民间自卫武装，写到共产党领导下的抗日游击战，写到西方教会支持抗战的活动。甚至小说写到范逸美、阿凤等策划京剧名角言秋凰暗杀日本军官和田，也被暗示为共产党的地下活动，而不是国民党特工所策划。作者有意写了两个以自己家族前辈为原型的人物：一个是卢文笙的姨夫、直系军阀石玉璞，原型为直隶军务督办褚玉璞；一个是毛克俞的叔叔，原型为晚年困居江津小城的新文化运动领袖、第一代共产党创始人陈独秀。这两个人物，一个是明写，一个是暗写。石玉璞为中心的故事里牵出了张宗昌、刘珍年（小说里为柳珍年）等一系列历史人物，还特意嵌入《秋海棠》里描写的民间野史，成为故事构成的一部分。这个人物在小说里对孟家、卢家都有至关重要的影响，尤其是通过昭德这一传奇形象，间接地传递了这种影响。陈独秀在小说里没有直接出场，只是通过吴思阅与毛克俞的对话，含含糊糊地暗示了他的存在。但是陈独秀的存在仍然是小说里不可忽视的一个精神坐标，毛克俞他们反复说到他“一把硬骨头”,“硬了一辈子”的性格，然而毛克俞一生与政治绝缘，吴思阅最后不知所终，可能都与这位硬骨头“叔叔”的政治遭遇不无关系。石玉璞死于1929年，陈独秀死于1942年，他们对于中国政治的影响主要在1927年以前。但他们所代表的各不相同的民国政治，与国民党政府所代表的政治构成互相对立的力量，形成了多元而复杂的民国政治背景。

小说就是在这样一个民国的多元背景下，开始了北方城市几个大户人家的兴衰故事。石玉璞与陈独秀本来是两股道上跑的车，不可能发生人生轨道的交集。偏有作者家族的奇特历史交集了两脉香火，使得风马牛不相及的民国枭雄同时或现或隐地寄身于同一个故事里，象征了民国特有的文化现象：军阀势力延续了旧帝制代表的没落文化传统，又加入江湖草莽的生命力；新文化运动掀起的反帝反封建的革命力量则不断以西学为武器，冲击旧传统和旧文化；这样两股力量的交集和冲撞，促使了中国的文化轨道向着现代社会转型。小说的笔墨重点落在卢氏、孟氏和冯氏家族的纠结和兴衰上，通过大家族中两代人生活方式的变迁，敏感地展示了新旧文化冲突对于普通家庭的深刻影响。在某些展示旧文化的场景中，作者以平常的心态写出旧式家庭里老一代人们的腐朽生活，在这里，纳妾、缠足、养戏子、钩心斗角等等文化陋习，都是以常态的形式制约着人们的日常生活；但是在另一些场景里，我们看到新文化的因子已经不知不觉中渗透到旧家庭，开始影响下一代的年轻人。仁珏秘密参与抗日活动终于牺牲，文笙偷偷走出家庭奔赴战场，仁桢从不自觉地参与抗日活动到亲身投入进步学生运动，等等，这是民国历史的基本走向，也是民国时代新旧文化交替和过渡的基本特征。

然而，如果《北鸢》仅仅是这样来刻画民国时代的特征，那就过于简单了，二十世纪三十年代巴金的小说里就表现过类似主题。

而《北鸢》的作者在把握这样一些基本的时代走向与特征的前提下，却着重刻画了在新旧交替变化的大时代里，某种具有恒久不变价值的文化因素。这是这部小说最大的看点：它展示了现时代人们对“民国”的一种文化想象。譬如，传统文化的某些价值取向。小说里主要刻画的女主人公卢氏昭如。昭如姓孟，相传是亚圣孟轲的后裔，但是在民国时期，这一支家族已经到了花果飘零的没落地步，大姐昭德下嫁土匪军阀石玉璞，二哥盛浔投靠军阀获得一官半职，继而失势做了万般颓唐的寓公，唯有老三昭如嫁作商人妇，能够过一种普通人的生活。作者不吝笔墨写了昭如在商人家庭里的不如意，写了她时时因商人家庭的门槛低微而自卑，但好在她天性宽厚——用小说的语言说，是“先天的颟顸，使得她少了许多女子的计算与琐碎”——这种天性的宽厚仁义，不仅表现在她对于下人（小荷）、弱者（小湘琴）、亡者（秀娥）一视同仁的好，更重要的是体现在她与丈夫卢家睦夫唱妇随，培养一种儒商精神。中国自古以来对商人重利轻义持有微词，正如卢家睦对另一个商人所说的：“自古以来，商贾不为人所重，何故？便是总觉得咱们为人做事不正路。我们自己个儿，心术要格外端正。要不，便是看不起自己了。”卢家睦原来学的是名士风度，却阴差阳错继承父亲遗留的产业成为商人，他娶了昭如，夫妇俩气息相投，坚持重诚信、施仁义的商业道德。小说处处将家睦、昭如夫妇与家逸、荣芝夫妇作比较，有意夸张荣芝的心机与刻薄，通过刻画荣芝对家逸的负面影响，来反衬昭如对家睦的正面影响。

更进一步论，作者没有把传统文化价值观仅仅落实在亚圣后裔身上，成为一种《广陵散》绝唱，而是把这种文化精神弥散在整部小说的书写空间。传统文化的因子在北中国的普通人家庭（即普通民间世界），无论贫富贵贱，均有丰富的蕴藏。如小说楔子开篇就写老年文笙去四声坊买风筝，有这样一段对话：说起来，四声坊里，这手艺怕是只留下你们一家了吧？/是，到我又是单传。/生意可好？/托您老的福，还好，昨天还签了一单。只是现今自己人少了，订货的净是外国人。/哦。/照老例儿，今年庚寅，写个大草的“虎”吧。/行。/今年不收钱。您忘了，是您老的属相，不收，爷爷交代的。/呵，可不！

我想，所有的读者开始读到这一段对话都会摸不着头脑，但是渐渐读下去就知道了，84岁本命年（2010年）的卢文笙去四声坊买风筝，四声坊风筝艺人龙师傅当年曾受卢家睦嘱托，每到虎年便扎一个虎头风筝送给卢文笙作生日礼物，此“老例”已经传到龙家第四代，仍然在坚持着。这便是中国平民的仁义所在。还有小说第七章写郁掌柜雪夜苦谏文笙回家，第八章写卢文笙不惜破产援助姚永安等等故事，都让人动容。诸如重诚信、施仁义、待人以忠、交友以信、富贵不能淫、贫贱不能移、威武不能屈，等等，中国传统做人的道德底线，说起来也是惊天地泣鬼神，在旧传统向新时代过渡期间维系着文化的传承。如果要说真有所谓民国的时代特征，那么，在阶级斗争的学说与实践把传统文化血脉荡涤殆尽之后的今天，人们所怀念的，大约也就是这样一脉文化性格了。

这也是二十世纪历尽创伤的中国要中兴复元的“一线生机”。小说取“鸢”为书名，自然是别有寄托。第五章第三节，写毛克俞教学生绘画，卢文笙画了一个大风筝，取名为“命悬一线”四个字。毛克俞说:“放风筝，与‘牵一发而动全身’同理，全赖这画中看不见的一条线，才有后来的精彩处。不如就叫‘一线生机’罢。”其实这两个成语意思仿佛，不过是从不同的立场来理解，死与生都维系在这一条看不见的线上。小说里多次写到风筝在抗日活动中为扶危解难起了重要的作用，这难免是传奇故事。真正的意义还是当下社会的需要，普通人的道德底线维系国家命运民族盛衰，道德底线崩溃，那就是顾炎武忧虑的仁义充塞，人将相食，谓之亡天下了。故而顾炎武说，天下兴亡匹夫有责。其实匹夫之责，不仅是在危亡之际表现出奋不顾身的自愿送命，而且也在乎太平岁月里民间世界有所坚持，有所不为，平常时期的君子之道才是真正人心所系的“一线”。回想民国初期，西学东渐，传统文化被扬弃中有所保留，新文化在建设中万象更新；袁世凯恢复独裁，张勋起兵添乱，为什么都陷于失败？这就是民心所向的力量所在。民国这个大风筝之命，全掌握在看不见的“民心”的一线之中。

我在阅读这部文稿的过程中，不止一次地想到了民国作家废名的小说。这是现代文学史上独特一路的文脉。用委婉而空灵的文学语言来展开日常生活细节，从中隐约可见传统文化的阴影和现代文化的转型，人物也是在半新半旧的纠结中逐渐改变命运。所以，与其说《北鸢》关乎的是政治的民国，还不如说是关乎文化的民国。今天流行的怀旧热就有关乎海派文化的想象和关乎民国文化的想象，两者到底还是有所不同，海派文化的想象总是与殖民地欧风美雨现代进程有关，而关乎民国文化的想象，多是饱含着对传统中国礼仪道德式微的追怀。作者葛亮以家族记忆为理由，淡化了一部政治演化的民国史，有意凸显出民国的文化性格，成就了这部当下表现民国文化想象的代表作。1949 年以后的中国文坛上，已有二三十年没有民国题材的文艺创作了，直到二十世纪八十年代中期，文化寻根小说崛起，文学似乎又回到了文化中国的写作立场，叶兆言、苏童所开创的民国题材的新历史小说，正是走了文化中国的一路。现在又过了二十余年，葛亮有所寄托，“北鸢”飘然而起，在南天晴空里一线独舞，真可以“好风凭借力，送我上青云”了。

是为序。

陈思和，复旦大学中文系教授

本文为葛亮长篇小说《北鸢》序言

《北鸢》与想象文化中国的方法

张 莉

2016 年 9 月至今，新锐小说家葛亮的长篇小说《北鸢》引发了媒体和读者的广泛关注，在近半年的时间里，各大媒体上也发表了诸多书评人对《北鸢》的好评。在文学青年聚集的豆瓣网，此书的评分高达 8.9 分，有 1200 多人参与评价，22000 多人表示想读。事实上，这部小说也先后获得豆瓣网 2016 年度中国文学排行榜第一名，百道好书榜文学类第一名，腾讯商报华文好书榜年度十大好书，《当代》长篇小说年度五佳，亚洲周刊全球华文十大小说等诸多荣誉。其中，来自豆瓣网的普通文学读者的好评尤其应该受到重视，那是中国原创小说阅读的一个惊喜。那么，是什么使一位新锐作家的长篇小说受到如此广泛关注，又是什么引发了这本小说的阅读与评述热潮？我以为，与小说本身讲述的中国故事以及讲述传统中国的方法有重要关系。

《北鸢》是小说家历经 7 年完成的长篇小说，长达 38 万字。它以家族史为蓝本，书写了 20 余年间民国人的生活与情感际遇。作为后人，创作家族故事固然有得天独厚的优势，但是，写作障碍也显而易见。因为，对于有艺术抱负的写作者而言，作者必须不囿于“真实”，不拘泥于家族立场及后人身份，这是决定小说成败的重要因素。

值得庆幸的是，《北鸢》跨越了这些障碍。《北鸢》写得细密、扎实、气韵绵长，有静水深流之美。它没有变成对家族往事的追悼和缅怀。小说家成功地挣脱了家庭出身给予的限制，以更为疏离的视角去理解历史上的人与事。——《北鸢》的意义不在于真切再现了民国时代的日常生活，而在于它提供了重新理解中国传统文化的视角，进而，它引领读者一起重新打量那些生长在传统内部的、被我们慢慢遗忘的文化资源和精神能量。

一

《北鸢》有一种能使读者心甘情愿进入作品的魅力。这多半源于作品对一种物质真实的追求。许多资料都提到葛亮为创作这部小说所做的100万字资料储备。而小说对民国风物的信手拈来也的确印证了葛亮对民国日常生活的熟悉程度。

试图从地理风物上提供切近历史的真实，这是历史写作中最为基础的一步。但更重要的是作家对历史的理解力和领悟力。我们通常所见的民国题材作品多属于聚焦式写作，作家多聚焦于重点人物、重要历史事件与重要历史时刻。但《北鸢》显然别有抱负，小说没有满足读者对民国历史的某种阅读期待，事实上，它着意躲避了那种通过家族兴衰讲述民国历史的路径。它关注的是大时代环境中个人生存的心迹，个人命运在乱离时代面前的荒诞，人在变故面前的软弱和强大。

小说以文笙和仁桢从小到大的成长历程，尤其以文笙所见为线索，将他所遇到的人物一一展示出来。这样的视角决定了这部作品并非只站在家族内部看世界，它的视角是流动的。文笙在家庭内部成长，走出家外求学，也有随战乱漂泊的时日，在不同城市——襄城、天津、上海的际遇，共同勾勒了一个青年的民国生活视野。流动的视角使通常家族小说的那种聚焦式写作变成了散点式透视，进而与那种书写家族恩怨情仇的传奇性小说保持了距离。

看得出，小说试图使每个人都成为人而不是历史符号，使事件还原为事件而不是八卦。这似乎也是小说中并没有标明特别历史节点的原因。大事件折射在人们的日常和心理中。小说中，日本人的入侵对于普通百姓而言是什么呢？是哭声。“多年后，文笙再次看到‘屠城’二字的时候，脑海中闪现的，是云嫂哭得死去活来的身影。她在临沂的十三口老家人，死于日本人的枪口之下，其中包括她刚刚成年的大儿子。”（葛亮：《北鸢》）惨无人道的事情时时刻刻在身边发生。文笙一家亲见许多人间惨剧：他们遇到带着女儿的饥饿的父亲，也遇到带着孩子投奔男人的女人；他们看到一个母亲已经死去，一个很小的婴孩却还趴在她的身上吮吸，而两只野狗跑了来，把这个婴儿拖了去；他们也遇到国民党在花园口炸黄河，还听说战争中的平民走路遇到哑弹，一瞬间，整只手就炸没了。

那是大时代里普通人的所见所闻。小说家触到了历史的基础体温、人的日常体温、人的日常情感体验。寄居他乡的昭如母子亲见小湘琴因私情暴露瞬间变成石玉璞脚下新鲜的尸体；还没来得及被赎身，权倾一时的石玉璞便早已被埋在地下。什么是人的怯弱？年幼的仁桢眼看着阿凤倒在她孩子的身上，终生难以忘记死亡的擦肩而过。什么是人的勇敢？半痴呆的昭德夺走敌人的凶器，选择和他们同归于尽，只留下“哥儿，你的好日子在后头呢”的遗言……

《北鸢》不追求历史叙述的整体性，不追求把人物放在群体中去理解，小说试图使历史漩涡中的个人成为个人。对“个人”的细笔勾描最终使小说呈现的是民国众生相：昭德、小湘琴、凌佐、毛克俞、吴思阅，每个人物的眉眼音容都是清晰生动的，人物遭遇也并没有八卦小报中的那么有戏剧感。名伶言秋凰是为了女儿而刺杀日本军官的；从军的文笙是被老管家灌醉背回来的，而不是自愿回到家族生活中；毛克俞的婚恋有阴差阳错也有半推半就……那都是具体环境中人的选择，并不那么果断，也没有那么传奇。《北鸢》强调个人处境，强调的是时代背景下每个人选择的“不得不”。

两位民国青年站在江边看渔火点点，船已破旧，那似乎是停留在古诗词里的场景，但“民国、民权、民生”的大字却分明提醒人们，时代已远，民国已至；课堂上，年轻的文笙作画，为自己的风筝图起名“命悬一线”，那时正是华北受到入侵之际，也是万千青年的痛苦所在；但风筝图被老师毛克俞命名为“一线生机”后，同一图景因不同表述便多了柳暗花明之意，那也正是战争年代人们的心境写照。——历史事件就这样影响着个人的命运。事件并非覆盖在人们的生活之上，它是点滴渗透，每个人都在内在里与时代潮流进行“角力”。

不给予人物和事件“后见之明”的设计，不试图使故事更符合我们今天的历史观和审美趣味，《北鸢》是站在时间内部去理解彼时彼地人们之于家国的情感的。正因为这样的理解，这部小说散发出奇异的实在感——这种实在感使那些人物似乎远在民国影像之中，又仿佛近在可以触摸的眼前。

二

许多读者提到作品对乱离时代人与人之间情感的眷顾，那是时间长河中的“人之常情”，是推动人物命运的重要动力。父亲每年为儿子送风筝的嘱托，母亲为了女儿不惜尊严和生命的爱，毛克俞对吴思阅的深情一吻，仁桢顺着文笙手心慢慢划过的手指，以及两位青年对永安儿子的郑重收养……但是，更让人难以忘记的恐怕是作品中对民国人精神生活的勾勒。

《浮生六记》深得家睦夫妇喜爱；明焕痴迷于戏曲艺术；因为对

英语诗句的念念不忘，文笙在关键时刻被拯救；绘画是民间画家吴清舫的精神世界，在那里他独善其身，最终培养出了画家李可染；毛克俞从硬骨头叔叔那里重新理解了绘画艺术；而天津耀先中学的课堂上，抵御日本人的洗脑教育已成为师生们的“不谋而合”……那些与艺术有关的东西在《北鸢》中不是生活点缀，而是其日常生活的重要构成，是他们重要的精神资源和精神能量。

正是在这样的精神生活中，小说中的一处情节更凸显意味。孟昭如是寡母，她独自抚养儿子长大。面对家道日益败落，她教育儿子文笙:“家道败下去，不怕，但要败得好看。活着，怎样活，都要活得好看。”活得好看，意味着尊严和体面，这是这位民间妇人最高的信仰。在这个妇人那里，尊严是最重要的，而家道败落并不是最坏的结果。在这位妇人眼里，那种不择手段不顾一切达到目的的做法是有问题的。这是中国气质中最有硬度的部分，它们在这个妇人身上闪光。你不得不重新理解这个女人身上的特质。那是谦卑背后的硬气，是属于中国人的风骨。那是一种“信”，是对信仰的确认，是对一种尊严生活的确信。

《北鸢》写出了我们先辈生活的尊严感，这是藏匿在历史深层的我们文化中的另一种精神气质，这是属于《北鸢》内部独特而强大的精神领地。一如陈思和先生在此书长篇序言中所评述的，《北鸢》是一部“回到文化中国立场”进行写作的小说，它重新审视的是维系我们民族文化生生不息的“民心”。

特别应该提到，《北鸢》是站在妇孺角度的叙述，它的人物视角是女性、儿童和少年，而非成年男性。这是民间的、边缘的视角。这也注定《北鸢》的力量不是强大的、咄咄逼人的，而是细微的、柔韧的。这种力量感让人想到“北鸢”书名的象征性，它出自曹霑《废艺斋集稿》中《南鹞北鸢考工志》，而曹霑写作《南鹞北鸢考工志》这一行为正包含了一位作家渴望将散佚在民间的“珍藏”收集、传承下去的努力。

在自序中，葛亮令人印象深刻地提到了“时间煮海”。那是对时间的认识。一些东西冲刷而去，另一些东西留了下来，成为结晶体，在时间长河里散发微弱的光。捡拾起那些结晶体，有如捡拾起旧岁月里被遗落的东西。那种捡拾不是审视，不是赞扬，而是理解。它没有给予事件后见之明的设计，使之更为齐整，符合我们今天的历史观和审美趣味。他也没有使用戏剧情节的植入，尽管那看起来是创作民国小说最为简便的方式。这位写作者是贴在人物身上去理解彼时彼地人们于国于家的情感；理解他们的彷徨不安、意气风发或者反反复复；也尽可能理解潜藏在历史内部的民族精神。

三

《北鸢》是有难度的写作，尤其是小说语言，它是整部小说成功的关键。“葛亮对祖父辈家族风华的想象，对近代文化的沧桑凋零的追溯，他的近百个人物（工匠、政客、军阀、寓公、文人、伶人、商贾）在乱世里辛苦遭逢，动静一源，往复无际，均须一一落实到文学的叙事语言上。换言之，他必须从语言开始来提供故事的‘在场感’。‘语言’和‘故事’在历史时空上的相契不隔，洵非易事。”（黄子平：《葛亮的语言有久别重逢的欣喜》）

事实上，从写作《锦瑟》《朱雀》开始，他就已经有意寻找属于自我的腔调。“那种对民国腔的寻找使葛亮绕过了共和国文学的标准式表达而与民国时代的文学气息相接。”（张莉《隐没的深情：葛亮论》）《北鸢》的行文远离了翻译腔，也远离了那种繁复辗转的复合句式。他的句子长短间杂，有错落感。某种意义上，《北鸢》是从诗词和中国画中诞生出来的作品，它继承了中国文学传统中的静穆、冲淡之美。《孩子》一节中，有一段昭如和家睦夫妇相处的段落，颇能代表小说家在语言上的美学追求。

她便也坐下，不再说话。太静，厅堂里的自鸣钟每走一下，便响得如同心跳，跳得她脑仁有些发痛。这时候，却有些香气漾过来。先是轻浅浅的，愈来愈浓厚，终于甜得有些腻了，混着隐隐的腐味，是院子里的迟桂花。老花工七月里回了乡下，无人接手，园艺就有些荒疏。平日里是没人管的，它倒不忘兀自又开上一季。一年四时，总有些东西，是规矩般雷打不动的。昭如这样想着，不由得叹了一口气。

这当儿，却听见另一个人也重重叹了一口气，将她吓了一跳。就见男人手撑着桌子，缓缓站起来，眼睛却有些失神。我卢家睦，许多年就认一个“情”字。在商言商，引以为憾。如今未逢乱世，情已如纸薄。

听到这里，昭如有些不是滋味，这男人果真有些迂的。可是，她也知道，她是喜欢这几分迂。这“迂”是旁人没有的。这世上的人，都太精灵了。

夫妻两个，相对无语。一个怅然，一个怨自己口拙，想说安慰的话，却找不到一句合适的。(葛亮：《北鸢》)

小说语言追求雅正、凝练，作家放弃使用对话中的引号，通篇都是间接引语。事实上，每章中的小标题也都是两个字，“立秋”“家变”“青衣”“盛世”“流火”“江河”等等，这些显然都出自小说整体美学的考量。语言从来不只是形式本身，还是一种内容的表达，代表了作家的艺术观和价值观。使用民国式语言进行表达，要落到实处，恐怕需要小说家有良好的文学教育背景。正如刘再复先生在评价葛亮随笔集《小山河》时所说，“全书语言所蕴含的诗意与美感，让我回到古代与近代典雅肃穆的文学氛围中。倘若不是作者拥有特别的文化底蕴与文学才华，是很难写出这种脱俗文字的”。某种意义上，葛亮的文学修养与积累最终使《北鸢》的美学追求没有流于皮毛。

《北鸢》让人想到《繁花》，葛亮的工作让人想到金宇澄在汉语书写方面所做出的贡献。如果说《繁花》召唤的是南方语系的调性与魅性，那么，《北鸢》所召唤和接续的则是被我们时代丢弃和遗忘的另一种语言之魅，那是中国文学传统中最迷人的内敛、清淡、留白、意味深长之美。如何承继语言文学的典雅传统而又不与当代读者的阅读品位相悖，是小说家面对的挑战。“在选择《北鸢》的语言的时候，我希望它既能做到和那个时代匹配，这是‘信’的层面，同时要做到‘顺’，当下读者在阅读过程中仍然能体会到它的美感，不是那么难以进入。”（葛亮：《重撷失落的古典精神与东方美学》）

这样的努力卓有成效，“对许多读者来说，这部长篇小说的语言有久别重逢的欣喜，它洗净了半个世纪的陈词，却没有跌回半个世纪之前的滥调，因而又是鲜活的，令人耳目一新的”。（黄子平：《葛亮的语言有久别重逢的欣喜》）阅读《北鸢》使读者意识到，原来，在我们的语言长河里，有慷慨激昂、阔大豪放、一往无前；也有遗世独立、温柔敦厚、平和冲淡。王德威先生在台版序言中评价《北鸢》是“既现代又古典”，是“以淡笔写深情”，颇为精准。尤其难得的是，《北鸢》在形式与内容上达到了美学上的统一，作家对人物和历史的理解与他对温和、典雅、俊逸的美学追求相得益彰。《北鸢》试图重新构建的是我们的精神气质，那其中既有精神风骨，也包括我们文化传统中的雅正与端庄。

在不同的创作谈中，葛亮都提到他对《世说新语》《东京梦华录》《阅微草堂笔记》的喜爱，对那种有节制的叙事及笔记小说的喜欢。事实上，这部长篇小说中对人物命运和场景的刻画也承袭了这样的叙事风格。小说场景追求简洁，试图用最经济的笔墨抓住人物和事件的神韵。——有写作经验的人深知，这是写作长篇的难度，尤其是在 30 万字篇幅的长篇作品中，这种追求类似“自讨苦吃”。某种意义上，他的这种长篇小说美学的追求与当下长篇写作潮流格格不入。但也正是这种独特，使得葛亮及《北鸢》的追求更显珍贵。

四

应该提到近几年青年一代作家的文学追求。如果说《北鸢》是2016年长篇小说中关于中国气质想象的代表作，那么双雪涛的《平原上的摩西》和赵志明的《无影人》则是中短篇小说中的代表作。《平原上的摩西》中，可以看到双雪涛的写作得益于对《史记》的研读与借鉴，《无影人》中可以看到赵志明受益于志怪小说。葛亮、赵志明、双雪涛都是不足40岁的小说家，他们的新作出版时被编辑不约而同定名为“新古典主义”，即以现代的方式从古典文学传统中汲取营养。我以为，这种说法不仅仅是指从传统中进行文学形式的借用，更是一种精神气质的记取。

事实上，如何回到中国传统文化内部寻求艺术创新也是近年来中国艺术家们共同思考的问题。在分析电视剧《琅琊榜》何以成功的原因时，我认为，该剧的风靡“是今天的我们对一种传统美学的接受”,“这样的美学是什么呢？是清淡与留白的美学品位，是传统水墨画的意境；是属于中国传统的彬彬有礼，是对情义而非利益的看重，是克制的深情，是柔软的强大；也是对传统中国士子的风骨，对与正义和忠直有关的理想精神的记取。”（张莉：《为什么会是琅琊榜》）这样的美学概括无疑也适用于《北鸢》。

这样的美学观念也在影视剧《大圣归来》《刺客聂隐娘》上得到了具体体现。《大圣归来》讲述的是西游的前史。画面中嵌入了古老中国的山水画面，清绿的山水，古装的打扮，生动的唐代市井生活等等。它的成功在于以古老的英雄形象与水墨中国图景的同构完成了《西游记》“故事新编”，这样的美学追求使这部动画片的受众更为宽广，而不仅仅拘泥于少年儿童。

《刺客聂隐娘》是毁誉参半的作品，故事有不少漏洞。但是，这部电影在 2015 年依然令人难忘，我想，这多半在于它有关唐朝的想象。那些我们曾经看过的唐代名画，那些《捣练图》《虢国夫人游春图》《丹枫呦鹿图》中的人物风景在影片《刺客聂隐娘》中有如被施了魔法般“立”起来。这里的唐代，不再是烂俗电影电视剧里杨贵妃武则天们的唐代，不是那种袒胸露背的唐代，也不是金碧恢弘的唐代，它是古朴素雅的，但朴素中却自有一种气度。作为一个以画面为主要思考方式的艺术家，侯孝贤推陈出新，以《聂隐娘》这样一部电影完成属于他的中国想象。

因为有水墨中国的想象与演绎，因为人物和场景的鲜活，因为有历史感和真实性，所以《大圣归来》《刺客聂隐娘》《琅琊榜》《北鸢》才让受众念念不忘。尤其需要指出的是，这些作品不仅仅追求水墨中国的气韵，更追求对民族精神能量的记取：《聂隐娘》对妇人之仁的理解，《琅琊榜》对有所为有所不为的认知，《大圣归来》对英雄形象的重新勾勒，《北鸢》中对我们民族精神气质的重新构建，莫不如此。

如果我们不把这些与水墨中国有关的文艺作品广受欢迎视为个案，如果我们联想到 2015 年故宫门前有万千观众彻夜排队争看《清明上河图》及“石渠宝笈展”，我们将会发现这一切并非偶然。这是今天我们时代的观众对水墨中国、对中国优秀传统文化的渴望，也是对浮躁、粗鄙、低俗艺术产品的内在抵抗。在这样的社会文化背景之下，会发现《北鸢》受到普通读者好评并不意外，因为小说形式与内容都呼应了文学读者对文化中国的别一种想象——将独具情怀的语言与历史想象融为一体，《北鸢》拓展了文化中国想象的疆域，这构成了中国当代文学的异质力量。

布罗茨基在《致贺拉斯书》中说，“当一个人写诗时，他最直接的读者并非他的同辈，更不是其后代，而是其先驱。是那些给了他语言的人，是那些给了他形式的人”。葛亮及《北鸢》在传统中寻取写作资源的努力，正是青年一代面对先驱进行的一次卓有意义的实践。今天，讲述中国故事是重要的；从中国优秀文化传统中寻找资源，拓展讲述文化中国的方法和路径也同等重要。

张莉，北京师范大学文学院教授

本文首发于《文艺争鸣》2017 年第 3 期

古典摹写、文化认同与创造性转化
——《朱雀》《北鸢》与《江南三部曲》的不同书写策略

王宏图

新古典主义书写的勃兴

如果将21世纪第一个10年的文学作品与百年前20世纪第一个10年加以对比，人们会惊诧于中国的文学体裁形式、语言样态和情感表达方式发生了多么巨大的变迁。白话文取代典雅的文言文，成为文学语言的主流；昔日不登大雅之堂的小说成为文学的正宗，而长时间高高在上、格律严谨的旧体诗则沦为边缘性的存在。在文学观念和情感表现方式上，域外涌来的一波波新潮重塑了中国文学，而传统的元素常常被视为僵化、落后、保守，不合时宜，备受冷落。

然而，一个民族的传统文化并不能一夜间被轻易地抹去，它只不过沉潜在历史的地表之下，历经风风雨雨顽强地生存下来，一有合适的土壤气候，便又冒出新芽。纵观20世纪的中国新文学，古典文化的流风余韵或隐或现，到80年代后呈复兴之势。它们先是在寻根文学的旗号下披上了先锋实验的奇装异服，随后又在对民间文化、传统文人趣味和乡村世风伦理的书写中蔚为大观。贾平凹的创作鲜明地体现了这一点，在他的作品（尤其是非虚构的散文作品）里，中国传统文化的诸多元素杂然纷呈，正如评论家陈晓明所言，“有一种独特的文化情趣格调，得天气山川渺茫之气，却又涓细如丝，从他的兴趣品性中流露而出”。一度激起轩然大波的《废都》便可视为一部《金瓶梅》的当代仿作，它从人物设置、情节安排和精神气质上与后者构成了紧密的呼应。

新世纪以降，富有浓郁传统风味的书写愈益受到文学界的追捧。人们已经不满足于将传统文化元素作零散、片断的表述，而渴求予以全盘整体性的重构与复现。现居香港的 20 世纪 70 年代出生的作家葛亮近年推出的《朱雀》《北鸢》等长篇小说在很大程度上回应了这一期待，可谓这一潮流中的荦荦大者。虽然这两部作品聚集的对象是战乱频生、动荡不已的 20 世纪的中国，但葛亮却用一种舒缓沉静、雍容典雅的方式娓娓道来，中国古老文化的诸多意境、神韵与风采仿佛霎时间起死回生，交汇融合成一个新的整体，栩栩如生地展现在世人面前。精明的书商不失时机地为它们贴上了“新古典主义”的桂冠，还有论者将这一类作品誉为“新古韵小说”。

先来看《朱雀》。单就其篇名，它便已先声夺人。朱雀是中华远古传说中的神兽，在先人对天地宇宙的想象性版图中，它与青龙、白虎、玄武一同标示着星宿的方位与四季的流变，内蕴蓬勃不息的生命力。作者择取此一为人膜拜的神兽作为书名，加上人物情节以古都南京为背景，无疑使全书浸润在浓酽的古风雅韵之中。果不其然，全书首章伊始，作者就将背景设置在南京的夫子庙，来自苏格兰的华裔青年许廷迈在风光旖旎的秦淮河畔遇见了罩在神秘光影中的女子程囡。随着叙述的推进，读者慢慢发现许廷迈在全书中只起着引导人的作用，其重心则是叶毓芝、程忆楚、程囡三代母女横跨大半个世纪的令人扼腕唏嘘的传奇性经历。而那只朱雀状的金饰也是命运多蹇，它见证了时光的无情流逝，在一代代人手里传递流转，最后竟又神奇地回到了最初的主人手里，仿佛禀有俗人难及的灵性。

朱雀、古都、夫子庙这些意味深长的历史文化符码构成了一个错综的网络，赋予了《朱雀》全书苍凉而典雅的光晕。

细读《朱雀》全篇，不难发现，它对20世纪30年代至90年代生活的展示在很大程度上偏离了既有的文学书写模式。它既不像20世纪五六十年代涌现的《红旗谱》《上海的早晨》《创业史》等作品那样，以浓烈的革命意识形态话语审视历史，也不像陈忠实《白鹿原》那样在纷纭的历史表象下着意发掘亘古如斯的传统文脉，而与20世纪80年代后期、90年代前期异军突起，将历史作为“纯粹的审美对象和超验想象领域”的“新历史主义小说”也有着不同的取向。以严格的写实标准来衡量，许廷迈、叶毓芝、程忆楚、程囡以及雅可这些人物并不丰满立体，他们可归于福斯特所说的容易辨识的“扁型人物”。与其说作者的才力表现在对人物的精细描画，不如说更擅长于对某种情境、氛围的酿造、渲染与烘托。程囡这个人物刚出场便给人以怪异的感觉，她与昏暗的光线相伴而生，“那个站在浓稠暗影里的女孩子”“昏暗的光线似乎又吞噬了她另一半的美”，柔弱中见出强悍与执着；到了光天化日之下，她又是另一副面目，“在阳光底下倒没有了暗沉沉的风韵，脸上有些浅浅的斑”。在此，一种古雅的意境油然而生，它并不以写实为鹄的，而是像宗白华先生所言，以“宇宙人生的具体为对象，赏玩它的色相、秩序、节奏、和谐，借以窥见自我的最深心灵的反映；化实景而为虚景，创形象以为象征，使人类最高的心灵具体化、肉身化”。

类似的事例在文本中俯拾即是，最引人瞩目的莫过于全书临近结尾之际，金饰朱雀回到了最初的主人、昔日的抗战老兵洛将军手里。正是他当年在珠宝行学徒满师之际，为这枚金饰镶上了一对红玛瑙。时光轮转六十年，这回又是他锉下朱雀上镀的那层铜，随即“一对血红色的眼睛见了天日，放射着璀璨的光”。这堪称点睛之笔，不仅点明了全篇的主旨，而且将一脉华美的诗意灌注到朱雀这一意象之中。它凌空而起，超越了时间的限制，阅尽人间悲欢离合，承载着人们的希望与憧憬。它不再是单纯的饰品，而是和书中那些人物一起，成为传递古典文化意蕴的媒介。

再来看葛亮新近推出的《北鸢》。它在很多方面沿袭了《朱雀》的风格，但时间跨度大为缩减，笔触聚集于1926至1947年间的民国时代，其间以作者个人家族的背景作衬里，虚构与史实钩沉交织缠绕，以双线交叉结构展示出卢、冯两家众多人物的命运。值得注意的是，《北鸢》全篇不乏传奇化的情节（最为典型的莫过于京剧女伶言秋凰刺杀日本军官和田），但占据读者视野的主要还是用工笔穷形尽相描摹出的日常生活情状。生老病死，盛衰枯荣，悲欢离合，都被作者以冷隽练达的笔法，镶嵌在时间自然流转的框架内，用葛亮自己的话来说，旨在精心酿造出“可容纳华美而落拓的碎裂”的凄美意境。

《北鸢》临近结尾，读者看到卢文笙与冯仁桢这一对情侣历经世事沧桑，在上海黄浦江和苏州河交汇处徜徉，秋日的暮色中，一尾风筝在江面上孤独地飘荡，摇摇摆摆，或上或下，最后消失在苍茫的天际。综观全书，它既是标题，又是贯穿通篇的隐喻，既是日常生活中司空见惯的玩物，到战场上竟能翩然起舞，神奇地权充莫尔斯电码，在危难之际向后方发送出求救的信息。它身世微贱，图案或艳丽或素朴，在晴空里自可乘着好风，直上云霄，翱翔于千里之外；但它终究不是神物，气数将尽之际会溘然跌落，零落成泥，回归于大化之中，等待有朝一日脱胎换骨，转世重来。这不也是一个人，一个家族，乃至一个世代不无悲怆意味的命运？苏东坡曾有诗对此一唱三叹，“人生到处知何似？应似飞鸿踏雪泥。泥上偶然留指爪，鸿飞那复计东西”。和朱雀一样，风筝成了贯穿全书、含义丰满的符码，散溢出古典时代的氤氲气息，犹如哀婉深沉的旋律，为行将消失的旧文化唱起了挽歌；同时也使这部以叙事见长的作品，从里到外蒙罩上了一层浓郁的诗意，无怪乎海外学者王德威先生对此赞誉有加，“一种属于葛亮的叙事抒情风格，已经隐然成形”。

摹写的困境与文化认同

到此需要认真思考、追问的是，《朱雀》《北鸢》这样化用了众多古典文化元素，从文本外观到内里的精神气质都悉心仿照、还原古典风格，并赢得了众多赞许喝彩声的作品是不是中国文化复兴的表征，能不能视为延续传统文脉的成功尝试?

人们不需要太过精深的文学史知识，便能发现这两部作品（尤其是《北鸢》）在很大程度上袭用了明清以《金瓶梅》《红楼梦》为代表的世情小说的风格，无怪乎陈思和先生将《北鸢》称为“一部向《红楼梦》致敬的当代小说”。这类作品中经常有一个以说书人口吻出现的全知叙述者，他以白描的手法描绘社会生活百态，展示人们的悲欢离合，郑重其事或装模作样地劝诫人们弃恶从善。这儿，我们要借用英国学者雷蒙德·威廉斯提出的“感觉结构”这一术语，来描绘这一类型小说的特点。在威廉斯看来，“这种感觉结构就是一个时代的文化：它是一般组织中所有因素带来的特殊的、活的结果。正是在这方面，一个时代的艺术——它容纳了这些因素，包括独特的论辩方法和调门——有着重大的意义。因为正是在这里，这种独特性有可能得到表现——通常不是有意识的，而是基于这一事实，在艺术（它是我们仅有的例子，以用来证明记录下来的沟通信息总是比它的发送者活得更长久）这里，实际的生活感觉，使沟通得以可能的深层的共同性，都被自然汲取了”。我们不难发现，“感觉结构”这一术语标示的不是由与外部世界隔绝的自足的文本生发出的意义，而是某个时代特定的社会共同体对于世界、宇宙独特的感知方式。它很难被还原为一组抽象的概念，而是渗透在那一时代众多的艺术品之中，并留下可以供人捕捉的鲜明印记。

至于明清世情小说中呈现的“感觉结构”，可以尝试作以下描述：那是一个有着超稳定时空框架的世界，自然时间循环往复，与政治的分合治乱构成了微妙的呼应。这儿人们的目光全部聚集在现世生活，彼岸的超验世界不是被存而不论，便是被视为善恶因果报应的操盘手。宗族成为构筑社会组织的基本单位，由血缘邻里衍生而出的人际网络繁复庞杂，人们几乎时刻处于群体性交往之中，相对独立的个体难以找到独立的空间。人们的生活意义是先辈给定的，只需恪守古训，安安稳稳地完成传宗接代的生物学使命，而儒、释、道三家提供了充足的精神资源，人们不需要再另辟蹊径，做上天入地的探寻。这一社会生活方式和文化模式映射到世情小说中，便可发现日常生活在其间占据着牢不可破的主导地位，男男女女在其浑然一体的整体性中悠游自得，婚丧嫁娶以及由命运浮沉触发的悲欢离合成为故事叙述的关键点和重心也是势所必然。此外，它基本描述、展示的方式是白描。这里，白描不仅仅是一种崇尚简洁明晰、排斥冗余装饰成分的文体风格，更关键的是它是一种感知世界的方式：它昭示出叙述者与周围的生活世界处于和谐亲和的境地；在白描的视角中，没有高高在上、超凡脱俗的审视，也没有来自地狱的诅咒的火焰，生活世界依旧保存着其完整性。夹杂在白描式的叙述、描写间的是人们相互间林林总总的对话，它们占据了作品的主要篇幅。在后世人眼里，人物间密集的对白是小说创作的技法之一，而从它承载的感觉结构着眼，可以发现它只是那个年代人们社会生活的精确投射。它意味着人们只有通过相互间的对话才能彰显其存在，即便具有各自的内心世界，但大都只是动物式的生物学反应，只是琐屑的情感与算计，并不能构成独立完整的世界。

世情小说中蕴含的这一感觉结构在很大程度上偏于静态，即便有改朝换代、四季交替、生老病死，人们的生活方式却亘古如常，绵延不绝，精神世界也并未产生激烈的动荡与裂变，传统的信念、价值与意义也没有受到无情的诘问质疑。由此生发出一个疑问，将这一小说模式挪用来表现动荡频仍、风云变幻的现代生活，能够具备多大的有效性？

不难发现，《朱雀》并没有纯然套用古典世情小说的模式，而是化用了不少现代的技巧手法。支撑整个文本的是一个双重时间的叙述框架，浮露在表层的是许廷迈与程囡从相遇相知到相爱的浪漫故事，其间衍生出地下赌场、小剧场演出、雅可吸毒等次要线索，它们洋溢着世纪之交南京新旧交替、方生方死的独特气息；而居于底层的则是对程囡谜一般身世的详尽揭秘，叶毓芝、程忆楚、程囡三代人的传奇折射，呼应着古都南京数十年间的沧桑沉浮。整部作品的叙述在两重时间层面的交替轮换中推进，多次由现时的当下穿越到往昔，直到结尾许廷迈在加拿大遇见抗战老兵洛将军，金饰朱雀重回最初的主人之手，原先分离的两重时间维度统合为一。由于采用了这一颇具现代感的叙述策略，《朱雀》从文本外观上不再是对古典作品的全盘摹写，带上了诸多新变的印迹，但从白描的语言风格、古雅词汇的选用、舒缓沉静的节奏、散落在字里行间的感时伤怀的忧郁基调、人物命运的传奇化表述以及作为故事背景的古都的生生死死，都看得出作者在默默召唤着死去的亡魂，力图复现他心仪的古典神韵与气象。而在人物形象的塑造上，这一倾向表现得尤为鲜明。《朱雀》中的男男女女，生活在 20 世纪的中国，外部世界与内心情感承受的重压非古人所能想象；但葛亮大多采取了古典小说的白描处理方式，除了即时的情感反应和由对话显露的心绪，人们难以窥见他们内心深处的秘密，他们沸腾喧嚣的精神世界及其演化的历程也没有机会得到深入透彻的展示。

相比之下，《北鸢》对古典世情小说风格的仿效则要明显得多。除了开卷“楔子”发生的时间是新世纪的 2010 年，全书正文再也没有采用交错穿梭的双重时空框架，而是完全依照自然的时间顺序叙述了卢、冯、孟等家族从1926至1947年间几代人的命运遭际，而卢文笙与冯仁桢最终的结合则将几大家族的故事耦合成具有浓郁民俗风情的“清明上河图”式的巨幅画卷，这也是古典世情小说叙述中的常规通例。尽管有军阀混战、抗战逃难等重大的历史事变作为情节推展的背景，日常生活的展示还是占据了文本的大半篇幅。毋庸讳言，这些日常生活场景并不全是婆婆妈妈式的家长里短，而是凸现了鲜明的时代特色：老一代人的腐朽没落，新一代人的成长觉醒，两代人间的龃龉冲突，最为浓墨重彩的莫过于冯仁珏为抗日组织转送药品被捕牺牲，男主人公卢文笙则受到革命者的感召，一度离家从军，奔赴抗战第一线。

《北鸢》可谓是一次用力甚勤、悉心投入的对古典文本的摹写。从政治风云变幻到市井礼俗风貌、日常起居，作者无一不用心考辨，悉数复原，使整部作品纹理丰厚细密，极富生活的质感。同样是上述这些素材，换了一个作者，完全可以用现代的小说技法加以呈现，而葛亮偏偏沿袭古典的小说模式，移用来呈现民国风云激荡的生活。他历经数年惨淡经营，惟妙惟肖地酿造出一个古韵盎然的幻境：仿佛时光倒流，众多男女尽管换上了现代的衣装，但其做派、心境依然定格在往昔的岁月里。由于他采用了世情小说的模式，那么其内蕴的“感觉结构”也一脉相承。细察之下不难发现，面对中国社会数千年未有的巨大变迁，古典世情小说静态、封闭的“感觉结构”未免捉襟见肘，难以网罗容纳新时代桀骜不驯的生活之流。

这一摹写的困窘集中体现在人物的塑造上。对于男主人公卢文笙，已有批评家注意到这一人物性格上体现出来的被动性。但如细加探究，不难发现这与其说是这个人物本身的特征，不如说是作者对古典小说的刻意摹写导致的结果。由于卢文笙以作者的外祖父为原型，因而葛亮在创作中无意识间会滋生出些许伦理上的顾忌，但这还不足以使这一人物形象出现大幅度的偏差。被动意味着缺乏行动的主动性，但它也是一种生存方式，同样具有成为成功文学形象的潜力。巴金《激流三部曲》中的长子高觉新，性格懦弱内敛，但并不妨碍他成为一个丰满立体的文学形象，而《北鸢》中卢文笙身上体现的这种被动性，其实是源于形象呈现方式上的干瘪单一。作为一个被收养的孤儿，卢文笙在儒商气息浓厚的卢家睦、孟昭如夫妇的教育下，养成了温良恭俭让的性情。但他也有血气方刚的一面，他在课余参加工人夜校的活动，并在共产党员韩喆的影响下，离家出走，加入了抗日武装，尽管不久在郁掌柜苦口婆心的劝说下离队回家，但这在他年轻的生命历程中毕竟是一个重大的转折。但人们在作品中看不到作者对于他内心世界的充分展示，看不到在他参军及返家过程中复杂纷乱的精神蜕变。卢文笙日后遵从母命跟随姚永安到上海经商，不久姚永安投机失败自杀而死，卢文笙与冯仁桢毅然收养了他的遗腹子。在这一事变中，人们依旧看不到对卢文笙内心世界的细腻展示，直至全书收尾，作者抒发的是传统文人感慨世事沧桑、人事沉浮的伤感悲愁之情，而这正是古典世情小说的“感觉结构”的特性之一。而女主人公冯仁桢则是典型的由传统文化熏陶而出的淑女，由于缺乏内心世界的展示，她给读者的印象始终有些模糊不清，常常只是作为一个符号而出现。

对比巴金的《激流三部曲》、路翎的《财主底儿女们》，《北鸢》在形象描绘上这一特性表现得尤为瞩目。在巴金和路翎的笔下，古老大家庭的衰朽解体，年轻一代人的叛逆，交织成诸多惊心动魄的场景，成为20世纪中国社会变革的缩影。自然，它们带着那一时代特有的反叛气质，没有也不可能去仿照古典小说的风格，自然缺少了古雅的气象神韵。而《北鸢》出自对古老中国文化的挚爱，借助明清世情小说的模式对现代生活加以书写，创造出一个在诸多方面惟妙惟肖的摹本。需要指出的是，它对古典小说文本的这一摹写在很大程度上是以牺牲对人物精神世界的充分展示为代价的，并且文本形式上大规模的模拟与挪用在一定程度上也束缚乃至压抑了作者本身的主体创造性。在古典世情小说的框架内，没有个人内心世界存在与发展的充足空间。匈牙利批评家卢卡契曾对个人内心世界与外部世界的分野作过深入的分析，在他看来，具有自足意义的内心生活只有在外部世界与心灵生活相分离时才有可能，而这恰恰是现代生活的特性，它在明清世情小说繁盛的年代尚未出现。“只有当人们之间的区别成为不可逾穿的鸿沟时，只有当诸神缄默不语（而无论是献祭品还是心神迷醉都不能搞清楚它们秘密的话语）时，只有当行为领域使自己与人们分离开来（并且因为这种独立而变得空洞，不能把诸行为的真实意义吸收进自身，不能借助行为而变成符号，并把它们融化在符号里）时，也就是说，当内心和冒险永远相互分离开来时，内心深处的私人生活才是可能和必然的”。

显而易见，《北鸢》在形式上对古典世情小说文本的移用摹写在某种程度上出自强烈的文化认同的驱动。一种艺术样式、体裁并不是孤立的存在，它与特定时期的文化形态密切相关，有着自身兴盛衰亡的历程，就像德国思想家斯宾格勒所展现的那样:“每一种文化都以原始的力量从其母土中勃兴起来，并在其整个的生命周期中和那母土紧密联系在一起；每一种文化都把它的材料、它的人类印在自身的意象内；每一种文化都有自己的观念，自己的激情，自己的生命、意志和情感，乃至自己的死亡。”“每一文化自身的自我表现都有各种新的可能性，从发生到成熟，再到衰落，永不复返。”作为一个整体的中国古典文化在20世纪的变革，已日趋分崩解体，但它的诸多形式、意象、符号飘浮在空中，供人深情地追忆、缅怀。当这些艺术作品生长在适宜的环境中时，其内容与形式处于和谐统一之中；而当哺育它们的生活世界和文化衰亡之际，它们与文化的母体便失去了有机联系，内在的活力干涸，只余下空洞的形式供人凭吊。旧的中国古典文化虽已解体，但新的文化尚未发育成形；在这方生方死过渡之际，那些旧有的意象、形式便成了人们文化认同、渴望古老文化复兴的支撑点和膜拜的对象。葛亮在其创作中对于古典形式与意象的移用也是对这一文化复兴潮流的呼应。然而，他可以移用古典的形式，但其内在的活力与精魂却不可复得，因而一味沿用这些古旧的形式来展示新时代生活，其人物、意象不经意间会沦为空洞的、仅仅作为装饰的符号。它虽然为人们渴望已久的文化认同提供了安慰与佐证，但却难以成为文化持续创新的源泉。

中国式诗意与传统资源的激活

尽管格非早在20世纪80年代后期便以玄奥色彩浓郁的先锋小说《迷舟》《褐色鸟群》蜚声文坛，但他受到广泛赞誉的“江南三部曲”（《人面桃花》《山河入梦》和《春尽江南》）的写作却是在步入新世纪的2003至2011年间完成的，与葛亮《朱雀》《北鸢》的创作时段有着相当大比例的重叠。在诸多批评家和读者眼里，它汲取了不少古代文化的元素，通体洋溢着古典的神韵气象，但细究之下，不难发现其整体审美风貌与葛亮的作品间又存在着鲜明的差异——这一现象昭示出当代书写与传统资源间对话的另一种可能性，另一条路径。

卷帙浩繁的“江南三部曲”以这样貌似平常的句子开场：“父亲从楼上下来了。”它简单、朴实，不带花里胡哨的装饰，但却一锤定音，开启了陆家绵延百年之久的四代人的传奇故事：因疯癫出走的陆侃，晚清至民国初年卷入革命漩涡的陆秀米，20世纪50至60年代命运多蹇、终陷牢狱之灾的谭功达，世纪之交落魄颓唐的谭端午。虽然他们都称不上一呼百应、叱咤风云的伟士，但作者对他们个体生命境遇和精神困境的关注，间接提供了一幅百年中国精神嬗变的剪影。

作品文本肌理中渗漫着众多古典的意蕴、情韵和格调（这在

《人面桃花》中尤为醒目）。标题“人面桃花”“春尽江南”直接从唐人诗句脱胎点化而出，而《春尽江南》中的奇女子绿珠，与晋代石崇宠爱无比的美女同名，她一出场，作者便赋予了她一种“令人伤心的抑郁，也有一种让中年男人立刻意识到自己年华虚度的美”——与1700多年前坠楼而死的同名人相比，格非笔下的绿珠结局算不上悲惨，但在作者精心营造的氛围中，谭端午的这个红颜知己印染上了浓酽的古典风韵。而对众多植物（荷花、桑树、紫云英、油菜花、金银花等）的精细描述大大强化了这一效果。

此外，在不少章节中，格非仿效明清白话小说的叙述风格，以白描为主干，夹杂进诸多人物对话，少有对人物心理的冗长描摹、剖析，对风土人情、自然景观也不热衷于孤立地铺陈渲染，而是在情节的推进中层层递次展开。

作为一个醉心于构筑词语迷宫的作家，格非自20世纪90年代中期起便在创作上步入了转型，这不仅仅是在先锋实验书写的田畴里高歌猛进的骑士方队溃散瓦解的症候，也是其个人精神蜕变成长的必然结果。在虚空幽缈的世界盘桓良久，他或许感到厌倦，或许想步入硬实粗粝的现实，往身边喧嚷的红尘俗世寻觅灵感。他曾潜心研究京派作家废名的小说，后者“写小说乃很像古代陶潜、李商隐写诗”的艺术风格与他内在的情性产生了奇妙的契合与对接。此外，格非还对明清世情小说情有独钟，写了解读赏析《金瓶梅》的专著《雪隐鹭鸶——〈金瓶梅〉的声色与虚无》。可以说，西方现代前卫的小说观念与技法，废名式的小说抒情化风格，世情小说对日常生活人事的精细描摹与展示，这些文学资源在“江南三部曲”中都化合为新型的整体，成就了这部卓尔不凡的巨作。

现在要问的是，格非采取的这一写作策略与葛亮究竟有什么不同，是不是可以视为另一种对古典小说文本的摹写形式？

显而易见，格非的“江南三部曲”展示的古典风情与意蕴并不单纯体现在文本的外观层面上，并不是词语、句法、结构层面上的机械挪用、摹写，而是汲取了古典（不局限在小说领域，而是整个传统文化）的资源，孵化、孕育出一种新的情韵、意境，一种融合了现代观念的“中国式诗意”。对此，评论家张清华有一番透彻全面的阐述：“很显然，格非的小说出现了在当代小说中罕见的‘诗意’——不只是从形式上，从悲剧性的历史主题中‘被解释出来’的，同时也是从小说的内部，从神韵上自行散发出来的。这种诗意不是一般的修辞学和风格学意义上的，而是在结构、文体、哲学和精神信仰意义上的诗意，是在中国传统小说中，特别是《红楼梦》中无处不在的那种诗意。格非为我们标立了一种隽永的、发散着典雅的中国神韵与传统魅力的长篇文体——说得直接点，它是从骨子里和血脉里都流淌着东方诗意的小说。这种小说在新文学诞生以来，确乎已经久违了。”而它对中国当代小说发展的价值正是集中体现在对这种“中国式诗意”的创造，“这当然不是一个简单的模拟的归附，而是一种融合了现代的一切信息与物质属性的归附，是一种新的创造”。

这种新的创造与对古典文本的模仿、摹写分明已处在两个不同的层面上。单就文本外观与古典小说文本相似的逼真程度，“江南三部曲”远远不如葛亮的作品（尤其是《北鸢》）。格非采用的是“六经注我”的写作策略，从传统小说及其他各种类型文本中汲取繁多不一的元素，用现代的观念与技法加以重新整合。霎时间古老的精灵复活过来，焕发出新的生机，流溢出既似曾相识又面貌一新的“中国式诗意”，用张清华先生的话来说，它在诸多方面“无不回到了中国固有的传统，实现了对中国故事的一种精心的修复，以及在现代性思考基础上的复活”。

“江南三部曲”中这一中国式诗意的酿造首先有赖于叙事文本框架中乌托邦理念贯穿首尾的统辖功能。在这里，乌托邦已不仅仅是一个抽象、枯涩的概念，而是提升到文本的中心位置，融化到了人物的血肉中，成为推动叙事发展最隐秘、最强大的驱动力。三部曲的叙事时间跨度长达百年，尽管有着史诗般的体量，但并不着力于对标志性重大事件的直接书写，而是聚焦在陆秀米、谭功达、谭端午三代人传奇性的命运上。它折射出中国百余年间的风云激荡，但这一折射是通过陆家三代人个体化的叙事而完成的：正是在这一点上，"江南三部曲"与明清小说群体化生活的展现模式拉开了距离。尽管陆秀米、谭功达、谭端午并不是生活在真空的个人，他们周围的三教九流构成了各自独特的生存环境，但他们作为个人，在小说叙事网络中无疑占据着主导地位，其重要性远超身边的其他人，明清小说中由众多对话构筑而成的众声喧哗的群体世界已悄然解体。在"江南三部曲"中，乌托邦的理念并不纯然是西方的概念，准确地说，它成为中西合璧的结晶体。天下大同的乌托邦理想世界在中国文明的远古时代便已产生，陶渊明笔下的桃花源则为国人提供了一个具体而微的样本，千余年来一直在人们心中激起回响。时至近代，西方各种改造现实世界的乌托邦蓝图传入中国，直接影响乃至主宰了 20 世纪中国历史的发展。乌托邦世界一直对"江南三部曲"中的几代主人公起着非同寻常的感召作用。在《人面桃花》中，早年出入家门的革命者张季元在陆秀米的心灵上烙下了无法磨去的烙印。他惨死后遗留下的日记让她动容，除了其间表露的对她的情感外，他致力于创立大同世界的梦想也深深地感染了她。她的后半生不自觉地沿着张季元的轨迹前行。《山河入梦》里，身为一县之长的谭功达沉溺于构筑"桃花源"的乌托邦幻想中，一心扑在修造水库上，但在官场上屡屡应对失措，最后丢了乌纱帽。他因与不堪其辱、杀死省委秘书长的姚佩佩书信往来而身陷囹圄，临死前还念念不忘理想的乌托邦天国是否降临人间。而《春尽江南》中的谭端午是个落魄的诗人，他已不像父亲和外祖母那般执着于桃源梦，在资本横扫一切的商业化大潮中勉力洁身自好，埋首研读古籍；经历了命运的拨弄后，他又一次产生了写作的冲动，期冀在文字中复现一个乌托邦世界。

在此，乌托邦构成了“江南三部曲”文本的枢轴，它不仅是人物命运的主导性力量，也成了传统资源与现代观念碰撞的接合点，成为创造中国式诗意的命门。它已不仅仅是一个幽灵般的意念，而是化身为“花家舍”这一有形的实体。在《人面桃花》中，“花家舍”是寄寓传统士大夫和绿林盗匪忠义理想的人间仙境；到了《山河入梦》中，它被改造成社会主义新农村的样板，未来大同社会的蓝本；在《春尽江南》中，它已沦为资本恣意狂欢、人欲横流的舞台。正是通过它，陆秀米、谭功达、谭端午三代人个体的命运烙上了独特的色彩，他们的生命追求不仅被抬升到文本的核心地位，而且与整个民族以及传统文化的革新与变迁构成了深层的呼应；也正是通过它，久已式微的传统文化的诸多成分仿佛被施了魔法，换上了新的衣装，在新时代敷演出一幕幕悲欢离合的人间活剧。

其次，这一中国式诗意的实现与古典传统中抒情主体的创造性转化密切相联。在与西方文学作对比时，陈世骧、高友工等学者认为中国古代文学的优势不在于细密周全的叙事，而在于抒情。数千年来，它形成了源远流长的深厚传统。颇为吊诡的是，当中国新文学萌生之际，这一传统不仅没有成为以叙事文学为主体的新文学蓬勃成长的障碍，反而变为其发展的助推器。对此王德威曾作过详尽的阐发，他认为“中国现代性的抒情表征有一个二律背反的吊诡的层面，就是现代中国文人一方面反传统，一方面运用了中国古典文学文论里的抒情观念的模式来彰显干预传统、冲破罗网的用心”，他们“承接了传统里面的抒情资源，并把这些抒情资源逆转过来，成为自己解放自己，或者用句时髦的话说，自己‘解构’自己的重要形式”。

王德威的这一论断并非出自其独创，早在 20 世纪 50 年代，捷克学者普实克对中国现代叙事文学兴起过程中对传统资源的汲取作过深入的论述。在普实克的眼里，中国现代叙事文学的兴盛有赖于传统文学秩序的解体，而这一解体得力于创作主体主观意识和个人主义的萌发。但它们与其说是西方的舶来品，不如说是中国传统诗学抒情传统的发扬光大，“以往在精英话语中循环的抒情符码现在被挪至一个更广阔的、名为史诗的语境中，但并不因此失去其感时观物的命名力量”。

综上所述，格非的“江南三部曲”为这一传统抒情资源的转化提供了绝佳的范例。除了明清世情小说的语言、结构及叙述风格，中国古典诗文中众多的意蕴、情韵、气象扑面而来，传统文化其他门类中的元素，从桃源梦到花、草、虫、鱼、天文、历史、地理、园林，它们原本散落各处，互不相关，此刻被化合成新的整体，被赋予了新的生命。贯穿全书肌理、脉络的则是作者的抒情意绪，在抒写百年沧桑时流露出的强烈的感慨、伤感、迷惘。它们既蕴含着传统文人的个体感悟、对历史的想象、对现实世界的认识，又融会进从现代视角出发的文化反思，对内心世界复杂而深入的探究，哲理的冥思遐想。不可否认，格非的写作技法多处得益于近现代的西方小说，但它们一旦与上述传统元素相遇，也隐去了鲜明的异域色彩，凸现出文本内蕴的中国式诗意。在“观古今于须臾，抚四海于一瞬”这一精微之至的创造过程中，中国传统抒情主体的声音清晰可辨。正是凭借着它，蛰伏多时的传统资源孵化成既熟悉又陌生的中国式诗意，一旦破土而出，便收惊艳夺目之功。

毋庸置言，格非的“江南三部曲”并没有对已有的古典文本进行亦步亦趋的摹写仿效，它对传统资源的对话是建立在与之保持距离并汲取其内在精神的基础上，而不是单纯地匍匐在传统的阴影中。平心而论，格非作品中洋溢的中国式诗意，早已突破了古典的内涵，容纳进了众多新型的因子，在古典传统的原教旨主义者眼里，不啻是另一种形式的背叛。然而，正是这一新型的中国式诗意，恰恰成了新时代文化创新的标志。正因为它不一味挪用摹拟外形，而是发扬光大其精神，传统文脉才不至于被埋没，不至于沦为博物馆中僵死的展品，所以才能有效地在历史长河中传承赓续，才能确立坚实的文化认同，推动新的中国文化的成型。

未终结的探寻

对于格非"江南三部曲"营造中国式诗意与激活传统文化资源上所作的尝试的肯定，并不意味着它已臻于完美的境地，并不意味着提供了当代文学书写与传统对话唯一有效的途径，更不意味着它终结了对于新型、富有民族特色、鲜活的文学书写的探寻之路。自近代中国融入全球体系后，这一艰辛繁难的探索从来没有中止过。它不仅仅是提供新颖、富有生机的文学文本，而且触及国人最为敏感的神经——中国文化的自尊与认同。在与西方世界全方位相遇之前，华夏文化在数千年的历史长河中一直在东亚居于至尊无上的地位。尽管来自莽莽草原的游牧民族不止一次征服了中原大地，但军事上的征服者最终在文化上被同化。然而，与西方的对峙与冲撞导致了面临数千年所未有的大变局，中国文化根深蒂固的自信轰然动摇，而如何在全球文化的语境中确立新的文化认同与自信，成了百余年来知识界无法逃避的挑战。

综上所述，尽管葛亮对于古代文本的摹写并不能视为激活传统资源的成功尝试，但它毕竟汇集、展现了诸多传统文化的元素，为人们思慕、缅怀昔日的辉煌提供了丰裕不菲的养料；而格非虽然对传统资源进行了诸多创造性的转化，但平心而论，"江南三部曲"尚未达到完美无缺的境地，尚未矗立起富于集大成意义的、难以逾越的纪念碑。有论者曾经以为，像《人面桃花》这样的作品，"不是古典文学在新小说中的再生与胜利，而是现代主义小说以更加中国化的面目出现”。这一论断的准确性自可评说，它至少表明，格非在展示中国式的诗意时，还未达到圆融无碍的化境。他尽管对明清世情小说悉心钻研，并将它的成功经验运用到创作中，但平心而论，在“江南三部曲”的文本中，他擅长的还是情境的渲染烘托，意境的酿造，暗示与象征的运用，以及乌托邦理念在叙事中轴上首尾相贯的显现与变形，而对于日常生活丰富复杂性的描绘还无法与《金瓶梅》等作品相媲美。

通向未来的路是在人们与传统持久不懈的对话中筑就的。它是一条敞开的大道，任何人都无法垄断、独占。人们并不能随心所欲地与传统对话，种种有形无形的桎梏使他们无法天马行空地进行创造性的转化。然而，正是有了众多的探索者执着地默念“芝麻芝麻开门吧”的咒语，未来之门才有可能在前方洞开。

王宏图，上海复旦大学中文系教授

本文刊于《学术月刊》2017 年第 7 期

葛亮的“神鬼奇谈”

——评《问米》

徐　刚

葛亮的小说，总能带给人无尽的惊喜。

翻开这部最新的小说集《问米》，那些或缠绵悱恻，或阴冷决绝的中短篇故事，虽着眼于悬疑小说的名号，却与类型的意义略有不同。一般而言，离奇的故事，悬念的吸引，出人意料的结局所造成的震惊，正是悬疑小说的魅力所在。但是《问米》的独特性在于，作者以精细的笔触赋予了小说独特的气韵，这也是葛亮小说的独特风格。具体到这部小说集，故事里的死亡气息是葛亮执着迷恋的。由此而来，他也似乎热衷于描摹此类意象，以此烘托作品奇崛的氛围。这便如他所言：“悬疑小说真正吸引我的，与其说是逻辑的力量，不如说是‘造境’之趣。造人境，也造心境。人的焦灼、爱欲、卑劣与坚执，都在信任的危机之下，经受砥砺，而后蠢蠢欲动。”

小说集的开篇《问米》便是一篇具有浓郁异域风情的神秘故事。小说里的通灵师阿让，原本是越剧团的演员，却为了一个女人，做起了通灵师的营生。这便是小说所谓“问米”的来由，这也是故事最为神秘的地方。根据小说的描述，“问米”起源于中国，是一种将亡故的亲友灵魂与家人交流的法术。通过神婆把阴间的鬼魂带到阳间来，附身于神婆，与阳间的人对话，因做此仪式时都放一碗白米在旁，当地人称之为“问米”。由于涉及阴阳之间的奇异性，题材本身的神秘不言而喻。而小说多数描写的场景是在越南、泰国等东南亚各地，这便让这鬼魅邪术、波诡云谲的剧情具有了独特的地域风貌。

当然，如我们所预料的，小说里的阿让其实并没有什么神秘魔力，有的只是他作为越剧演员的演技，而这也足以让他成为一名“优秀的通灵师”。小说中，通灵的故事总归神秘莫测，无疑有着十足的吸引力，然而作者关注的依然还是神秘背后的情谊，即阿让那伴随着爱慕与愧疚的生死相依，这是故事缠绵悱恻的重要线索。于是在故事诡异神秘的背后，我们得以洞见那至死不渝的执守，亦有戏如人生的哀婉和喟叹，这是阿让的故事带给我们长久感动的地方。

除了通灵师的故事，中国传统神怪叙事中“借尸还魂”的桥段，也被葛亮充分借鉴。小说《罐子》由烙饼的侉叔引出故事，小说中，来路不明的少年小易，竟然奇迹般地化身为少女，这想必正是故事饶有意味的地方。小说通过罐子这个别致的器皿，实现了生命的转换与归来。但是在葛亮这里，这些借尸还魂的鬼故事，也是意在突出被封存的历史。如葛亮自己所表述的:“器皿里，装着侉叔与小易各有的一段过往。他们唯一的共性，在于劳作，在于一点执着与寄托。在漫长的相处与短暂的相认后，终成就彼此。”同样是聚焦被封存的历史，《竹奴》中瘫痪了的江一川与保姆筠姨的过往，无疑是特殊年代的历史遗存。而小说里的“竹奴”也是一个道具，作为情感的中介，它包含着依恋、不舍和记忆的探寻。

在通灵师、借尸还魂这类神鬼奇谈之外，葛亮的小说也尝试从凶杀、绑架等社会案件中寻找悬疑故事线索。《不见》《龙舟》《鹌鹑》和《朱鹮》等皆属此类。由于父亲的缺位，《不见》里的大龄女青年杜雨洁，对中年男人聂传庆有着莫名的好感。这种暧昧的心理暗示，让普通的邂逅变得不同寻常，也让接下来的一切都显得顺理成章。然而在这恋爱的背后，却始终萦绕着一股令人不安的危险气息，这也是小说暗藏的另一条线索。

随着故事悬疑的展开，杜雨洁渐渐发觉了这个陌生男人的不同寻常之处……直到有一天，她终于发现了他不可告人的秘密。原来聂传庆便是那个变态绑架案的凶手。当然，他的暴虐也其来有自，这是这个失败男人的绝望抗争。这种压抑和报复的情感模式是我们所熟悉的，然而小说最令人震惊的地方在于，当杜雨洁深入虎穴，解救被聂传庆囚禁的女孩时，或许是“斯德哥尔摩综合征”的作用，再或许这本身就是个圈套，女孩竟然在获救的时刻反戈一击，将救命恩人杜雨洁置于死地。于是这个阴郁、诡异、曲折离奇的涉案故事，终究让我们绝望地看到，人性的黑洞是如何将故事里的人物牢牢裹挟的。

如果说在此之前葛亮小说语言的锤炼感比较强，这种精雕细琢在于借此传达出精致的美感，那么他的这部《问米》则不同于以前的风格，而显得更加生活化。比如，他会刻意模仿北方方言口语，以显示语言的独特魅力。《问米》里的京片儿，《罐子》里的陕西风俗，都是此类。当然，这些还不是最重要的。葛亮总能赋予这个城市声色和气息。岭南风貌所暗藏的阴郁和神秘，挥之不去的死亡气息，以及那些借尸还魂的把戏，总会让故事跌宕起伏。

《龙舟》的故事设定在香港离岛，这是为人忽视的香港城市元素。一个“离”字让人浮想联翩。这里似乎包含着某种隐秘的个人情感体认，比如乡愁的隐痛。小说写一个随家族移民的年轻男子和香港离岛之间的故事。岛的无根飘零，呈现出某种孤独的意象。如此气性的重叠，使小说始终弥漫着一种苦涩的人生况味。码头的街市、海滩，萧条的端午，以及黄昏的龙舟，这些关于传统，关于历史，关于城市穿行的独特体认，在小说前半部分的细致描摹中渐次呈现。然而，紧接着作者笔锋一转，“两个人，脸上令人费解地庄严肃穆，好像是参加丧礼的乐师。这时候，于野看见一个白色影子，缓缓跟随这支乐队，消失在暗沉里”。这种气韵的铺垫，最终把我们引向那桩令人惊恐的奸杀案。

离奇的故事，悬念的吸引，出人意料的结局所造成的震惊，这是悬疑小说的魅力所在。《鹌鹑》和《朱鹮》都选择了独特的意象来结构一个悬疑故事，走的也都是情节复杂、过程惊险、结局意外的路子。像所有的悬疑故事一样，直到揭晓谜底的那一刻，才会让人恍然大悟。然而在悬疑之外，人性与日常生活的维度，才是这些故事的基本底色。也就是说，悬疑最终还是要落实到人性深处。“所有的悬念，成为对人性的检阅。当事者，不可言说；旁观者，抱憾无言。”

对于葛亮来说，悬疑故事的核心更多还是人性，一闪而过的善恶欲念，是故事人物的行动逻辑。葛亮曾追慕日本悬疑作家对人心苦厄的描摹。如其所言，人性是一种十分脆弱的东西。非常情境下，薄弱愈甚。“《问米》中流徙域外的通灵师，《不见》中的落拓音乐教师，《鹌鹑》中的旅店主人，《罐子》中不期而至的少年，他们是一些藏在岁月裂隙中的人，各有一段过往，仍与现实胶着，因寄盼，或因救赎。他们的人生，是一局棋，操控者与棋子，皆是自身。在投入与抽离间盘桓游刃的，是心智优越者。久了，亦不免沉溺于生活。长考之后，一着不慎，仍是满盘皆输。更为谨慎的，有遗世独立的姿态，眼观六路，但越走路越窄，人也渐孤独，终行至水穷处。”

如果说人性是悬疑小说的纹路和血脉，那么日常生活则是故事的肌理。在葛亮这里，悬疑的外衣下，“皆有一具日常的骨骼血肉”。比如《问米》里的通灵师其实是个演员，他穿梭于阴阳两界，却不过是个伪装的身份，并没有真正穿梭生死两界的神力。作者在此想表达的，是“非常身份包裹下的一个凡人日常化的景象”。除此之外，这种日常生活的轮廓中还暗藏着某种解构的意义。具体到《问米》仍是这样，阿让的通灵其实别有意味，他穿梭于阴阳两界却并不表达哀怨和悼念，而意外透露出基于生活逻辑的反讽。比如，横死的丈夫斥责出轨的妻子，而还魂的少年依然迷恋萧亚轩的光盘……在这个意义上如葛亮所说，“生活的逻辑终于覆盖了事件的因果逻辑。这是日常强大的力量，充满了意外与无序”。

对于悬疑故事来说，等待真相的过程，令人无比焦灼却又极富魅力。“所谓真相，永远是表演失之交臂的道具。真相的本身变得虚无，一次次与过程擦肩而过，最后筋疲力竭，它却终浮出水面。”这类故事，其悬而未决的快感总有让人欲罢不能的魔力。因而，“与其说关心的是推理的过程，毋宁说关心过程后的抵达。抵达的是真相，更是在漫长的绝望与欲望后，真相大白时的软弱。”

阅读《问米》，我们无疑能发现，葛亮的悬疑故事是如此精巧，结局总是出人意料。在他这里，类型小说的精彩被他操持得如此纯熟。对于《问米》的读者来说，故事的阅读也是某种意义上的绝妙消遣，令人脑洞大开，或许这原本就是小说的本意。只是问题在于，葛亮似乎忽略了在小说中引入社会历史内涵，尽管这样的苛责并不公平。因为，他原本要的就是纯粹的消遣：猜谜的乐趣和悬疑的快感。事实也是这样，葛亮的“神鬼奇谈”，那些肆意编织的人性传奇，俗艳悱恻的情感故事，总有让人欲罢不能的地方。只是如我这般并不甘心的读者，总会对单纯的阅读快感抱有警惕。如所有强迫症式的文学阅读者一般，我会不由自主地思索小说的意义线索，以及它可能指向的现实意义，当这种阅读旨归并不明确时，会自然而然让人陷入无所适从的境地。这或许就是我阅读《问米》时的快感和困惑吧！

徐刚，中国社会科学院文学研究所副研究员

本文刊于《青年报》2018 年 7 月 22 日

葛亮的传奇

杨庆祥

一

读葛亮的《阿德与史蒂夫》的前言《忽然一城》，想起来我也曾在香港待过一段时间的，在港大访问，住在柏立基学院，位于半山腰，窄小的房间，窗外绿树婆娑，仿佛绿出了一汪深潭。半夜极安静，有窸窸窣窣的风声，我无端地就想起张爱玲的模样，她穿旗袍抽纸烟走过这个小院，是否安好？第二天太阳出来，在后门搭上巴士，直奔铜锣湾，晚上的妄念瞬间就被熙熙攘攘的人群挤散，一转眼看到一个混血美女亭亭玉立，像极了芭比娃娃，但美目流盼，却又像是从聊斋里走出来的人物。

那个时候葛亮应该也在香港的，我们可能擦身而过很多次，却一直没有遇见。葛亮对我这样的访客不感兴趣，他低头寻找属于香港的故事，在一派景观化的高楼大厦中，普通人的欢喜哀愁，一望无际的欲望和挣扎，飓风般摇摆不定的人性……

从《浣熊》《猴子》《街童》《德律风》……这是葛亮的传奇。

二

第一篇《阿德与史蒂夫》讲述的是一位外省青年阿德的“港漂”故事，没有正式身份，所以只能打黑工，即使被抢劫受伤，也不敢去医院救治。“我”始终以一种无力感去观察和书写阿德的故事，这种无力感与阿德和我在篮球场上打篮球时候的“有力”形成一种鲜明的对比——生命本身的有力和在已然体制化的大都市里人的无能为力互为因果。葛亮最后以一种戏剧化结束了这个故事，“我”在录像带里看到阿德因为参与纵火案而被审判监禁，阿德的母亲和女友先后自杀。因生存欲望驱使的纵火最后导致了生命之火的熄灭——虽然这些生命之火已然变得脆弱和微暗。这篇作品让人想起王家卫的早期电影《旺角卡门》，在《旺角卡门》里，张学友饰演的底层小人物苍蝇为了出人头地，最后不惜以死搏命，成了功败垂成的“失败英雄”，那是 1988 年。而葛亮笔下的阿德甚至都没有机会成为失败的英雄，即使在纵火案中，他也不过是一个无足轻重、麻木不仁的帮凶而已。大都市已经失去了 1980 年代那种江湖式的快意恩仇，它变得保守、冷漠，同时更加贪婪和危险。在另外一篇小说《街童》中，售卖牛仔裤的店员和女顾客之间发生了隐秘的情愫，他穿过蜿蜒曲折的空间，平静地接受了女顾客原来是一个港漂卖淫女的事实。接下来的戏剧性或许可以媲美任何一部港片，并让读者瞠目结舌。但是，在葛亮的叙述中，居然是一派冷静而压抑的笔调。这是葛亮的高明之处，他知道越是“客观”“冷静”的态度，越是能最大限度地呈现出大都市的残酷和不道德。本雅明在论述波德莱尔的诗作《给匆匆一瞥的妇女》时曾说，这是“最初的爱和最后的爱”，这种相遇意味在大都市“爱的不可能性”。我们或许可以将《街童》视作是对波德莱尔诗作的一种延伸和展开，虽然在对大都市的爱的不道德性上这两部作品有异曲同工之妙，但是葛亮保留了最后的温存——男主角不惜出卖身体的一个器官，以此将女友从黑帮的手中交换出来——这温存类似于关锦鹏的《胭脂扣》，这是从中国传统的道德谱系里延续下来的一丝拯救，葛亮用这一丝拯救保留了其作品的人间风味，用葛亮的话来说，就是喧嚣背后的“市声”。

三

大都市的危险不仅仅来自于对底层的倾轧和掠夺，也来自于人性自身的欲望冲动。按照席美尔的观点，大都市不仅仅提供一种看不见的安全性，同时也在这种安全性中扩大了欲望的强度和深度。在某种意义上，我们可以说，大都市更像一个被移植的罗马竞技场，或者文明化的原始猎场，狩猎者们虽然披挂着文明的盔甲，却磨枪擦嘴，瞄准着一个个猎物。《浣熊》是这种狩猎型小说的典型。女主角在地铁口散发传单，在无望之际遇见了一个陌生的男性——从外形和穿着打扮来看，这恰好就是她的目标。各种戏码轮番上演，在热带风暴“浣熊”的步步逼近中，人的欲望也在一步步强化，故事的真相也一步步走向明朗。欲望与故事构成了互文，没有女主角的欲望，这一骗局就不会发生，没有这一骗局，人的欲望就不会如此快速地增殖。《浣熊》有细腻的心理刻画，葛亮对人物心理的捕捉准确而生动。当然最值得称道的是这篇小说的结构，批评家们或许会盛赞以风暴“浣熊”为一种装置，以此来烘托和堆砌人物的行为背景，但是我更感兴趣的是小说的“反转”结构——在小说快到高潮之处，男主角亮明了身份，他是一名探员，而我们可怜的女主角，不仅仅一无所得，还要锒铛入狱——这一反转与其说是故事性的，不如说是主题性的。它揭示了这样一种残酷的规则：在大都市里，没有任何人是唯一的主体。形象一点说就是，任何人都是别人的猎物。当你以为你掌握一切的时候，你其实已经被大都市的隐秘原则所掌控。

《退潮》也是一个相互寻找猎物的故事。中年女人遇到了一个年轻的男性，虽然这个男性在道德和社会身份上是不洁的，他是一个小偷，但是，一种奇怪的“感觉”控制了这个中年女人，她在陌生年轻男性的注视和触碰中感到了一种罪行般的愉悦。在这个意义上，中年女人和陌生男性的相遇是一个结构性的事件，也就是说，大都市的压抑和禁欲主义导致了一种更疯狂和更有冒险气质的纵欲主义——在丹尼尔·贝尔看来，这是资本主义本质性的矛盾，并导致了资本主义文化的内伤。这个中年女人，她象征着一种看起来很安全和很有保障的秩序，但是这个秩序其实异常脆弱，它不仅仅是遭受外部的侵犯（陌生男性的破门而入），更重要的是，这种外部的侵犯其实是由她的内在引爆的，他们共同完成了一次完美的罪行。批评家金理对《退潮》有非常精彩的解读，他从中读到了 1930 年代“新感觉派”的审美和风格：

> 如果要标明该篇在文学史上的谱系，首先会想到的参考坐标是施蛰存的《善女人行品》，同样关注衣食无忧的中产阶级女性在日常生活虚饰下所压抑的力比多与神经质。更有趣的对比或许来自刘呐鸥。“他的下巴很尖，狐狸一样俏丽的轮廓，些微女性化。嘴唇是鲜嫩的淡红色，线条却很硬，嘴角耷拉下来。是，他垂着眼睑，目光信马由缰。他抬起头来，她看到了他的眼睛，很大很深，是那种可以将人吸进去的眼睛。……她禁不住要看他。”葛亮这样描述“她”窥视下“他”的形象，很容易让人联想起刘呐鸥笔下的“摩登尤物”。

金理认为“葛亮冷静地为身份重构的困厄提供了寓言”。如果将《退潮》与另外一部作品——爱尔兰作家吉根的《南极》对比，或许会把这一点看得更清楚。《退潮》和《南极》的结尾几乎一致，两位女主角都在性冲动的“退潮”后被束缚或者监禁，直接的身体感觉换来的是更直接的身体控制，身份的压抑在此是同质性的，不仅仅是下层在压抑并符号化自己的身份，中产或者上层同样在压抑并符号化自己的身份。感觉虽然能够暂时释放这种焦虑，但是在超稳定的结构中，似乎这是一个无解的方程式。

四

如果延续上面的解读思路，我们或许会产生一种错觉，葛亮不过是在“复写”或者“摹写”大都市的情状，并将一种已然经典化的价值观和世界观，内置于他的叙事中去。这显然是不够的。对文学来说，复写或者摹写固然是不可缺少的，但是如果仅仅止步于此，则不过是对“必然世界”的一种依附。真正有创造力的写作，恰好是在对此的反动中，建构一个“或然性”的世界，在此或然性中，我们看到了“希望的哲学”。

《猴子》《龙舟》和《告解书》提供了这种哲学。《猴子》与《浣熊》同样以动物命名，但与“浣熊”的隐喻不同，《猴子》里面的动物直接登场了。一只红颊黑猿的逃脱引发了一连串的新闻事件，各种力量借助这只逃脱的猿猴粉墨登场，并达成自己的目的。葛亮在这篇小说里提供了一个反讽的结构，在猴子和人类的互相指认和凝视中，人性的渺小和无奈被揭示得淋漓尽致。虽然小说的结尾是猴子重新回到了其牢笼，但是这一次意外的逃脱，已经构成了对秩序的冲击，并使猴子看到了自由的微光。而在另外一篇篇幅相对短小的《龙舟》里，男主角暂时性地来到了城市的边缘地带，就像龙舟已经被遗弃一样，这些边缘地带也是一种因为无法生产利润而被弃置的空间，但诡异的是，正好是在这样的空间里，终结“现世”的肉体存在而获得一种新生成为可能。这篇小说有非常诡异且神秘的色彩，既有爱伦·坡的影子，又有中国笔记小说的气息，我在葛亮最近的一篇小说《罐子》里也读到了这种“幽灵”的叙事模式。大都市以物质主义和消费主义强化着现世的重要性和唯一性，却没有想到同时生产出了一批“幽灵”，这些“幽灵”以自己独特的方式消解着这种现世的合法性。在《告解书》中，物质的符码如积木一般标志着城市的空间以及身份的固化，但是在某一个瞬间，比如男主角在貌美如花的女主角身上看到皱纹和色斑，一种“惊醒”发生了，这是在限定的空间里借助时间的错置而产生的一种抵抗。我们也许会在菲茨杰拉德的《返老还童》中看到类似的现代性书写，大都市借助高度精密的时间和空间来规训生活其中的人类，但是一不留神，人却像沙漏里的沙子一样四散逃逸。

朱天文在评价黄锦树的作品时曾经借用一个概念——变形记。从奥维德到卡夫卡，再到现代的诸多作家，变形成了一个谱系。朱天文说：

变形，它扎根在不同世界的模糊界线上。神明、人类与大自然之间相互渗透并非阶级性的，而是一径地纠缠不清，力量在之间冲撞或抵消。……一景叠一景，一事接一事，经常类似，到底又不同。滔滔不绝要将一切变得无所不在，且近在手边。

葛亮用这种变形来求解，在不同的物种——人类与猴子和浣熊，在不同的时空——遗弃的空间和停滞的时间，他试图找到一种可能，这一可能带有超越性，并将对世俗人情——葛亮在很多时候被人误会为一个世情作家——的书写变成一次尖锐的具有颠覆性的挺进，在含情脉脉的外表下，是一颗桀骜先锋的灵魂。

五

让我以两首歌来结束我的这篇评论，一首是英国著名歌手 Allan Taylor 的《*Colour to the moon*》中的一段，葛亮在《浣熊》的开篇引用了它：

You were just another sideshow
in a back street carnival
I was walking the high wire

and trying not to fall
Just another way of getting through
anyone would do, but it was you
You were just another sideshow
and I was trying not to fall

另外一首是我喜欢的小众乐队“声音玩具”的《星航者发现号》：

联盟最后一艘远行的方舟　驶向河外星系尽头
一千个太阳的光亮在身后的空中　不停地绽放
领袖们从不认为一部史诗和一首乡谣
所需智慧是一样
所以他们只能留在巨大蘑菇云的顶端　眺望
孤独星航者发现号
透过舷窗望去百亿万光年　一如往常般的缄默
是否同样迷途只能够在虚空里寻找　徘徊

前一首描述一种戏谑式的平衡术，而后一首则干脆描写地球的毁灭和人类的逃离。葛亮曾经感叹，当我们对世界感到厌倦之时，并不能找到一条云外之路（Heavy Side Layer）。但是因为有了如葛亮这般的笔墨造化，这传奇或许是唯一可以期待的尘世之内的救赎。

杨庆祥，中国人民大学文学院教授
本文刊于长江文艺版《阿德与史蒂夫》

Part3

创作谈

我们的城池

——《朱雀》创作谈

葛 亮

今年夏天，我走进了长江路上叫作“1912”的地方。这地方，有着相当朴素的面目。外观上，是一个青灰与砖红色相间的建筑群落。低层的楼房，多是烟色的墙，勾勒了泥白的砖缝，再没有多余的修饰，十分平实整饬。然而，在它的东面，毗邻着总统府，又与中央饭店遥遥相对，会让人不自觉地揣测它的渊源与来历。这里，其实是南京新兴的城市地标，也是渐成规模的消费小区。“昔日总统府邸，今朝城市客厅”，商业口号不免降尊纡贵，内里却是亲和恳切的姿态。民国风味的新旧建筑，错落在你面前，进驻了“瀚德逊河”“星巴克”与“粤鸿和”。

1912，是民国元年，也曾是这城市鼎盛过的时日。境迁至今，四个鲜亮夺目的阿拉伯数字，坐落在叫作“博爱”的广场上，成为时尚的标记。通明的灯火里头，仍有寂寥默然的矗立。或许这矗立本身已经意兴阑珊，却是言简意赅的附会。这附会的名义，是“历史”二字。

许久前，在一篇关于南京的文章里，我这样写过：这个城市，从来不缺历史，有的是湿漉漉的砖石碑刻供你凭吊。十朝风雨，这该是个沉重的地方，有繁盛的细节需要承载。然而她与生俱来的脾性，总有些漫不经心。你看的到的是一个剪影，闲闲地背转身去，踱出你的视线。你再见到她时在落暮时分，“乌衣巷口夕阳斜”，温暖而萧瑟。《儒林外史》里头，写了两个平民，收拾了活计，“就到永宁泉茶社吃一壶水，然后回到雨花台来看落日”。

如今，回头再看这段文字，却令自己汗颜。这文字言语间虽则诚实，却不太能经得起推敲，是多少带着浪漫主义色彩的浮光掠影。事实上，“历史”于这城市唇齿一样的关联，并非如此温情脉脉。在规整的时代长卷之下，隐埋着许多断裂与缝隙，或明或暗，若即若离。

当年，诸葛亮铿然一句“钟山龙蟠，石头虎踞，此帝王宅也”言犹在耳，李商隐便在《咏史》里唱起了对台戏：三百年间同晓梦，钟山何处有龙盘？一语问到了伤处，因为关乎的便是这断裂。三百年岁月蹉跎，历史自是繁盛。然而，孙吴至陈，时局变动之快，兴衰之频，却令人扼腕。

说到底，这是座被数次忽略又重被提起的城市。历史走到这里不愿绕行，总是有些犹豫和不舍，于是停下脚步。世转时移，还未站稳脚跟，却又被一起事件，甚至一个人拉扯出去了。关于这其中的更迭，有许多传说，最盛的自然事关风水。峥嵘的王气，是招人妒的。楚威王在幕府山下埋了一双金人，秦始皇开挖秦淮、掘山断陇，都是为打击这“气”而来。政治肥皂剧甫一落幕，这气便也“黯然收”了。“玉树歌残王气终”，你所看到的沉淀，其实也都是一些光影的片段，因为薄和短促。只是这光影累积起来，也竟就丰厚得很。

想一想，南京与历史间的相濡以沫，其实有些不由衷。就因为这不由衷，倒让这城市没了“较真”的兴致，无可无不可，成就了豁朗的性情。所以，你细细地看，会发觉这城市的气质，并非一脉相承，内里是颇无规矩的。担了数代旧都的声名，这城市自然风云际会，时日荏苒，却是不拘一格。往远里说，是王谢乌衣斜阳里，更是盛产六朝士人的风雅处。民国以降，几十载过去，在喧腾的红色年代竟也诞生了作派汹涌的“好派”与“屁派”，豪犷凌人起来。其中的矛盾与落差，看似荒诞，却大致标示了这城市的气性。给这气性下一则定义，并非易事。但用一个词来概括，却也可算是恰如其分。这个词，就是“萝卜”。一方水土一方人。这词原来是外地人用来褒贬南京人的。萝卜作为果蔬，固然不是南京的特产，然而对萝卜产生地方认同感的，却唯有南京人。龚乃保的《冶城蔬谱》云：“萝卜”吾乡产者，皮色鲜红。冬初，硕大坚实，一颗重七八两，质粉而味甜，远胜薯蓣。窖至来春，磕碎拌以糖醋，秋梨无其爽脆也。这则描述的关键词，在于“大”与“实”两个字。外地人便引申出来，形容南京人的“木讷，无城府和缺世故”。南京人自己倒不以为意，将之理解为“敦重质厚”。这是不错的心态。的确，南京人是不大会投机的，说好听些，是以不变应万变。南京人对于时局的态度，多半是顺势而为。大势所趋或是大势已去，并非他们考虑的范畴。因为没什么心眼儿和算计，与世少争，所以又渐渐有了冲淡平和的作风。“菜佣酒保，都有六朝烟水气”，由是观，“萝卜”又是荤素咸宜的意思，说的是人，也是说这城市的开放与包容。有关于此，前辈作家叶兆言曾引过一则掌故，说的是抗战后南京征选市花，名流们各执己见，梅花海棠莫衷一是。终于有人急了，打岔说代表南京的不是什么花，而是大萝卜。这段子引得令人击节，忍俊不止处，却也发人深省。

以上种种，于这城市性情中的丰饶，其实不及其一。作为一个生长于斯的人，若非为要写这部小说，也不太会着意地深入了解与体会。这大概也是一种带着“萝卜气”的习以为常。

虽然在外多年，每次回到南京，从未有过近乡情怯之感，但还会生出一丝踌躇。因为，南京也在变迁，只是步子和缓些。新街口的市中心，有了林立的高楼与喧腾的商圈。因为城市建设的缘故，中山东路上法国梧桐蔽日的浓荫，也日渐有些稀薄。关乎记忆的，还有和年少时老友的约见，谈起一间叫作“乱世佳人”的酒吧。这酒吧坐落在湖北路上极偏僻的地方，在年轻人中却有着不变的声名。依稀记得仄仄弯转的木楼梯，闪烁其间的，是蓝紫色的光影。如今，却也在“1912”开了分店。分店有着阔大的店面，几乎可以用堂皇来形容。口碑依旧，因此却有了“大小乱”的说法。“先大乱，后小乱”是近年流传于南京青年口中的经典，出处是本地一个说唱乐队的作品。这句话一定要用南京话来念，才口味地道。千变万变，南京话的鲁直是不会变的。

这城市的“常”与“变”，犹如年月的潮汐，或者更似暗涌。当有一天我倏然发觉，自己写的小说，正在这暗涌下悄然行进的时候，已过去了许多时日。在此之前，我时常敬畏于这城市背景中的丰盛与厚重。以至于，开始怀疑文字微薄的承载力。极偶然地，外地的朋友指着一种牌子叫作“南京”的香烟，向我询问烟壳上动物的图案。那是一头“辟邪”，之于南京，是类似图腾的神兽。朋友被它敦厚而凌厉的神态吸引，兴奋地刨根问底。问答之下，我意识到，他的很多问题，是我从未设想过的。是因为惯常于此，出于一个本地人的笃定。我突然醒悟，所谓的熟悉，让我们失去了追问的借口，变得矜持与迟钝。而一个外来者，百无禁忌，却可以突围而入。于是，有了后来我的寻找与走访，以一个异乡人的身份。在原本以为熟识的地方，收获出其不意，因为偏离了预期的轨道。一些郑重的话题，在我的同乡与前辈们唇间，竟是十分轻盈与不着痛痒。他们带着玩笑与世故的口吻，臧否着发生于这城市的大事件与人物。偶然也会动情，却是因一些极小的事。这些事是无关于时代与变革的，隐然其中的，是人之常情。

这大约才是城市的底里，看似与历史纠缠，欲走还留，却其实并不那么当回事，有些信马由缰。在靠近幕府街的旧宅子，一个老先生给我看了张照片。那照片用云锦包裹着，肃然间，打开了，暗沉的房间里头忽然就有了生气。上面是一对年轻人，在泛黄的背景上紧紧依偎。男的头发留着规矩的中分，身穿带着毛领子的皮夹克，是老派的时髦，表情却明明是稚气的。女孩子更年轻，紧紧执着男子的手，疏淡的眉目将笑意包裹，终于又忍不住似的。他们的脸让我如释重负。

这是有关《朱雀》的一些记录与感念。

这部小说，写了五年。如今完成，人已届而立。这五年间，于我之前单纯的人生，有了变故，也经历了苦痛。我并不确定我是否真的会因此而成长。而这小说，却是一个忠诚的时间见证。

始终需要心存感恩的，是这城市的赋予，在我尘埃落定的三十岁。

戊子年于香港

时间煮海
——《北鸢》创作谈

葛 亮

祖父在遗著《据几曾看》中评郭熙的《早春图》，曰“动静一源，往复无际”。引自《华严经》。如今看来，多半也是自喻。时代的空阔与丰盛，有很大的包容。于个人的动静之辨，则如飞鸟击空，断水无痕。

大约太早参透“用大”之道，深知人于世间的微渺，祖父一生与时代不即不离。由杭州国立艺专时期至“央大”教授任上，确乎“往复无际”。其最为重要的著作于1940年代撰成，始自少年时舅父的濡染，“予自北平舅氏归，乃知书画有益，可以乐吾生也”。这几乎为他此后的人生定下了基调。然而，舅父前半生的开阖，却也让他深对这世界抱有谨慎。晚年的独秀先生，隐居四川江津鹤山坪。虽至迟暮，依稀仍有气盛之意，书赠小诗予祖父：“何处乡关感乱离，蜀江如几好栖迟。相逢须发垂垂老，且喜疏狂性未移。”不久后，这位舅父溘然去世，为生前的不甘，画上了一个凄怆的句点。同时，也从此造就了一个青年“独善其身”的性情。江津时期，祖父“终日习书，殆废寝食”“略记平生清赏。遑言著录”。祖父一生，躬身自守，修齐治平，为深沉的君子之道。对他而言，可无愧于其一，已为至善。祖父的家国之念，入微于为儿女取名，我大伯乳名“双七”，记“七七事变”国殇之日；而父亲则昵称“拾子”，诞生时值1945年，取《满江红》“待从头，收拾旧山河”之意。这些时间的节点，成为他与时代间联络的最清晰而简洁的注脚。

及至多年后，祖父的编辑，寄了陈寅恪女儿所著《也同欢乐也同愁》等作品给我，希望我从家人的角度，写一本书，关于爷爷的过往与时代。我终于踌躇，细想想，作为一个小说的作者，或许有许多的理由。一则祖父是面目谨严的学者，生平跌宕，一步一跬且中规中矩；二则他同时代的好友或同窗，如王世襄、李可染等，皆已故去，考证功夫变得相对庞杂，落笔维艰。但我其实十分清楚，真正的原因，来自我面前的一帧小像。年轻时的祖父，瘦高的身形将长衫穿出了一派萧条。背景是北海，周遭的风物也是日常的。然而，他的眉宇间，有一种我所无法读懂的神情，清冷而自足，犹如内心的壁垒。

以血缘论，相较对祖父的敬畏，母系于我的感知与记忆，则要亲近得多。外公出身商贾世家。这一身份，未为他带来荣耀与成就，而成为他一生的背负。但是，与祖父不同的是，他天性中，隐含与人生和解的能力。这使得他得以用开放的姿态善待他的周遭，包括拜时代所赐，将他性格中“出世”的一面，抛进“入世”漩涡，横加历练。然而，自始至终，他不愿也终未成为一个长袖善舞的人，却也如水滴石穿，以他与生俱来的柔韧，洞穿了时世的外壳，且行且进，收获了常人未见的风景，也经历了许多的故事。这其间，包括了与我外婆的联姻。守旧的士绅家族，树欲静而风不止，于大时代中的跌宕，是必然。若存了降尊纡贵的心，在矜持与无奈间粉墨登场，远不及放开来演一出戏痛快。我便写了一个真正唱大戏的人与这家族中的牵连。繁花盛景，姹紫嫣红，赏心乐事谁家院。倏忽间，她便唱完了，虽只唱了个囫囵。谢幕之时，也正是这时代落幕之日。

本无意钩沉史海，但躬身返照，因“家”与“国”之间千丝万缕的联络，还是做了许多的考据工作。中国近代史风云迭转，人的起落，却是朝夕间事。这其中，有许多的枝蔓，藏在岁月的肌理之中，裂痕一般。在阳光下似乎触目惊心，但在晦暗之处，便了无痕迹。这是有关历史的藏匿。

写了一群叫作“寓公”的人。这些人的存在，若说起来，或代表时代转折间辉煌之后的颓唐。小说中是我外祖的父辈。外公幼时住在天津的姨丈家中。这姨丈时任直隶省长兼军务督办，是直鲁联军的统领之一，亦是颇具争议的人物。于他，民间有许多传说，多与风月相关。1930 年代，鸳鸯蝴蝶派作家秦瘦鸥，曾写过一部《秋海棠》，其中的军阀袁宝藩，即以其为原型。此人结局甚为惨淡，横死于非命。整个家族的命运自然也随之由潮头遽落，瓜果飘零。少年外公随母亲就此寓居于天津意租界，做起了“寓公”。“租界”仅五大道地区，已有海纳百川之状，既有前清的王公贵族，也有下野的军阀官僚，甚至还住有失势的国外公使。对这偏安的生活，有服气的，有不服气的。其间有许多的砥砺，文化上的，阶层与国族之间的，只是同为天涯沦落人，一来二去，便都安于了现状。

这段生活，事关上世纪二三十年代的中国。北地礼俗与市井的风貌，大至政经地理、人文节庆，小至民间的穿衣饮食，无不需要落实。案头功夫便不可缺少。一时一事，皆具精神。在外公家见过一张面目陈旧的纸币，问起来，说是沙俄在中国东北发行的卢布，叫作“羌帖”。我轻轻摩挲，纸币质感坚硬而厚实，知道背后亦有一段故事。复原的工作，史实为散落的碎片，虚构则为黏合剂，砌图的工作虽耗去时间与精力，亦富含趣味。

与以往的写作不同，此时亦更为在意文字所勾勒的场景。时代于人于世，有大开大阖的推动，但我所写，已然是大浪淘沙后的沉淀。政客、军阀、文人、商人、伶人，皆在时光的罅隙中渐渐认清自己。

再说“动静一源”，小说中的两个主人公，一静一动，皆自根本。“无我原非你。”在这瀚邈时代的背景中，他们或不过是工笔点墨，因对彼此的守望，成就故事中不离不弃的绵延。时世，于他们的成长同跫，或许彼时是听不清，也看不清的。但因为有一点寄盼，此番经年，终水落石出。记得祖父谈画意画品：“当求一败墙，张绢素讫，朝夕观之。观之既久，隔素见败墙之上，高平曲折皆成山水之象。”于时代的观望，何尝不若此，需要的是耐心。历久之后，洞若观火，柳暗花明。

小说题为“北鸢”，出自坊间传曹霑《废艺斋集稿》中《南鹞北鸢考工志》一册。曹公之明达，在于深谙“授人以鱼不如授人以渔”之道。字里行间，坐言起行。虽是残本，散佚有时，终得见天日。管窥之下，是久藏的民间真精神。

这就是大时代，总有一方可容纳华美而落拓的碎裂。现时的人，总应该感恩，对这包容，对这包容中铿锵之后的默然。

甲午年，冬，香港

Part4

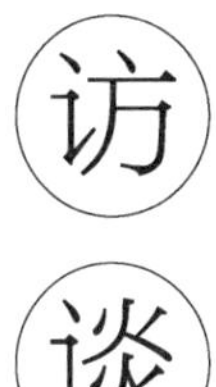

访谈

重撷失落的古典精神与东方美学

2016年岁末，来自70后作家葛亮的一部长篇小说《北鸢》几乎横扫了所有的好书评选榜单，这在往年几乎是完全不可想象的事情。来自本土的原创小说写作一直在这种年度评选中位居边缘，更别提一个青年作家。在豆瓣网上，这部小说的评分高达9.0分。

著名的文学评论家黄子平教授在一次评选中写下了这样的评语："葛亮遥想祖辈父辈的乱世流离，耗时七年写就长篇著作《北鸢》——一部'大视野'的小说，将家族、性别、诗书礼乐、民俗工艺置于时代框架之中，出场人物众多，叙事盘根错节，呈现出民国的沧桑与风华。葛亮创造了一种既古典又现代的文学叙事语言，既典雅又细致入微，写市井风情错落有致，写时代风云开阖有度，成就了这位'当代华语小说界最可期待的作家'独树一帜的抒情美学。从某种意义上说，《北鸢》是小说家放飞的一只虎虎有生气的风筝。"

罗皓菱：《北鸢》在很多年度评选中非常惹眼，入选了很多年度榜单。在这么多作品中，《北鸢》能够打动评委和读者是因为这是一部非常独特的作品。很多人也指出这是一部具有东方气质和古典精神的小说，它甚至让我想到去年非常火的一部电视剧《琅琊榜》，虽然这么类比可能不太合适，但是它们确实从不同的界域共同呼唤了一种东方美学的回归。

葛亮：在小说层面，我想界定所谓的“东方”以及“东方文化”到底是个什么概念。长期以来，在人文领域内，似乎“东方”一直由西方来言说。我们自己作为东方人、中国人怎么样去界定它，在当下我觉得应该有一个新的空间，这个空间通过什么样的方式来实现，在这个小说里实际上做了一个尝试吧。为何我要在小说序言里提到我祖父品评中国传统绘画的一些意象，比如《早春图》，曰“动静一源，往复无际”。因为中国对这种所谓美感的体认是一种自我认知，和西方是不一样的。西方人很多时候是需要参照系的。举个例子，西方所言说的东方，比如说《蝴蝶夫人》《苏丝黄》，你所看到的是需要通过另外一个参照系来树立自己的位置。但是我觉得东方这一脉的文学是有自己的文化自信的，是可以从内部去阐发的。

我们从西方去汲取营养，并不是当下才有的事情，所谓舶来的元素早在我们中国古代就出现过，比方说笔记体小说，其中有一部叫作《耳新》，小说里有一个段落提到利玛窦——“番僧利玛窦有千里镜”。“赛先生”的意象在中国古典典籍中已经存在，但它不是作为一种参照系，更多是作为考察或者表述文本叙述的元素。我觉得，东方文化有一个绕不过去的界域就是民间，笔记体小说中去界定“庙堂”，包括“广场”即知识分子阶层，都是从民间切入的。这一点蛮吸引我的，在《北鸢》里面大量的呈现也都是如此。

在《北鸢》中我写到《浮生六记》，这里面蕴含了一种中国人长期所不自知的东方精神，这种“东方”是非常朴素的，而且原始有魅力。《浮生六记》当时译介到西方，让西方人感知到原来东方不仅仅是个参照物，而是一个可以和西方文化对应的存在，比方说它的人本主义部分，非常动人，包括芸娘身上的那种女性特质，对自由的向往，你看《浮生六记》中“浮生”被林语堂翻译为“floating life”，是一个漂浮的、轻盈的状态。中国的东西不光只是拘囿的、不单只是均衡谨致的美感，它也是可以非常轻盈、放松和自由的。我在这个小说里想要表达的中国文学的东方气质和古典精神，可以和当下衔接，同时也可以和西方的文化精神对接。

罗皓菱：如何去做这样的“衔接”是不是其中最困难的部分？

葛亮：举个例子。小说《北鸢》第五章叙卢文笙与毛克俞的初遇，两个青年交流对于绘画的认识：

文笙点点头说：“吴先生早年对我说过中国人爱以画言志，应该是这个意思。”

青年说：“很对。相比之下，西人的艺术观，就很看重技术。他们是用了科学的精神来作画，讲究的是对自然的尊重，自身倒是其次了。”

文笙忽然想起了什么，便道：“我现在晓得了，你画里的好，正是你说的艺术的性情，然而，却无关乎你自己的性情。于我这个中国人看来，便少了一些感动。”

其实从某种意义上来说，这就是西方文化和东方文化在某个层面上的对话与衔接感。文笙说克俞画的荷花总是差了一点东西，他是一味地要将对中国绘画的理解嫁接于西方，因为当时的画家都在做这个努力。最有代表性的就是林风眠，而我的祖父就是林风眠的学生，他同时又是潘天寿的学生，潘天寿和林风眠其实在某些艺术见解上是意见相左的，潘就觉得林风眠太西化了。我借用文笙的眼睛，想要表达的是东方艺术的变体，从一个中国人的角度看其中缺失了什么，就是“言志”的成分。

我们中国人在表达艺术的时候，是一种自我言说渗透的方式，它不见得有明确的坐标系，这是一种古典的文化自信。但是现代以后，这一块在慢慢剥落，比方你到了日本京都，他们一定会介绍东大寺给你看，因为这是自唐代以来的非常恢弘的木结构的建筑，但是其实这些东西我们中国也有，比如大同的华严寺、平遥的双林寺。但是我们忘了，为什么？因为经过了两次文化断裂之后，古典的精神失去了，一旦我们开始试图寻找坐标和参照系，这就变成了一个很大的问题，甚至于我们还更倾向从邻国去寻找我们丢失的东西，比如从日本，这是蛮让人遗憾的地方。

罗皓菱：这些年大家都在重新评估“五四”对我们文学传统的影响，你是怎么看的？

葛亮：到现在为止，评估“五四”、对于“五四”精神我个人一直抱有辩证的态度。它实际上确实是中国一次很大的文化断裂，当然“文革”就更不用说了。“五四”有一点让我觉得遗憾的地方，王德威教授也谈过，就是现代性被压抑的那一部分。在近现代的过渡期，实际上中国也出现过非常好的一些小说，比方说科幻小说，鸳鸯蝴蝶派小说。为了写《北鸢》，我看了大量的民国小说，甚至包括更早至晚清的《小说林》《新小说》等。当时的四大小说刊物，他们那种审美非常迷人的部分在于新的还没有建立起来，但是已经意识到旧的东西是需要变革了，这段时间的东西非常迷人，但我觉得有一点不幸的是，因为从新文化运动至“五四”，这种朦胧的审美意识中断了。“五四”发展了现实主义中间最安稳的一支，把其他东西都压抑掉了。早期有些白话诗，现在看似乎无足观，但在当时就很有意义。它的核心意义就是怎样要立新，首先要破旧。“桐城谬种、选学妖孽”，当时说得理直气壮。《北鸢》其中的一部分是在推陈，但也有一部分保留下来，我其实是想通过我的努力，把一些已经淡薄掉的东西撷拾回来。

语言上也是这样，语体的选择已经是小说内容的一部分了，它不仅仅只是语言本身，“常”是在构造民族家国一种稳定的所在，这个稳定的部分和“变”之间是互相辩证的。沈从文也对我有很大的启发，他当时写的《长河》，没有写完，但是他非常敏感所谓的中国问题和现代性之间砥砺的关系。我们常常认为沈从文的文学表达非常纯粹，只是湘西、牧歌，但当他写到辰水流域的时候，就是写现代性对于这个封闭区域的侵袭感，所谓在这种“常”的状态下，各种“变”数对他的影响，甚至包括现代传媒的部分，但是很遗憾没有写完。而我在《北鸢》里试图从自己的角度，去处理这个命题。

罗皓菱：对，这种“侵袭感”也表现在现代商业对于传统文化的冲击，比如在《北鸢》里卢家睦这个角色就很典型。

葛亮：对，这是我特别关心的一个内容。小说里有一个细节，难民来到襄城，别的富庶商贾发送的赈灾食物是豆饼，卢家睦提供的是——炉面，这是鲁豫地区重要的民间饮食，成本蛮高的，我母亲就会做。但他为什么这么做，这就涉及中国人对“乡土”的观念，民国的有意味之处就是它把很多中国既成的东西都打破了，比方说“宗族”的概念，封闭的空间。我写了“卢”“冯”两个家族，但它和巴金、茅盾写到的家族是不一样的，他们写到的家族你能感觉到上一代和下一代之间是壁垒分明的，感知到这个家族是一个完整封闭的宗族，那种东西是禁锢人性的。但是在《北鸢》里，未必会有这种感觉，我恰恰想说，现代性的元素在逐渐对宗族产生影响的过程中，后者内部产生了非常微妙的变化。

《乡土中国》里面费孝通提出的一个重要概念是“差序格局”，就是人存在的意义是建立于血缘的，是一个推己及人的过程。他举了个例子，就像涟漪一样，投下一个石子，不断向外扩散，其实你在宗族里你的存在是有意义的，因为你与其他人存在血缘关系，所谓“血缘”是介乎于“地缘”之上的另外的一种关联。宗族很强大，所谓道德审判的意义，宗族里的男丁安身立命的意义，都是在宗族大的结构里，一步步成长完成的。

但是我很感兴趣里面提到的一点，一个外人进入宗族以后，其意义在哪里，有两种形式，一种是通婚，一种是要在村落里拥有土地。所以“客边人”最终导致商人阶层的产生。到了民国之后，随着宗族被打破，这种客边人很多，构成了外来者群体。作为一个商人，卢家睦在襄城是成功的，但他缺乏根基。他为什么要用这么昂贵的方式去赈灾，实际上也是在接续某种血缘关系。什么叫作“籍贯”，就是血缘的投射，他不断地强调自己是山东人，强调齐鲁会馆的存在，死后也要安葬于鲁人的义地周围。即使客居多年，他仍需要一种血缘的联通感。他同时是一介商贾。这部小说有不少商人的形象存在，比如说姚永安、雅各。在这样一个动荡的过渡时期，卢家睦的存在对一个所谓的伦理建构、古典的人伦关系乃至时代变革都是有其辐射意义的。

罗皓菱：回到这部小说的创作过程，我们知道这本书写了7年，为什么写了那么长时间？

葛亮：前面三年案头工作就已经做了100万字，我并不觉得时间很漫长，《朱雀》当时也写了5年。去写这部小说有一点意外，我的祖父已经去世多年，而他的好友王世襄先生的去世又给我很大的情感冲击。王爷爷是一个什么都可以不在乎的人，但是他为一个去世多年的老朋友，为了他著作的出版，不遗余力地奔波，你会体会到那个时代的人情的重量。有些评论说这个小说里面体现出了价值观的东西，包括了“仁义”的部分，我写的时候未必有这样清晰的意念，但是那个时代的所谓“信义”，是有重量的，最终渗透于字里行间。

小说里有不少“等待”与“承诺”的场景。比如龙师傅一年为文笙做一只风筝，每年如此，一直到第四代，这也是一种承诺。文笙和仁桢最终走到一起，从相识、相认到相知实际上也是二十年的承诺。中间有一个场景，我认得你，你也认得我，其实是在长久等待中交汇。包括在文笙家里遭软禁期间，仁桢在楼上等他。偶遇永安，两个人的对话中，我用了“信如尾生”这个典故。以现代的价值观言，尾生为守承诺不惜放弃一己生命，是不明智甚至愚笨的。但往深处想，却十分动人。

另外，我特别想讲一讲中国人的“体面”。经过了两次文化断裂之后，在文明中很多表层的东西剥落之后，实际上还有一些隐线蔓延，就是所谓的体面。我的外公出身资本家，在 1949 年后，是通常意义上的“老运动员”。我为什么写到 1947 年没有写下去，实际上也是包含有审美的考量。民国时期非常跌宕，号称是另一个五代十国。但它的格局一如在《北鸢》繁体版封面上所标注的:“自由、智性、不拘一格。”因此造就了各种可能性，比方说知识分子阶层分化。人可以有自己的选择，有可为有可不为。但其后的数十年内，当你真正进入一个荒诞的时代，人生没有选择的权利，被时代仓促地卷裹，毫不由己。民国是动荡的，但是它仍然有优雅的一面，就在于它仍然保留了人最基本的尊严感。

我的电影启蒙来自于我的外公，他在公私合营后挂职在工厂里，担任经理的职务。外公的外形非常朴素，就是发白的中山装，鸭舌帽，套袖，是一个朴素、洁净的老人。我是长孙，他非常疼爱我，推着自行车接送我。他是工商联的负责人，当时经常会有内部观摩，在一些小礼堂里面，有一些电影看。他带我去看《魂断蓝桥》《城市之光》。有一天暮色西沉，电影看完了，外公就这样推着我，夕阳的光照在祖孙二人的身上。他忽然就唱起歌来，是那种很醇厚的男中音，用英文唱《雨中曲》。因为反差感强烈，对我的心理撞击是蛮大的，印象很深刻。我们身边很多的普通人，从他身上某一个细节就能看出他有着非常丰厚的过去和故事。我于是知道，他带我去看的不仅仅是一部电影，而是他青年时代记忆的重温。

罗皓菱：在这部小说里最难处理的部分是语言的问题吗？你觉得使用这样一种既传统又现代的话语方式是一种冒险吗？

葛亮：最大的挑战还是所谓文化定位的问题，我们怎么来看待舶来的问题，怎样去恢复中国文学在传统这一脉上的自我生长的体系。我早期的阅读训练对我是有影响的，小时候看笔记体小说，会有难度，如果当时不是有父辈影响的话，在我那么小的年纪可能就会放弃，但是现在对我来说大有裨益，很小的时候树立起了对于某一种语言的语感，对于语言的审美，所以我写《北鸢》的时候，要寻找自己语体的时候，它就派上了用场。

当时白话文运动进行到相当一段时间之后，实际上仍然存在一个问题，就是局限于所谓的知识分子阶层，比方说胡适、钱玄同他们几个人，甚至当时很多国学大家也很不认同，最典型的是章太炎。当时白话文被认为是一种“信而不顺”的语体。为把白话的内容、现代的内容融合到所谓现实主义的表达当中，所以我在选择《北鸢》的语言的时候，我希望它既能做到和那个时代匹配，这是“信”的层面，同时要做到“顺”，当下读者在阅读过程中仍然能体会到它的美感，不是那么难以进入。我并不希望它呈现的是《海上花》那种气质，《海上花》不能说是高冷的，因为它有很多吴地的俚语，很生动。但它是排斥普通读者的，我既然希望小说呈现出来的是一种古典传统的东方气质，语言的薪火也有其接续的意义，应是现代读者能够体会和进入的，这也是我当时反复考量的内容。

我不能说这是一种冒险，因为这是我自己感兴趣的事情。我在里面更多的工作是接续。很多东西被忽略掉了，我试图通过我的方式去接续，而不是无本之木。写作这本小说“格物”的部分，过程是艰辛的，我也乐在其中。比如写到“羌贴”等等，可能只写了一个片段，但是需要对应当时整个时代渊源、场景格局等细节，要很清楚，所谓“弱水三千取一瓢饮”。包括语言也是这样，我吸收了很多东西，释放出来的语体就是你们现在看到的，在这个小说中，语言已经构成了内容的一部分。

本文刊于《北京青年报》2016 年 12 月 13 日

葛亮创作年表

2004 年

短篇小说 | 《紫色》 | 《文学世纪》（香港） | 2004 年第 3 期

2005 年

短篇小说 | 《无岸之河》 | 《收获》（中国大陆） | 2005 年第 2 期

散文随笔 | 《《世界》难以为继》 | 《书城》（中国大陆） | 2005 年第 5 期

散文随笔 | 《冬冬的假期——侯孝贤的乡野成长札记》 | 《文学世纪》（香港） | 2005 年第 5 期

短篇小说 | 《物质·生活》 | 《收获》 | （中国大陆） | 2005 年第 4 期

散文随笔 | 《黑白套印的城》 | 《香港文学》（香港） | 第 250 期

短篇小说 | 《琴瑟》 | 《文学世纪》（香港） | 2005 年第 5 卷第 11 期

短篇小说 | 《浮世寓言》 | 《都市小说》（中国大陆） | 2005 年第 11 期

短篇小说 | 《众字成城》 | 《芙蓉》（中国大陆） | 2005 年第 6 期

短篇小说 | 《迷鸦》 | 《联合文学》（台湾） | 第 253 期

短篇小说 | 《三座城市，三个男人》 | 《印刻文学生活志》（台湾） | 2005 年第 2 卷第 4 期

2006 年

短篇小说 | 《全家福》 | 《香港文学》（香港） | 第 255 期

中篇小说 | 《私人岛屿》 | 《芙蓉》（中国大陆） | 2006 年第 5 期

短篇小说 | 《退潮》 | 《香港文学》（香港） | 第 261 期

短篇小说集 | 《迷鸦》 | 联合文学出版公司（台湾） | 2006 年 10 月

短篇小说 | 《暮日花田错》 | 《青年文学》（中国大陆） | 2006 年第 11 期

短篇小说集 | 《相忘江湖的鱼》 | 汇智出版社（香港） | 2006 年 12 月

2007 年

短篇小说集 | 《七声》 | 联合文学出版公司（台湾） | 2007 年 3 月

2008 年

短篇小说 | 《雅可·穿裤子的云》 | 《香港文学·香港短篇小说专号》（香港） | 第 277 期

中篇小说 | 《阿霞》 | 《天涯》（中国大陆） | 2008 年第 2 期

短篇小说 | 《阿德与史蒂夫》 | 《天涯》（中国大陆） | 2008 年第 2 期

短篇小说 | 《老陶》 | 《天涯》（中国大陆） | 2008 年第 3 期

散文随笔 | 《古典主义大萝卜》 | 《香港文学》（香港） | 第 280 期

短篇小说 | 《赌局》 | 《城市文艺》（香港） | 2008 年第 28 期

短篇小说 | 《浅白》 | 《作品》（中国大陆） | 2008 年第 7 期

短篇小说 | 《大暑》 | 《花城》（中国大陆） | 2008 年第 4 期

短篇小说 | 《泥戏》 | 《月台》（香港） | 2008 年第 3 期

短篇小说 | 《受访者、下午茶及回忆》 | 《城市文艺》（香港） | 第 31 期

短篇小说 | 《英雄》 | 《大家》（中国大陆） | 2008 年第 5 期

短篇小说 | 《龙舟》 | 《鲤》（中国大陆） | 2008 年第 2 期

散文随笔 | 《人生若小鲜》 | 《香港作家》（香港） | 2008 年第 6 期

短篇小说 | 《龙一郎》 | 《城市文艺》（香港） | 2008 年第 34 期

短篇小说 | 《安的故事》 | 《青年文学》（中国大陆） | 2008 年第 11 期

短篇小说 | 《三十七楼的爱情遗事》 | 《青年文学》（中国大陆） | 2008 年第 11 期

散文随笔 | 《家书》 | 《月台》（香港） | 2008 年第 16 期

2009 年

散文随笔 | 《舞到极处》 | 《天涯》（中国大陆） | 2009 年第 1 期

评论 | 《侯孝贤的乡野成长纪念》 | 《天涯》（中国大陆） | 2009 年第 1 期

短篇小说 | 《间谍》 | 《香港文学》（香港） | 第 289 期

散文随笔 | 《浮华暂借》 | 《鲤》（中国大陆） | 2009 年第 4 期

散文随笔 | 《路过尘世》 | 《读书》（中国大陆） | 2009 年第 4 期

散文随笔 | 《镜像魅影》 | 《香港文学》（香港） | 第 293 期

短篇小说 | 《过客》 | 《大家》（中国大陆） | 2009 年第 3 期

短篇小说 | 《金婚》 | 《大家》（中国大陆） | 2009 年第 3 期

散文随笔 | 《一均之中，间有七声》 | 《大家》（中国大陆） | 2009 年第 3 期

短篇小说 | 《五月天》 | 《字花》（香港） | 2009 年第 19 期

短篇小说 | 《守卫者》 | 《城市文艺》（香港） | 2009 年第 41 期

长篇小说 | 《朱雀》 | 麦田出版社（台湾） | 2009 年 7 月

短篇小说 | 《旧闻》 | 《香港文学》（香港） | 第 297 期

短篇小说 | 《π》 | 《文学界》（中国大陆） | 2009 年第 9 期

散文随笔 | 《叙述的立场》 | 《文学界》（中国大陆） | 2009 年第 9 期

散文随笔 | 《港岛流年》 | 《江南》（中国大陆） | 2009 年第 6 期

散文随笔 《〈孔雀〉链接中的七零年代》 | 《百家》（香港） | 2009 年第 5 期

长篇小说 | 《朱雀》 | 《作家》（中国大陆） | 第 490 期长篇小说冬季号

2010 年

散文随笔 | 《童僧——关于他的编年史与断代史》 | 《城市文艺》（香港） | 第 48 期

散文随笔 | 《拾岁记》 | 《天涯》（中国大陆） | 2010 年第 1 期

短篇小说 | 《离岛》 | 《香港文学》（香港） | 第 301 期

散文随笔 | 《英雄三题》 | 《城市文艺》（香港） | 2010 年第 49 期

散文随笔 | 《以血脉之名》 | 《香港文学》（香港） | 第 305 期

散文随笔 | 《恋栈三章》 | 《百家》（香港） | 2010 年第 6 期

短篇小说 | 《戏年》 | 《十月》（中国大陆） | 2010 年第 3 期

短篇小说 | 《外公，好莱坞》 | 《印刻文学生活志》（台湾） | 第 6 卷第 10 期

散文随笔 | 《青春三城》 | 《百家》（香港） | 2010 年第 7 期

短篇小说 | 《英珠》 | 《人民文学》（中国大陆） | 2010 年第 7 期

散文随笔集 | 《绘色》 | 三联书店（香港）有限公司 | 2010 年 7 月

短篇小说 | 《德律风》 | 《作家》（中国大陆） | 2010 年第 8 期

长篇小说 | 《朱雀》 | 作家出版社（中国大陆） | 2010 年 9 月

散文随笔 | 《最好的时光》 | 《香港文学》（香港） | 第 310 期

短篇小说集 | 《德律风》 | 金城出版社（中国大陆） | 2010 年 10 月

短篇小说 | 《泥人尹》 | 《收获》（中国大陆） | 2010 年第 6 期

2011年

短篇小说 | 《飐风》 | 《香港文学》（香港） | 第313期

短篇小说 | 《过往》 | 《城市文艺》（香港） | 2011年第53期

短篇小说 | 《威廉》 | 《作家》（中国大陆） | 第506期

短篇小说集 | 《七声》 | 作家出版社（中国大陆） | 2011年4月

散文随笔 | 《此戏经年》 | 《香港文学》（香港） | 第317期

短篇小说集 | 《戏年》 | 印刻出版公司（台湾） | 2011年7月

散文随笔 | 《惘然记》 | 《香港文学》（香港） | 第320期

散文随笔集 | 《绘色》 | 上海文化出版社（中国大陆） | 2011年9月

2012年

短篇小说 | 《逃逸》 | 《香港文学》（香港） | 第325期

短篇小说 | 《竹夫人》 | 《印刻文学生活志》（台湾） | 第102期

散文随笔 | 《文字的界域》 | 《香港文学》（香港） | 第330期

短篇小说 | 《街童》 | 《人民文学》（中国大陆） | 2012年第8期

短篇小说集 | 《戏年》 | 新星出版社（中国大陆） | 2012年11月

短篇小说集 | 《阿德与史蒂夫》 | 三联书店（香港）有限公司 | 2012年11月

2013年

短篇小说 | 《云澳》 | 《香港文学》（香港） | 第325期

短篇小说 | 《抓周》 | 《城市文艺》（香港） | 2013年第64期

短篇小说 | 《告解书》 | 《作家》（中国大陆） | 第528期

短篇小说 | 《青衣》 | 《短篇小说》（台湾） | 第6期

散文随笔 | 《少年》 | 《城市文艺》（香港） | 2014 年 6 月第 71 期

散文随笔 | 《诸神退隐》 | 《香港文学》（香港） | 第 342 期

短篇小说集 | 《浣熊》 | 南京大学出版社（中国大陆） | 2013 年 7 月

短篇小说集 | 《谜鸦》 | 南京大学出版社（中国大陆） | 2013 年 7 月

短篇小说集 | 《浣熊》 | 印刻文学出版公司（台湾） | 2013 年 10 月

短篇小说集 | 《谜鸦》 | 联合文学出版公司（台湾） | 2013 年 10 月

短篇小说 | 《鹌鹑》 | 《印刻文学生活志》（台湾） | 第 124 期

2014 年

短篇小说 | 《旅店》 | 《香港文学》（香港） | 第 49 期

散文随笔 | 《新年》 | 《新民周刊》（中国大陆） | 第 773 期

散文随笔 | 《书衣》 | 《香港文学》（香港） | 第 351 期

散文随笔 | 《拾夏记》 | 《香港文学》（香港） | 第 358 期

短篇小说 | 《问米》 | 《人民文学》（中国大陆） | 2014 年第 11 期

散文随笔 | 《照相》 | 《明报・明艺》（香港） | 2014 年 11 月 8 日 D3 版

2015 年

短篇小说 | 《庚辰年》 | 《香港文学》（香港） | 第 361 期

短篇小说 | 《不见》 | 《作家》（中国大陆） | 第 552 期

短篇小说 | 《谜踪记》 | 《印刻文学生活志》（台湾） | 第 139 期

短篇小说 | 《湖岸》 | 《明报・明艺》（香港） | 2015 年 3 月 21 日 D6 版

散文随笔 | 《舌尖三味》 | 《香港文学》（香港） | 第 363 期

短篇小说 | 《祖先》 | 《城市文艺》（香港） | 第 76 期

"Maitre Yin et Ses Figurines de Terre Cuite." Trans. Wang Jiann-Yub. PROMESSES LITTERAIRES （July， 2015）

散文随笔 | 《日常风景》 | 《香港文学》（香港） | 第 369 期

散文随笔 | 《小说家的在场证明》 | 《联合文学》（台湾） | 第 372 期

长篇小说 | 《北鸢》 | 联经出版公司（台湾） | 2015 年 10 月

长篇小说 | 《北鸢》（上卷） | 《人民文学》（中国大陆） | 2015 年第 12 期

2016 年

短篇小说 | 《洞穴》 | 《香港文学》（香港） | 第 373 期

长篇小说 | 《北鸢》（下卷） | 《作家》（中国大陆） | 第 552 期

短篇小说 | 《海上》 | 《青春》（中国大陆） | 2016 年第 3 期

短篇小说 | 《小双》 | 《香港文学》（香港） | 第 380 期

短篇小说 | 《巫问》 | 《城市文艺》（香港） | 第 84 期

"Questioning the Dead." Trans. Cannan Morse. Pathlight （Winter， Jan， 2016）

"When the Gods Retire." Trans. Raddy Flagg. Pathlight （Winter， Jan， 2016）

散文随笔集 | 《小山河》 | 浙江文艺出版社（中国大陆） | 2016 年 8 月

长篇小说 | 《北鸢》 | 人民文学出版社（中国大陆） | 2016 年 10 月

散文随笔集 | 《纸上》 | 中华书局（香港） | 2016 年 12 月

2017 年

短篇小说 | 《暮色》 | 《香港文学》（香港） | 第 386 期

散文随笔 | 《书衣》 | 《广州文艺》（中国大陆） | 2017 年第 1 期

散文随笔 | 《暂借》 | 《广州文艺》（中国大陆） | 2017 年第 1 期

散文随笔 | 《开卷生活》 | 《香港文学》（香港） | 第 387 期

中篇小说 | 《罐子》 | 《上海文学》（中国大陆） | 2017 年第 6 期

短篇小说 | 《朱鹮》 | 《收获》（中国大陆） | 2017 年第 5 期

散文随笔 | 《摄光》 | 《香港文学》（香港） | 第 394 期

2018 年

短篇小说 | 《父亲》 | 《香港文学》（香港） | 第 397 期

短篇小说 | 《春色》 | 《艺文杂志》（澳门） | 2018 年第 2 期

短篇小说集 | 《问米》 | 浙江文艺出版社 | 2018 年 5 月

短篇小说 | 《必有隐情在心潮》 | 《城市文艺》（香港） | 第 91 期

短篇小说精选集 | 《阿德与史蒂夫》 | 长江文艺出版社（中国大陆） | 2018 年 12 月

2019 年

短篇小说 | 《小金》 | 《当代》（中国大陆） | 2019 年第 6 期

中篇小说 | 《书匠》 | 《人民文学》（中国大陆） | 2019 年第 12 期

2020 年

短篇小说 | 《猫生》 | 《江南》（中国大陆） | 2020 年第 3 期

中篇小说 | 《飞发》 | 《十月》（中国大陆） | 2020 年第 5 期

2021 年

中篇小说 | 《瓦猫》 | 《当代》（中国大陆） | 2021 年第 1 期

中篇小说集 | 《瓦猫》 | 人民文学出版社（中国大陆） | 2021 年 2 月

长篇小说 | 《燕食记》 | 《收获》（中国大陆） | 2021 年第 3 期